岩 波 文 庫

31-219-2

若人よ蘇れ・黒蜥蜴

他 一 篇

三島由紀夫作

岩 波 書 店

目次

若人よ蘇れ

厚木飛行場に程近き海軍航空工廠《こうしょう》の某大学
法学部動員学生寮

第一幕　一九四五年八月七日夕刻
第二幕　　　　　八月十五日夜半
第三幕　　　　　八月二十六日朝

登場人物

学生　平山
　　　鈴木 } A室
　　　林
　　　大村
　　　本多 } B室
　　　谷崎
　　　山川 } C室
　　　戸田
　　　倉持 } D室
　　　後藤　配給掛

教授　北村教授
　　　小宮助教授
民間人　山中房子
　　　農民たち
軍人　酒井海軍経理中尉
　　　千葉海軍中尉
　　　城《しろ》海軍少尉
　　　兵士たち
幻影　夫
　　　妻
　　　老婆
　　　通行人
　　　労働者たち
　　　助手
　　　父
　　　母
　　　子供（林の幼年時代）

第一幕　八月七日夕刻

(幕あくや、窓外および正面出入口より見ゆる戸外に夕日かがやき、学生等は作業よりかえりて、おのおの寛《くつろ》ぎいる心持。下手《しもて》B室にては、林、大村、本多、二人は縁にかけ、一人はあぐらをかきて、トランプのダウト・ゲームに興じいる。下手階上A室にては、鈴木、壁に凭《もた》れて数通の手紙を読み返し、平山、あおむけに寝ころがりて、本を読みている。上手《かみて》階上C室にては、谷崎、欄《てすり》にまたがりてギターを奏しつつ、「南から、南から、飛んで来た来た渡り鳥」という当時の流行歌を歌い、山川、これに調子をとりている。しばらく谷崎のギターと歌のみひびく。その間《かん》、トランプの三人は、「A《エース》!」「テゥー!」「スリー!」「フォーア!」と連呼しつつ、時々「ダウト!」と叫ぶ。左のセリフに移るとき、C室のギター低く奏され、歌おのずから止む)

林　上《あが》り!

大村　畜生!

本多　俺が一番負けか。

大村　全く気味がわるいな、このごろのトランプは。負けると赤紙でも来るか、機銃掃射にでも当りやしないかとひやひやするよ。

本多　最近の空襲は小型機ばっかりだしな。グラマン戦闘機って奴が常華客《じょうとくい》と来てやがる。「あきつくにに、悪しきあきつの群、おそひ来るぞよ」か。

大村　何だい、そりゃあ。

本多　林のもってるお筆先に出てるんだよ。

大村　法学部の学生がお筆先の信者になったか、やれやれ。

林　あんまり莫迦《ばか》にするなよ。見て見ろよ。（と背後の棚より和綴の本を出して大村に示しつつ）家《うち》が空襲で焼けて一家全滅した日が三月《みつき》前にぴたり当ったんだからな。

大村　ははあ、（読む）「今の世の人ごころは曇つてをるから、あかきこころで神を見ることはかたいぞよ。この神はそこにある、かしこにあるといふ神でないぞ。この神は宇宙一定《いちじょう》の神であるぞよ。今までは竹の世でありたるぞ。これからは松の世が来るのであるぞ。（飛行機の爆音かすかにきこゆ。一同不安げに聴耳を立てる）松の世が来るのであるぞ。煎豆《いりまめ》に花が咲くぞ。……あなこはや、北が光るぞよ。北が光るぞよ。猫のあとには犬が来るぞよ。悪しき世には白き人あらはるるぞ……」

……なかなか名文だな。黙示録をうんと通俗的にした感じだよ。読ませるよ、こりゃあ。しかし、何のこったい？　犬だの猫だのというのは。

林　猫はアメリカで、犬はソヴエトさ。その前に「北が光るぞ」とあるじゃないか。ソヴエトの宣戦布告近しということなんだろうな。この神さまは大体が大本教の分派なんだ。うちのおやじが大本教に縁があってね。俺が中学のときスキーへ行くのをしきりに止めたのも、この教祖なのさ。むりに行ったら、てきめんに跛《びっこ》になったがね。もっとも、云うとおりに行かなかったら、今ごろは兵隊にとられていたかもしれん。

大村　この怪文書は、「世界革命近し」とも読めるね。平山が読んだら喜ぶだろう。

本多　よそう、よそう、そんな話は。どこで憲兵がきいてるかわからんよ。

林　もう一丁やるか。(ト、トランプを切りはじめる)

(三人またダウトに興ずる。この時、A室の鈴木は手紙を読み止め、欄に立ちて通路の上手下手をうかがう心持。C室の谷崎、ギターを弾きやめて、同室の山川の肩をつつく)

山川　何だい。

谷崎　(下手のA室を指して)鈴木のあの落着かない恰好《かっこう》を見ろよ。

山川　あれが何だい。

谷崎　今日鈴木の彼女が面会に来るんだよ。それでさっきから女の手紙を読み返して悦に入《い》っていたんだよ。

山川　そわそわしているのはそのせいなんだな。

谷崎　とにかくあいつには恋愛の資格があるよ。俺は何しろ心臓弁膜症で、恋愛は体に毒だし、平山と戸田と大村は結核だし、今ごろ赤紙の来ていない奴は、体のどこかにおかしなところがある。ところが鈴木の病気は喘息《ぜんそく》なんだからなあ。喘息って寒くならないうちは何ともないんだろう。それに人にうつる病気でもないしさ。夏場はあいつの稼ぎ時さ。

山川　よほどあいつはその女に夢中なのかい。

谷崎　朝から晩まで、あいつは女のことを考えているんだ。俺もさんざんきかされたよ。女はやっぱり勤労動員で、東京の近くの工場へ行ってるんだ。空襲のたんびに鈴木は東京の空ばかり見てるんだよ。女が爆弾に当って死んだら、自分も何とかして死ぬつもりなんだ。

山川　女のほうもよっぽどあつあつなのか。

谷崎　まあそうだろうな。休みをとって、こんなところまでわざわざ来るくらいだから。……尤《もっと》も、来るか来ないか、そんなことはわからんよ。

山川　賭けをしようか。

谷崎　何を。

山川　俺は来ないほうに賭ける。

谷崎　それじゃあ、来るほうへ賭けよう。手巻煙草十本だぞ。

山川　よし。

谷崎　しかし、あいつも仕合せ者だなあ。夢中になるものがあるんだから。

山川　疎開工場の穴掘りには夢中にもなれないしな。

谷崎　とにかくここの生活は変だよ。なまじっか自由がある。喰うものはある。何を喋ったって、娑婆《しゃば》ほどうるさくない。しかしこの自由たるや、肺結核か跛か喘息の反対給付なんだからね。……それに何を喋ったって自由だが、何を喋ったってどうなるもんじゃない。

山川　何かに夢中になったって、夢中にならなくたっておんなじことだが……。

谷崎　そんなわけは本当はない筈なんだがな。(ト、ギターの一本の絃《げん》をはじいて)……鳴ったろう。(しかるのち絃を押えて)……今、鳴ってないだろう。……これがおんなじかな。

山川　(煙草に火をつけて、捨鉢に)おんなじさ。

(下手階下のB室のトランプの人々の内、一人が上《あが》りて、快哉《かいさい》を叫ぶ。そこへ正面出入口よ

り D室の住人、戸田、倉持、工場よりかえりたる態《てい》にて、汗をふきふき入り来《きた》り、D室に腰かける)

林　(上手D室へ呼びかけて大声で)工場のほうはどうだい。

戸田　着々やっとるよ。

倉持　(ゲートルを脱ぎつつ)しかし穴ぐら工場になってから湿気がひどくてね。部品がみんな誤差が来てるんです。あんな部品で飛行機を組立てたら、忽《たちま》ち空中分解ですね。

(倉持はイヤにゆっくりした、ネチネチした物の言い方をする小男である)

戸田　黙っとれ、非国民。

倉持　戸田君は二言目に僕を非国民というんです。ひどいなあ。(下手へ)穴掘りの方はどうですか。

大村　着々やっとるよ。

戸田　ふん。

倉持　ああ、思い出した。(ト、ポケットより新聞をとり出して)工場から今日の新聞もってきた。きのう、何だか広島へ新型爆弾が落ちたんですってよ。

戸田　損害軽微と書いてあるじゃないか。

倉持　でもちょっと気味がわるいじゃないですか。

(AC両室の四人、椅子より下り来り、B室の三人と共に倉持の新聞のまわりに集まる)

平山　(新聞を熱心にのぞきてのち、群を離れ、通路の椅子にかけて、ニヤニヤしつつ)うん、うまく行ってる。……うまく行ってる。……

戸田　(ききとがめて、挑戦的に)ああ、うまく行ってるよ。飛行機生産もこれから急カーヴで上って行くよ。

平山　俺はな、ただ嬉しいんだよ。だんだんうまく行ってることが、俺にはわかるんだ。

戸田　平山! お前は日本人が一人でも多く死ぬのがうれしいんだろう。俺たちの友情がなくってみろ、今ごろお前なんか、牢屋で野たれ死にをしてるところだぞ。マルクスきちがいの売国奴め。

大村　まあ、よせよせ。それよりこいつはそろそろ思案の決めどころだぞ。

林　この間の話か?

大村　そうだよ。逃げるんなら今のうちだ。

戸田　俺は逃げないぞ。

大村　逃げたくない奴は残ったらいいさ。なあ、諸君、もうこうなったら、俺たち自身で知識階級の温存を考える必要があるぜ。ゾルと一緒に野垂れ死にする義理はないんだからな。この間も大沢海軍大将が大学で公然と学生たちにこう演説したっていうじゃないか。「日本はもうだめだ、あとは君たちに委《まか》せるのみ」ってさ。……このごろ、学校の先生が足りなくて、私設小学校が認められたのを知ってるかい。俺たちは山の中へ入って、学校を作って、戦争がすむまで先生をやって暮したらいいんだ。

倉持　僕たちって、でもそんなに保存の価値があるんですか。

谷崎　君のその純情無垢《むく》は、たしかに保存の価値があるよ。

倉持　僕ってそんなに純情なんですか。

鈴木　僕は、正直のところ、命が惜しくないな。

大村　多分ピエールとリュスみたいに死にたいんだろう。

鈴木　(正直に)そうなんだ。僕は猛烈豪勢で贅沢なことが好きなんだ。銀座へ今行ってみろ、売ってるのは何だと思う。一杯十五銭のパイン・ジュースと称する砂糖水か、国民酒場の酒か、さもなけりゃ半ペラの夕刊ぐらいだ。平和な時代の贅沢は何も出来やしない。……ところが今の日本で、ほしい奴には湯水のように使えて、思いきり贅沢のできる品物を、ふんだんに売ってるんだよ。それが死なのさ。僕は自分が死ぬことを考えると、青春の特権というものに酔うんだよ。

倉持　だって爆弾が落っこちれば、おじいさんだって、中年男だって、死ぬじゃないですか。

鈴木　でも若いやつの死だけが、豪勢で、贅沢なのさ。だってのこりの一生を一どきに使っちゃうんだものな。若いやつの死だけが美しいのさ。(わが言葉に酔いつつ)それはまあ一種の芸術だな。もっとも自然に反していて、しかも自然の一つの状態なんだからね。

林　君は特攻隊になればよかったな。

鈴木　でも喘息持ちじゃね。

倉持　いっそ自殺したらどうなんですか。

鈴木　自殺なんて勿体《もったい》ないじゃないか、こんなに死ぬチャンスが豊富にあるのに。どこにでもお札がちらばっていたら、君は自分の家《うち》のお札で物を買うかい?

大村　わかった、わかった。それよりもっと真剣に考えなかったら虻蜂《あぶはち》取らずになっちまうぜ。(戸田、何か云わんとする)まあ、本土抗戦派とロマンチストは別にしてだ。……俺たちが今ここを逃げ出したって、処罰したり追っかけたりする余裕がむこうにありやしないよ。毎日こうやって呑気《のんき》に暮してるが、このまま行けば、いずれは竹槍を持たされるんだぜ。この間、兵隊に行った須堂《しゅどう》なんか、驚いたもんだよ。一旦入隊してから、お前ら家へかえって鋸《のこぎり》でもなんでも工作道具を持って来い、って云われたんだぜ。俺たちだってこれからは、いよいよ敵の戦車が上陸して来たとき、爆薬入りのドラム缶をかかえて戦車の下敷きになって死ぬほかはないんだ。

（一同シンとなる。下手より、配給掛の腕章をつけたる後藤、袋をかかえて出《い》ず）

後藤 配給だよ、干林檎だ。一人五十銭ずつ出してくれ。

（一同わやわやと金を探して集まる。戸田、袋に手をかける）

戸田 おい、駄目だったら！　金と引替えだよ！　手をつっこんじゃだめだったら。

後藤 生意気いうな、大人しく出せばいいんだ。

（後藤、袋をかくして、戸田の胸を突く。戸田咳込《せきこ》む）

谷崎 （手で払うまねをなし）よせやい、黴菌《ばいきん》がつくよ、黴菌が……。

戸田 何だと。

大村 おい五十銭、五十銭。

後藤 そうめちゃに押すなよ。行列を作ってくれよ、行列を。

倉持 これっぽち、不公平ですよ。

大村 目分量で売る奴があるもんか、ダラ幹め。

戸田 この馬鹿野郎。（ト後藤の頭をなぐる）

（後藤、袋を畳の上に置かんとするに、押されて袋の口より干林檎散乱す。数人は土足のまま上り、これをつかみとる。かかる混乱のうちに、上手より酒井海軍経理中尉（法学部の先

輩〕、三つほどの袋を抱えて登場。にやにやしつつ、この態《ざま》を見ている。倉持気づいて、直立不動の姿勢になり）

倉持　あ、酒井さん！

酒井　おう、静まれ、静まれ。そんな粕《かす》みたいなものにガツガツするやつがあるか。（後藤に、自分の抱えたる袋のうち二袋をわたしつつ）貴様、これを他の班へ配給せい。（後藤、礼をして下手へ去る。のこる袋を通路の机の上へ置き、椅子に腰をかけて）キャンデーだよ。経理将校の役得でな、母校の後輩諸君に甘いものを喰わせてやろうと思って、もってきたんだよ。（ト袋より出して皆に配る。皆礼を言い、キャンデーを頬張りつつ、酒井をとりまく）どうだ、元気でやってるかい。（一同口々にうなずく）まあ、頑張るんだな。戦局日々に我に不利だが、そのうちには何とかなるだろう。こうしてときどき諸君の顔を見に来るのが、目下の俺の唯一の息抜きさ。職業軍人たちは、頭が悪くて、共に語るに足らんからね。……俺たちのころは、曲りなりにも、大学のかえりに蕎麦《そば》が喰えた。本郷どおりのすりへった歩道がなつかしいな。塀の中の並木が蔭をつくってな。ありゃあ何の木だ？

倉持　樫《かし》じゃないですか？

酒井　樫か？　まあ何でもいい。大学の三四郎の池もあのままだな。

林　ええ、あのままです。

酒井　大学はふしぎと焼けないな。

谷崎　何しろ真理の殿堂ですからね。真理がいっぱい詰ってて、火のつきがわるいんでしょう。おからのいっぱい詰った重箱みたいに。

酒井　貴様、なかなか皮肉屋だ。その精神大いによろしい。本学出身者はその精神を忘れちゃいけない。（一同御愛想笑いをなす。気をよくして）……俺はな、二十五番教室の殺風景な広さも、法学部事務室の陰惨な暗さも、あのアーケードも、銀杏《いちょう》並木も、山上御殿のまわりの禿げっちょろけた芝生も、そりゃあみんな懐しい。しかし諸君の顔を見るときにだな、いちばん懐旧の情にかられるんだよ。諸君の目の中に正に大学があるんだ。俺はゾルになったが、知的な優越感だけは断じて忘れちゃいない。俺は諸君の目のなかにプライドを見るよ。職業軍人のプライドとはまったく別の清潔なプライドを見るよ。諸君はこうして、しばらく大学を離れて、勤労動員に来ているわけだが、このプライドだけはなくさないでほしいと俺は思うんだ。

倉持　僕、あんまりプライドないんですけど……。

酒井　俺の前で謙遜しなくてもいいよ。

倉持　本当にないんですけど……。僕、法学部へ入ってから、学校の講義で使う本しか読んだことがないんです。知識なんて、何の役に立つんだか、よくわかりませんね。僕はひどい脚気《かっけ》なんで、徴兵官が、お前のような者は国家のお役に立たん、って言いました。彼の言分も尤もだと思うんですけど。

林　倉持の言うことは本当ですよ、酒井さん、僕たちはみんなどこか滑稽に見えやしませんか。それというのが、僕たちがちょっとばかり知性をもっているせいじゃないでしょうか。甲種合格の体に知性がまざり合っている分には、こいつはちょっとイケます。滑稽どころじゃありません。でも、体のほうは廃物の宣告をうけた奴ばっかりで、僕たちはこれでも今の日本では、知性だけで生きてる天晴《あっぱ》れな連中です。僕たちは純粋な知性なんです、いわば。ところがここ十年間、僕たちの見てきたところでは、知性というやつは日本ではいつも三枚目の役を押しつけられて来ました。僕たちはいわば三枚目の代表なんです。僕はもう三枚目に愛想が尽きたから、今じゃ、コックリさんを信じているんです。三流の神様のお筆先も信じるし、狐が憑《つ》いたといえば、それも信じます。僕、お化けだって信じているんですからね、こう見えても。四谷怪談のお岩ってのは、ありゃ本当の話ですよ。

酒井　(気押《けお》されて)ふうん、それで貴様は、何を探究しようという気なのかね。

林　つまりですね、お化けを信じればですね、肉体に対する精神の優位というやつが、どうにか信じられるようになるかもしれませんからね。
酒井　当り前じゃないか、諸君、精神は断じて肉体を凌駕《りょうが》してるじゃないか。そんなこと、信じるも信じないもないじゃないか。それで貴様は本当のところ、どう思ってるんだ。精神と肉体とどっちが上かね。
林　残念ながら、肉体が上ですよ。
酒井　ふうん。（気を取直して）こりゃあ面白い。こんな議論は航空隊じゃとてもきけないよ。それじゃあ、個別的に質問しよう。（鈴木をつかまえて）貴様は何を信じているんだ。
鈴木　恋愛です。
酒井　れん？　は？　恋愛か。ああそうか、（ト、大村をつかまえて）貴様は何を信じてる。
大村　現実です。
酒井　（平山に）貴様は？
平山　（咳をしながら）未……未来です。
酒井　未来だって？　物好きだな、貴様は。おい、そっちの！
谷崎　音楽です。
酒井　ベートーヴェンか？

谷崎　いや、ギターです。僕、ギターを弾くもんですから。

酒井　（笑って）敵性楽器だな。（戸田に）貴様は何を信じてる。

戸田　必勝の信念。

酒井　（怒って）おい、軍人を莫迦にすると、ろくなことはないぞ！

林　いや、皮肉じゃなくて、あいつは真面目なんです。

酒井　そうか、（学生たちに馬鹿にされまいという用心と、軍人としての職業意識が戦って）貴様、えらいぞ！

戸田　（横柄に）酒井さん、こいつらとつまらん議論をなさってると、性根が腐りますよ。みんな非国民で、デカダンばっかりですからね。それにみんな半病人ですから、自分の個体の存続にばかり気をとられて、国の永遠の生命というものを見失ってますからな。私は平泉澄《きよし》先生に私淑してますが、（軽い口調で）なあに、日本は勝ちますよ。きっと勝ちますよ。

酒井　（些《いささ》かムッとして、しかし、おもねりながら）平泉さんのことは僕は知らんが、喜んで国のために死ぬということと、真理探究とは、両立すると俺は思っている。二ヶ月前に比べると、ここの諸君にも次々と赤紙が来て、半分ぐらいの人数になってしまったがね、戦地へ出て行った連中は、皆立派にやっていてくれることを俺は信じるよ。こうやって、下らん議論もやるにはやるが、いざとなれば、本学の名誉にかけても人一倍立派にやってるにちがいないよ。

倉持　(ネチネチと)それは妥協というか、順応性に富んでるということにすぎないんじゃないでしょうか。

酒井　自己反省もほどほどにせんと、人間、だめになってしまうぞ。

谷崎　僕には、音楽的陶酔というようなものなら、わかるがな。

酒井　(意地悪くなって)せいぜい貴様等も今のうちに観念的議論をやっておくさ。近いうちに敵さんは、上陸作戦をやらかすだろうが、この相模湾からという説が海軍には多いようだぜ。(一同色めく)いくら水際で邀《むか》え撃つと云ったって、上陸後半日でこのへんは席巻されると思わなけりゃならんからな。

大村　そのときわれわれはどうなりますか。

酒井　気の毒だが、どうしたって対敵防禦第一線へ狩出されるな。

大村　酒井さんはどうなりますか。

酒井　不肖、酒井経理中尉も竹槍組の指揮を買って出るよ。

大村　僕らは学校の先輩としての酒井さんに伺いたいんです。

酒井　先輩にも先のことはどうともわからんよ。諸君の中にも、コックリさんを信じてるのや、そこらに居ったな、「未来」を信じると断言したのや、いい友達がいるんだから、そっちへききたまえ。正直、俺は諸君に時々甘いものをもって来てやるぐらいが関の山さ。

林　(多少皮肉に)どうも今日はありがとうございました。

酒井　(少し悲しくなって)なに、礼には及ばんよ。それより、仕事だ。仕事だ。俺はこのごろ食糧徴発でいそがしくってな。野菜物はみんな現地徴発で行く他ないんだ。諸君は気がついてるか知らんが、このごろの百姓共の非協力的態度は目にあまるよ。人間より蟻のほうが洪水を早く予知するっていうが、とにかく非協力を極めてるんだ。

(このセリフの間から農民A、B、C、正面出入口のところに現われて、凝然と佇《たたず》みいる。酒井これに気づき、照れかくしに大声を張り上げる)

酒井　どうしたんだ。ここへ来い、とは云わんじゃないか。

農民　…………。

酒井　(歩み寄りつつ)ここは学生寮だよ。俺がここへ来てるということを、工廠《こうしょう》できいて、やって来たのかい。……やれやれ、荷物はどこにあるんだ。(ト一旦外へ出てみて)——何もないじゃないか。茄子《なす》と胡瓜《きゅうり》とトマトの荷車はどうしたんだ。何もないじゃないか。

農民 …………。
酒井 口がないのか。何とか返事をしたらいいじゃないか。また凶作の言訳は利かんよ。収穫量はちゃんとわかってるんだからな。
農民 …………。
酒井 よろしい。ここじゃ話もできん。外できこう。しかしこのごろのような非協力的な態度がつづくと為にならんぞ。
農民 …………。
酒井 俺もすぐ工廠へかえる。歩きながら言分をきこうじゃないか。え？ （農民を促して二、三歩行きつつ、引返して、ばかに元気よく）じゃあ、諸君、頑張ってくれよ、いいか。（去る。――間）
谷崎 先輩どころか……。
林 ありゃあ立派な軍人じゃないか。
戸田 なにイ？ 立派な軍人？ あんなものは腐れ軍人だ。
倉持 悪口はよしましょうよ、キャンデーをもらったんだから、ね。
（一同苦笑いしつつ、キャンデーと干林檎をもって、そこかしこに腰を下ろす。谷崎のみは一人、階上の自室、Cへ上りてゆく。上りながら）

谷崎　どうもこの上《あが》り下《お》りは心臓にわるいな。どうにかならんかな、この梯子《はしご》。

本多　今にアメリカがエレヴェーターをつけてくれるよ。

（林はトランプの一人占いをはじめ、倉持はＤ室へ上り、寝そべりて、干林檎を嚙みつつ、国際法の教科書を声高に読みはじむ）

倉持　第二節、権利義務。

国際聯盟の有する主要な権利義務はつぎのようである。

（ａ）　管轄権　聯盟はＢ式とＣ式の委任統治地に対して管轄権を有する。現実の統治は受任国によって行われる。受任国は聯盟の委任を受け、それに代って現実に統治を行う。

（ｂ）　保護権　聯盟はダンチッヒ自由市に対して保護権を有する。自由市は聯盟の保護の下におかれ（ヴェルサイユ講和条約一〇二条）その憲法は……

（この朗読のあいだに、下手より、鈴木の恋人、山中房子防空服装のモンペ姿にて登場。うろうろしつつ、鈴木の名を一学生にきくこなし。鈴木これに気づき、立上り感動のあまり佇《ちょ》立《りつ》す。その気配に、「その憲法は……」のところにて、倉持朗読を止む。舞台上の人物全く沈黙を守る。林一人は無関心にトランプ占いを続けいる。鈴木と房子は、一米《メートル》ほど離れて、顔を見合せて立ちたるまま、言葉もなし。鈴木、歩み寄りて、房子を舞台端通路の卓のかたわらの椅子に掛けしめ、自らも椅子に掛け、卓にさし出したる女の手の上にわが手をのせて、じっと女と目を見交わす。この時、突如として、上手階上C室にて、谷崎、ギターをかなで、ラテン音楽風の恋歌を弾きはじむ。無言劇。——二人、手をとりて、目をみつめ合いしままなり。やがて鈴木、周囲の注視に気づき、突如、女を促して立上り、中央出入口より戸外へ去る。谷崎のギター、ハタと止む。一瞬の間ののち、又《また》、倉持声高に朗読をつづける)

倉持　その憲法は、聯盟によって保障される。(一〇三条)外交関係はポーランドが処理する。(一〇四条六項)。(c)　少数者保護権　少数者保護権は人種上、言語上、宗教上の少数者を保護する権利である。ヨーロッパの多数の国家とトルコにある少数者について、聯盟はこの権利を有する。

(窓外は真紅の夕映えに染めらる)

谷崎　(階上C室より階下の山川へ)おい、俺が勝ったぞ。煙草十本よこせ。

山川　あとでやるよ。

谷崎　すぐよこせよ。

山川　八本は巻いたやつがあるけど、まだ二本巻いてないんだ。

谷崎　ここで二本巻いて、十本耳をそろえて出せよ。

山川　ちぇっ、うるさい奴だ。（ト梯子を昇りてゆく）

（窓外の夕映え、いよいよ赤し。大村立上りて、窓を見つめて、伸びをしつつ）

大村　あーあ、逃げたいな。

本多　戦争からか？　ここからか？

大村　正直それがわからないんだ。

林　（トランプの最後の一枚をめくって）逃げろ！　と出たぞ。俺のトランプ占いはきっと当るんだ。

平山　うまく行ってるよ。……ふん、みんなうまく行ってる。……

本多　（独白の如く）やっぱり逃げたほうがいいんじゃないかな。（上手階上へ）おい、谷崎。君はどうだ。

谷崎　（ギターをかき鳴らしつつ「風の中の、羽のように」の節にて）逃げろ、逃げろ、今のうちに。（ト歌う）

戸田　俺は絶対に逃げないぞ。

倉持　君に非国民と云われたって、僕は逃げますからね。

大村　逃げるとして、団体行動をとるのは不利じゃないかな。半分ずつに分けるか、三つに分けるか。よっぽどうまくやる必要があるぞ。（一同次第に大村の周囲に集まる。谷崎、山川はそのまま階上に、戸田はそのままD室にあり）……たとえばね、このごろはルーズで、何とか理由をつけて、附添教官の判こをもらえば外出ができるだろう。できるだけこれで行くんだ、合法的に。のこりは朝の点呼のあとで半分消え、穴掘り作業の昼休みに半分消え、という風にやればいいんだ。あとは打合せといて、東京のどこかで会ってもいいし、（このころより下手に民法の北村教授、小宮助教授を従えて登場。じっと聴耳を立てている）……連絡先は俺の家でもいい。俺には伝手《つて》もあるし、一旦ここを出たら、団体行動のできるだけの手配はしておくよ。いいな。蒲団やなんかの大きな荷物は諦めるんだな。どうしても持出さなけりゃならん物だけ、たとえば本だとか、身の廻り品とか、辞書とか、そういうものだけ持って出りゃいい。荷物らしい荷物は持たないほうが……。

（C室の谷崎、下手の教授連をみとめて、あわただしくギターをかきならして、一同の注意を促す。一同谷崎のほうを見上げ、谷崎の目じらせで、下手を見る。北村教授ら、勢い込んで学生たちの前に姿を現わす）

北村　（息せき切って、必死の形相で）諸君、待て！　待て！　早まってはいけない！　軽挙妄動してはいけない！　（一同、キョトンとする。なおも必死の覚悟で）とにかく、ここはこの北村に委せて下さい！　大学を信頼して、落着いて下さい！　諸君の熱意はよくわかる。国を思うまごころはよくわかる。私は学生諸君の熱情には鈍感ではないつもりだ。しかし早まってはいけない。命を粗末にしてはいけない。ここはとにかく北村に委せて下さい。おねがいする！　この白髪頭《しらがあたま》を下げて諸君におねがいする！

(卜頭を深く下げる。学生たちは脱出の企図を見破られたかと最初は思うが、相手の態度があまり大袈裟《おおげさ》なので、話が変だと思い、顔を見合せる)

林　一体何のことですか、北村先生。

北村　(額の汗を拭きつつ)諸君、白ばっくれてはいけない。私がこれだけ頭を下げているのに、虚心坦懐に話してくれてもいいじゃないか。平時ならこれで、広い二十五番教室で、民法の講義の時間だけ、諸君と顔を合わすだけの教師かもしれない。しかし今やわれわれ教授も、ここに居られる小宮助教授も、自由の灯《ひ》と学問の伝統を守って、学生諸君と生死を共にしている仲じゃないか。われわれの赤誠を信じて、どうして打明けてくれない。私はそれほどまでに学生諸君の信頼を失ったかと思うと悲しいのだ。

(一同なお何のことかわからず顔を見合わせる。谷崎と山川は、二階より事の成行を窺《うかが》いいる)

小宮　北村先生がこれだけ言っておられるのだから、諸君のうちの誰かが代表して発言して下さい。どういう計画を練っていたのか、具体的に話して下さい。念のために申上げておきますが、われわれは責任者を処分しようとしたり、諸君の計画を摘発しようとしたりして来たのではありません。諸君もわれわれも同じ弱い立場なんです。諸君と共に善処したいと思うから、こう言うんです。わかってくれますね。幸いにして、諸君の計画はまだ軍関係へは洩れていません。ただ、学内でそういう噂を耳にされたものだから、北村先生が大へん心配して来られたんです。（冷静に）まあ、こうして、睨《にら》み合っていても仕様がない。膝を交えて話したほうがいい。北村先生、どうぞお掛け下さい。君、先生のお席をあけてくれたまえ。（と学生をかき分けて、北村をB室に腰かけしむ。——永き間）さあ、君たちには勇気がないんですか。

大村　（頭を掻《か》きながら）実は、あの、こうしていても上陸と同時にみなごろしにされるだけですから、僕たち、知識階級の温存のためにも、山の中へ逃げて、私設小学校をひらいてですね、小学校の先生になろうって、相談していたんです。

北村　（拍子抜けして）それだけかね。（また昂奮して）……いや、そんなことはあるまい。何故隠すんです。何故私を信頼してくれないんです。

（……永き間）

小宮　諸君、本当にそれだけですか？

（一同口々に、「それだけです」「なあ、それだけだなあ」「逃げるより他にやることはないじ

やないか」など、わやわやと捨台詞《すてぜりふ》をいう）

小宮　北村先生、どうもわれわれの思い過しだったようでございますね。

北村　私にもそう思えますね。まあ、しかし、そのほうがよかった。いや、諸君が逃げていいというのじゃ決してないが、その程度のことで、本当によかった。小宮さん、私は本当に心配しましたよ。きのうその噂をきいてから、昨晩はまんじりともしなかった。証拠を見なくては説得もできないわけだから、教師としてあるまじきことと思いながら、こうして学生諸君の様子をそっと窺ってもみたわけだ。昨晩、私は学生諸君が軍部の好い加減な裁判で、片っ端から銃殺されちまう夢を見た。私は夢の中で大声をあげて泣きましたよ。（学生の一人ゲラゲラ笑う。別の一人「シーッ」と云いてとめる）……このとおり、もうじき私は停年で、四十年ちかく民法の勉強をして来た。私の頭の中には、物権法だの債権法だの親族相続法だの、そんな煉瓦《れんが》作りの建物がぎっしり並んでるだけだと諸君は思うだろう。ところがその建物の屋根には可愛らしい鳩たちが住んでいるんだ。鳩という鳩が射たれて死んでしまったら、煉瓦の建築は悲しみのあまり、砕けて粉々になってしまうだろう。その鳩が諸君なんだよ。（学生を見まわして）そんな、鳩が豆鉄砲を喰ったような顔をして私を見るもんじゃない。（一同笑う）

倉持　それで、先生が、何かわれわれの計画についておききになった噂というのは、何

なんですか。(教授と助教授は顔を見合わせる)

小宮 (声をひそめて)実は諸君が、団結して和平工作に乗り出そうとしているらしい、という噂だったんです。

一同 和平工作?

小宮 つまりですね、和平政府を作って、軍部を転覆させるために、諸君が……。

大村 僕たちがですか?

林 和平工作ですって?

(これをきいて、二階より谷崎、山川下り来り一同に加わる。このあたりより徐々に窓外の景色は暮色を増す)

小宮 そうですよ。

北村 (立上り)やれやれ、あんまり昂奮して、胃の具合が妙だ。食事まで部屋で休んで来よう。(暗示的に)諸君、今あわててここを逃げ出すことはないと私は思いますよ。

(ト下手へ去らんとす)

小宮 (立上り)先生、お送りしてゆきましょう。

北村 いいんだ、いいんだ。あなたはここで食事の時間まで、学生諸君と話をして行かれたらいい。(ト去る)

大村　僕、さっき正直に申上げたように、脱走計画はめぐらしました。しかしそんな大それた、和平工作なんて。先生がたはよほど僕たちを買いかぶっていらっしゃるとしか思えませんね。……そりゃあ僕たちは、平和になったらなあ、としょっちゅう思いますよ。思わないやつはいないでしょう。でもそれは、まるで非現実的な夢なんです。命だって惜しいですよ。でもふつうの考えでゆくと、みんな死んじまって、全滅しちまう。と考えるほうが自然なんです。……妙ですね、現実ってやつは、僕らにとって別に壁でも牢屋でもないんです。ここから逃げ出したいって言っている当人の僕が、こんなことを言うのおかしいんですが、別にここが牢屋だから逃げ出したいというわけでもないんです。むしろここの寮は、今の日本の青年に許されているいちばん自由な場所だと思ってますよ。……しかしむしろ、（ト両手で蚊を叩いて）畜生、蚊が出て来たな。

本多　あ、蚊いぶし持って来よう。（ト取りに立つ）

大村　しかしむしろ、僕は怖いんです。現実ってやつが、決して壁みたいに僕らの頭を押えつけずに、焼ビルみたいに、風が吹きとおしで、通り抜け自由で、僕らがやすやすと、こいつを通り抜けて、竹槍を持って出かけて、死んじまうかもしれないってことが、僕には怖いんです。

小宮　（蚊を叩きながら）なるほどね。
戸田　先生、こんな意気地なし共に、和平工作なんて、そんな大芝居が打てますか。買いかぶっておられるんだよ、先生方は。
谷崎　学生と政治運動、そんな時代は昔の夢ですね。
林　何かにぼうっと身を委してりゃいいんです。僕、そう思うんですよ、先生。それも軍部だの、右翼政治家だの、革新官僚だのそんなものに身を委したら、ろくなことになりませんからね。なるたけあいまいな、雲みたいな、なるたけ意味のない、そういうものに、ぼうーっとぶるさがっていりゃいいんです。たとえば、コックリさんとか、そういうものにですね。
谷崎　皆がどうあろうと、僕は情熱をもたないように気をつけているんです。心臓をいたわらなくっちゃいけませんから。愛国運動とか、日本を救うべしとか、軍部を転覆すべしとか、和平工作とか、そんな心臓に害のあることはとてもできません。
山川　こいつの怠け者ぶりには、同室の僕も少々おどろいているんです。しかし多かれ少なかれ、僕らが精神的怠け者であるということには自信をもってます。
本多　何もできやしませんよ、みんな。
大村　御安心下さい、大それたことのできるやつは誰もいませんから。

小宮　（沈思黙考せるのち、冷静なる煽動家の語調にて）ふむ、諸君の仰言《おっしゃ》ることはよくわかります。わかりますが、私は何も諸君に安心させてもらいたがっているわけじゃない、この点は賢明な諸君にはすでにおわかりと思うが。（一同かすかに笑う）……何といいますかねえ、人間って、自分が思い込んだとおりのものになるものでねえ。ジャン・コクトオが面白いことを言っている。「ヴィクトル・ユウゴオは、自らヴィクトル・ユウゴオだと信じた狂人だった」と。諸君はひょっとすると、自ら無気力だと信じている狂人なんじゃありませんかね。われわれが、和平工作の特攻隊たらんとする諸君の行動を心配したのは、決してわれわれのイリュージョンじゃない。況《いわ》んや単なる買被《かいかぶ》りじゃない。いわば、こう断言していいと思うが、われわれの客観的判断だったんです。……考えてもごらんなさい、今学生の千人や二千人が蜂起したところで、軍部がおいそれと身を退《ひ》くなんてことは、千に一つもない。具体的にどういう行動に出るかと云ったところで、私だってちょっと想像もつかない。しかしわれわれがその噂を信じたのは、諸君の具体的な計画を信じたわけじゃない。こう云ってよければ、諸君の「決意」を信じたということなんです。問題は「決意」なんですよ。

林　だめです、……決意なんか、ありませんよ。

小宮　諸君はまだ若い。まだ自分の本当の力を知っていない。もっともそれがわかる時分には、その力がもうなくなっているのが、人間の常ですがね。たとえば私がこう言ったとしたら、どうします。諸君が厳重な警戒網をくぐり抜けて、首相官邸の閣議中の会議室へとび込んで、まあ、たとえば、これだ、（ト手許《てもと》のトランプを取りあげ）……こいつを袱紗《ふくさ》に包んで、（ト手巾《ハンカチ》で包み）総理大臣にそっと手渡す、……それだけのことで、そんな馬鹿なこと一つやれば、たちどころに戦争が終る、と云ったら、どうします。

一同 ……………。

小宮 もっと馬鹿げたことでもいい。諸君の一人が、トマトならトマトを一個持って、参謀総長の机の上へこっそり置いて来たら、それが動機になって、忽《たちま》ち戦争がおわるとしたら、どうします。

一同 ……………。

小宮 え？　たとえば倉持君だったら、どうします。やりますか。

倉持 だってそんなことで戦争がおわるわけありませんもの。やりませんね、僕は。

小宮 だって君、これはいかなる点から見ても、家宅侵入罪以上の罪になりそうもないことですよ。気が違ってやったことだと思われれば、大目に見られるかもしれないしね。それでもやりませんか？　戸田君はどうです。

戸田　僕はアメリカ兵と一騎打をやれと云われれば、死を賭してやります。しかしそんな下らん、トランプやトマトのお使いはできません。

小宮　洒落《しゃれ》のわからん人たちだなあ。(ト仕方なしに一人で笑う)……これは譬《たと》え話《ばなし》じゃありませんか。私はそれだけのことができない諸君ではないと思うから、訊いてるんですよ。平山君、君だったらどうします。

平山　へへへ……。

小宮　大村君?

大村　さあ、できないでしょうね。僕はいろいろ考えましたが、僕らにできることは、ここを逃げ出すことと、小学校の先生になることと、そのくらいしかないんです。

小宮　林君?

林　警戒網をくぐるのは面白そうだと思いますがね。でもこの跛じゃ、そこへ行くまでにつかまっちゃうでしょう。誰かほかの奴にたのみましょう。と云って見渡したところ、行ってくれそうな奴はありませんがね。

(暮れはてて、室内ほとんど暗くなる)

小宮　本多君は?

本多　できません。

小宮　山川君は？

山川　（冷淡に）できません。

（間。室内全く暗くなり、小宮を囲む学生の群像、影絵となる）

小宮　（嘆息して）今……ひょっとすると、日本はそんな手品みたいなことで、引っくりかえるかもしれないいんですよ。まあ、トランプやトマトをもって行かなくたって、近いうちにわれわれの望むような事態が起るかもしれない。そろそろ御前会議がひらかれるようになるかもしれない。

山川　御前会議？

小宮　そうです。

本多　何故です、先生。

小宮　日本はもうおしまいだからだ。

戸田　（怒って）何故です。

小宮　諸君は恐らくまだ知るまいが、きのう広島へ落ちた新型爆弾というやつは、あれは、原子爆弾だったらしい。広島は……全滅したんです。

（一同息を呑む。——間。室内の電灯、一せいに点《つ》く。一同、精神的動揺をあらわす）

小宮　（ますます冷静に）遮光幕を下ろしなさい。うるさく云われないうちに。この間もちょっと幕のはじがまくれて、あかりが漏れていたばかりに、ひどいお叱りを蒙《こうむ》って、閉口しましたよ。

（A室へ平山、C室へ山川、上り、B室の大村、D室の倉持四人おのおの自室の窓に黒幕を垂れ、本多は、中央出入口に黒幕を引きて、各々元へ戻る）

小宮　（腕時計を見て、立上り）私、食事前にちょっと片附けておかねばならない仕事を思い出したので、また食堂で会いましょう。しかし何ですね、諸君、ここのところ性慾は十分ありますか？

（一同笑って答えず）

戸田　僕は十分あります。

小宮　君はそりゃあるでしょうよ。（一同笑う）それというのが、諸君が莫迦にエネルギーがないという自覚症状にとらわれたり、観念的な議論ばっかしやっていたりするのを見ると、私、些か心配になるんです。栄養失調の危険はありませんかね。性慾がなくなっちゃ、人間、とにかくおしまいですからね。（下手へ去ろうとして）私自身も実は、この若さで、最近どうもあんまり淡白すぎて心配なんですよ。女房は至極元気ですがね。女はお藷《いも》をたべてれば元気なんだからえらいもんです。（去る。一同顔を見合せて笑う）

大村　いよいよ原子爆弾か。
林　これじゃあどこへ逃げたっておんなじだ。
谷崎　「ここ過ぎて人は行く、苦悩《なやみ》の市《まち》に、ここ過ぎて人は行く、永遠《とわ》の患《うれい》に、ここ過ぎて人は行く、泯滅《ほろび》の民に」か。
倉持　しかしいいですね、僕たちは。今死んだって、大した思い出はないですからね。
（上手より、後藤、あわただしく登場）
後藤　電報！　電報！　赤紙だ。
（一同立ちすくむ）……倉持君。
倉持　（咽喉《のど》をつまらせて）僕。……（電報をよんで）あさって入隊か。
戸田　長野県の聯隊か。
倉持　（呆然として）ええ、長野県……。（泣きべそをかいて、足を撫でながら）こんな脚気でもいいのかなあ。
戸田　安心しろ。信州に出来たっていう陛下の行宮《あんぐう》の警備ぐらいのところだ、お前のような柔弱なやつは。だが、なあ、体に気をつけるんだぞ。
倉持　ありがとう。戸田君に僕の形見をあげましょう。（ト D室より小さな桐の箱をもって来る）……これ。

戸田　ふうん。(トあけてみて)何だ、みんなブロマイドばかりじゃないか。それも同じ女優のばかりじゃないか。何ていうんだ、この女。

倉持　水戸光子です。僕、空襲で退避するときは、いつもこの箱を持って逃げてたんです。

戸田　ずいぶん安い青春だな。

倉持　それでも一枚十五銭でしょう。二十三枚あるから、三円四十五銭になりますね。一銭五厘の切手で買える兵隊に比べれば、やっぱり女は金がかかりますよ。

戸田　女は寝てみなくちゃつまらんよ。

倉持　そうかなあ、でも鈴木君みたいに、僕は現実の、ちゃんと肉を持った女はまだ好きになれないんです。現実の女は、僕が出征するとなったら、泣いたりわめいたりして、僕につらい思いをさせるでしょう。でもこの人は、(ト、ブロマイドの一枚を手にとりて)僕に赤紙が来たって、僕が死んだって、この通り笑っているだけなんです。僕、そのほうが気が楽なんです。

大村　センチメンタルになるなよ。まだ死ぬときまったわけじゃないんだから。もしかすると、ここが全滅して、君だけ助かるかもしれないんだぜ。信州なんて、うまいところに本籍地があるじゃないか。ちょっと疎開するつもりで行って来いよ。沖縄ももう陥落したし、外地へ出される心配はないしさ。

倉持　人のことだと思って、呑気に云うなあ。

林　さ、俺がお守りをやろう。（トかくしより取出し）サムハラっていう災難よけのお守りなんだ。これがふしぎによく利くんだぜ。機関銃の弾がこれに当って、体のまわりを一まわりして、ズボンの中へおっこちてたというんだからなあ。

倉持　ありがとう。……（なおもブロマイドに見入りつつ）赤紙が来ても、僕が死んでも、この人は笑っているだろう。ここが焼けても、この桐の箱が火に包まれても、焔の中で、この人は笑っているだろう。（魅入られし如く）僕が焼いてやろう。

戸田　焼く？　焼け、焼け。そのほうが未練が残らなくていい。

倉持　あかりを消して下さい。

（学生の一人、壁のスイッチをひねる。灯消える。倉持、マッチを擦り、土間の上で一枚ずつ焼き、火大いに起るや、残余をことごとく火に投ず。一同、倉持を囲んでこれに見入る）

倉持　ごらんなさい。……彼女は笑っている。髪が焼けても、まだ白いきれいな歯で笑っている。……額が焼ける。笑っている目が焼ける。（焔が学生たちの顔を下から照らす）……まだ笑っている。……思ったとおりだ。（吐息をしつつ）ここの寮が焼けても、焔が桐の箱を包んでも、箱の中で、彼女はまだ笑っているだろう。

本多　……まだ笑ってる。
戸田　女なんてそんなものさ。
倉持　けぶいな。煙が目にしみて来やがる。……ほら！　次の一枚が火の中から立上ったぞ。僕のほうを見てるでしょう。ほら、僕のほうを見て笑ったぞ。首に火が移った。火のなかから、笑っている。……あ、黒くなった。……まだ目から上がのこっている。……あ、灰になった。
(永き間。――火尽きる。学生の一人立ってスイッチをひねる。灯火ともる。倉持、立上って灰を踏みにじる。折から、下手に、ガランガランと打ちならすベルの音きこゆ)
戸田　(とてつもない大声で)晩飯だぞ！　晩飯だぞ！　今夜のおかずは何だろう。
大村　(倉持に)どうせ飯を喰ってから行くだろう。
倉持　ええ、飯を喰ってから、荷造りをして、それから出ます。(腕時計を見て)九時の電車に間に合えばいいんだから。
林　今夜は、空襲は、ないさ。
谷崎　お筆先にそう出ていたかい。
林　(まじめに)俺はカンでわかるのさ。(自分の頭を指さして)カンでね。
倉持　鈴木君はまだかえって来ないかなあ。

谷崎　あいつは今ごろロマンスの最中さ。お月様の下で、草に寝ころがって、女が、「まるで戦争の最中と思えないわねえ」なんて言う。そうすると鈴木が、「本当だね、まるで戦争の最中とは思えないね」って言うんだ。

倉持　僕が出る時までに、まだ鈴木君がかえっていなかったら、よろしく言って下さい。

谷崎　ああ、言っとくよ。

戸田　さあ、飯だ、飯だ、晩飯だ。

大村　今夜の飯は倉持君の壮行会だな。

（一同、ぞろぞろと下手へ行きかかる）

大村　（引返して）ああ、箸を洗って、まだ部屋に置いたままだ。あとから行くよ。

（一同、大村を残して下手へ去る。大村、B室へ上り、部屋の隅をさがして、箸箱をとり出す。このとき正面出入口の遮光幕をわけて、鈴木登場）

鈴木　おい。

大村　ああ、鈴木か。……一人かい。

鈴木　外で待ってるんだ。（ト目で出入口を斥《さ》す）

大村　晩飯だよ。それから倉持に赤紙が来たよ。

鈴木　……そうか。

大村　女の子の飯も、俺が何とかごまかして来てやるから、君だけ食堂へ出て、別々に喰えよ。君の分ももって来てやりたいが、そりゃあちょっとむつかしい。
鈴木　飯はいいんだ。……それどころじゃないんだ。
大村　(鈴木を頭の先から爪先までじろじろ見て)君、恋愛もいいが、喰うものを喰わないと、栄養失調になって死んでしまうぞ。
鈴木　それどころじゃないんだ。
大村　お月様は出てるかい？
鈴木　お月様？……ああ、出てるよ。
大村　(ニヤニヤして)ふうん。
鈴木　俺は今死んでもいいよ。
大村　はっきりきくが、晩飯か、恋愛か、どっちだい？
鈴木　飯は喰わない。一緒じゃなくちゃ、可哀想だ。それに今あんまり空《す》いていないんだ。
大村　へんな奴だなあ。罰が当るぜ。今時腹の空いてない奴なんて、売国奴とや云わん、非国民とや云わん、だ。俺はとにかく、飯と女と両立するまでは、恋愛なんかするもんか。じゃあ、御ゆっくり。(ト下手へ去る)

鈴木　（正面出入口の遮光幕をかかげて）今ここは大丈夫だよ。誰もいないよ。……大丈夫だよ。入って来ても。

——幕——

第二幕　八月十五日夜半

(幕あくや、ＡＢＣＤ室悉《ことごと》く消灯して蚊帳《かや》を張り、正面出入口は大戸を閉ざし、一同就寝中の態《てい》。蚊帳は一枚張の紗《しゃ》の幕にして、おのおの幻想場面の人物を、光線の操作によりて浮き出さしむる仕掛。不寝番の腕章をつけたる山川、本多、舞台上手下手より登場。舞台中央に来るとき、山川は本多より煙草の火をもらう)

山川　何だか、どうしても信じられない。戦争がすんだなんて。

本多　まあ、掛けよう。(卜卓をへだてて、通路の椅子に掛け)今夜がおそらく最後の不寝番だな。いい思い出になるよ。

山川　戦争がすんだ、戦争がすんだ、と。……全く妙だなあ。

本多　今日のおひるの玉音放送さ、陛下のお声って案外黄いろい声でおどろいた。あれがお公家さん風の声なんだな。(口真似をして)「堪へ難キヲ堪へ忍ビ難キヲ忍ビ以《モッ》テ万世ノ為ニ太平ヲ開カント欲ス」か。無条件降伏も言い様《いよう》で立派だな。

山川　これで俺たちがいちばん割り切りの早いほうだな。泣いたやつは戸田一人じゃないか。そのくせあいつ、今日の晩飯も、またごまかして三人前喰ったんだぜ。

本多　あしたはいよいよここを引揚げか。北村教授と小宮助教授は、大学へ連絡に行ったんだな。

山川　ああ、あしたの朝、トラックを都合して迎えに来るそうだ。しかしそれにしても、こんなにさっさと引揚げて、問題はないのかな。

本多　工廠長《こうしょうちょう》の松本中将も、総務部長の黒木大佐も、仕事を即刻やめて、学生はみんな家へかえすつもりなんだってさ。

山川　ゾルがその気なら世話がなくっていいやな。

本多　(各室を見まわして)現金なもんだな。みんなもう荷造りをすましちまったじゃないか。

山川　戦争がすんだ、戦争がすんだ、と。俺たち子供のころからぶっつづけにやっていた戦争がきょうすんだのかな。それでも今日一日、太陽はいつものようにカンカン照ったし、別に変ったことは何ひとつありゃあしない。

本多　戦争がすんだって感じはするけど、敗戦っていう感じはまだわからんね。そりゃあ、野球の試合だって、映画だって、暴風雨だって、夫婦喧嘩だって、いつか、終るさ。終ったという感じは沢山あるけど、敗戦ってやつは全然新らしい経験だもんな。今まで

山川　では、たとえばこのテーブル、こいつの意味だってすっかり変っちゃったんだな。今までは、戦争中の大日本帝国のテーブルだった。今度は、(卜卓をコツコツ叩いて)お前さんは敗戦国のテーブルになっちゃったんだぜ。

本多　(各室を見まわして)みんな相当の太っ腹だな。戦争がすんで、あしたは家へかえれるという晩に、ぐうぐう寝られるんだから。

山川　(小声で)どうだかね。(元通りの声で)やれやれ、もう爆弾の雨も降らないし、うるさい奴らがすっかり生き残って残念だなあ。一人ぐらいくたばればよかったのに。

(各室より「何を!」「何を!」という声す。山川、本多、顔を見合わせて笑い、再び左右へ立別れ、見廻りつつ退場。間。A室の蚊帳より、平山出でて欄《てすり》に凭《よ》る)

平山　暑くて寝られやしない。おい、鈴木、もう寝たのか。

鈴木　うむ……いや。(卜蚊帳より這い出で)……さすがに今夜は寝られない。煙草あるか。

平山　ああ。(卜二人火をつけ合う。平山、のびをなし、深呼吸をして、咳込《せきこ》む)

鈴木　煙草はやめたほうがいいぜ、平山。胸にわるいよ。

平山　ああ。(嘆息して)……しかし日本も敗けたか。今日は盆とお正月がいっしょに来

たようだ。なあ。うまく行ってるよ。……万事うまく行ってる。そう思わないか。

鈴木　うん。

平山　君は一九一九年十一月二十二日の「東洋諸民族共産主義組織第二回全ロシア大会」でのレーニンの演説を知ってるか。「東洋諸民族の覚醒について」って演説を。

鈴木　いや。

平山　俺はほとんど諳記してるんだ。予言者的な名演説だぜ。（立上って、演説の口調で、ときどき咳込みつつ）「社会主義革命は、もっぱら、かつ主として各国の革命的プロレタリアの自国ブルジョアジーにたいする闘争であるというわけにはゆかないであろう。——いや、それは帝国主義によって圧迫された一切の植民地と国家、一切の従属国家の国際帝国主義に対する闘争となるであろう。……ソヴィエト共和国は、東洋のめざめた一切の民族を自分のまわりにあつめ、かれらとともに、国際帝国主義に対する闘争を行わなければならない。またかれらに、解りやすい言葉で、われらの解放の唯一の希望は、国際革命の勝利であり、国際プロレタリアートは、東洋のあらゆる幾千万の勤労被搾取人民の唯一の同盟軍であるということを話さなければならない」

鈴木　（拍手をする）戦争がすんだら、急に弁舌さわやかになりやがった。

平山　まぜっかえしちゃいけない。ねえ。すばらしい時代が来るんだ。日本の軍閥は崩壊するし、一方はからずも日本軍のおかげで植民地から解放されたアジアの民衆は、起《た》ち上って、手を握るんだ。アジアが世界革命の拠点になるんだ。植民地を失ったヨーロッパの帝国主義国家につぎつぎと革命が起るんだ。千載一遇のチャンスだよ。幾千万のアジアの民衆が、日本の敗戦を機会に、目をさますんだ。そうして目をさました日本の労働者と一緒に、世界中の被搾取階級に呼びかけるんだ。石にひしがれていた雑草がすくすくと伸びはじめる。朝の空にむかって、葉をさしのべる。これこそ本当の神風だよ。見てごらん。あそこに十年間ってもの、雨にふりこめられている国がある。来る日も来る日も十年の永いあいだ、雨ばかり降っていたんだ。（ト上手C室を指さす。C室ほのぐらい中に、ふとんの中に寝ている夫婦が見える。それと同時にA室暗くなる。C室で、コケコッコーと鶏が鳴く）

妻　（起き上って）あなた起きなさいよう。もう朝よ。

夫　むう。（トふとんをかぶる）

妻　起きなさいったら。（トふとんをはぐ）

夫　ちぇっ、うるさいなあ。起きたって仕様がないじゃないか。どうせまた雨さ。

妻　雨だって、朝になれば起きるものよ。

夫　それが女の考えってもんだよ。習慣が女の神さまなんだ。朝になれば起きる、へっ、つまらん習慣だ。（妻、窓の雨戸をあけようとする）おい、雨戸をあけるなよ。雨戸をあけりゃあ、どうせ雨なんだ。雨戸とはよく云ったもんだ。（ト枕もとのスタンド・ランプをつける。煙草に火をつけて）まったくよく降りやがるなあ。じとじと、じとじと。家じゅう、なめくじだらけじゃないか。きのう新聞に出てたなあ。どこかの幼稚園の子が、大なめくじに喰べられちゃったって話。このごろじゃ、なめくじ退治の塩の生産が間に合わないっていうじゃないか。俺の洋服はみんな湿気で腐っちゃったし、……まあ、俺が大学を出たときから十年間降りっぱなしなんだから、無理もないや。おまえとの恋愛中もみんな雨、結婚式も雨、晴れた日のおまえの顔ってのを、まだ拝んだことがないんだからなあ。

妻　あたしはもうそんなに気にならないわ。女学校時代から雨でしたからね。大学を出てから降りだしたような人とはちがうわ。これが当り前だと思っていられるのよ。

夫　俺は一日だって当り前だと思ったことはなかったなあ。はじめのうちは、あしたこそ晴れると思って床《とこ》に入ったもんだよ。そうすると又《また》雨。あしたこそ、次の晩もそう思う。しかし又雨だ。それが二年つづいた。三年目からはこう決心した、もう決してあしたは晴れるなんぞと思うまい。ところがそういう思い切りも一種の希望だよ。五年このかた、俺は思い切りもしない、絶望もしない、そうかって、当り前とも思わない。どんなに馴らされても、どんなに訓練されても、俺の心の奥のほうは屈しない。雨がこんなにふりつづくのは異常な事態だと思うことを、忘れたためしはない。

妻　それが何になるの？

夫　何かになるんだ。（また鶏鳴きこゆ）鳴いてやがる、鳴いてやがる。雨がふっていても、朝だというんで、莫迦《ばか》正直にトキを作ってやがる。お前みたいだな、まるで。あれはもしかすると牝鶏かもしれないよ。

妻　何を下らないことを言っているのよ。雨戸をあけるわよ。そのほうがいくらかでも明るいんだから。

夫　いくらかでも？　やれやれ。「いくらかでも」が何になる。白か黒、昼か夜、そうして晴か雨、そのほかに何があるんだ。……きいてごらん。何か音がきこえるかい？町中しんとして夜中のようじゃないか。誰も自分が一番先に雨戸をあけることがおそろしいんだ。どこが一番さきに雨戸をあけるか、町中が聴耳を立てているんだ。さてその雨戸があく。ガタガタガタ。絶望的な音。そのあとの沈黙。それで今日も雨だとわかってしまう。やっと安心して、ほうぼうで雨戸を開けだすんだよ。

妻　でも私、雨戸をあけるわ。それが私の仕事なんだもの。

夫　勝手にしろ。

妻　（窓の雨戸をあける。光り、なだれ入る。一面の青空）まあ！　どうでしょう、真青な空、十年ぶりの！

夫　（頑《かたく》なに目を手でおおって）俺は信じない。

妻　青空よ！　青空よ！　雨が上ったわ！

夫　俺は信じない。

妻　ごらんなさい、道路の上にはきのうまでの水たまりがきらきら光って、小鳥たちがうるさいほど囀《さえず》りだしたわ。（小鳥の囀り。コーラスのハミングきこゆ）ごらんなさい。勇気がないのね。（ト夫の手をはぎとる）

夫　ああ……。青空だ。雨が上った。（妻と相擁して）どうしたらいいんだ。どうやって信じたらいいんだ。おーい！　みんな起きろ！　雨が上ったぞ。

妻　まあ、ほうぼうの窓がひらいた。みんな抱き合って、歓声をあげてるわ。バタン、バタン、窓の戸が朝風に鳴っているわ。なんてさわやかな空気！　（ト深呼吸をなし）胸のなかまで真蒼《まっさお》になるようだ。

夫　ああ、太陽！　（窓から首をさし出して）あんまり永いあいだ見なかったんで、あのぎらぎらした円盤のまんなかを、目がつぶれるまで見つめていたいようだ。太陽が照るだけで、こんなに世界が一変するなんて！

(窓のそとを通行人が踊りながら行き交う。一人の老婆が、窓から首を出して)

老婆　おはよう。今日はいいお天気ですね。死ぬ前にもう一度お天道様《てんとさま》を拝めましたよ。

夫　(その肩を叩いて)おはよう！　おはよう！

妻　みんな寝間着のまま街角にとび出したわ。鳩がみんなの頭の上を輪になって飛んでいるわ。どの窓からも洗濯ものがいっぱい下って来たわ。いつも家のなかで永いことかかって干すほかはなかったのが、今朝は太陽がたちまち乾かしてくれるんだわ。まだ水に濡《ぬ》れている洗濯物は、重たそうに垂れているけど、すっかりかわくと風にひるがえって、まっ白にきらきらして、縄を離れて風のなかへ飛び立つでしょう。

夫　(通行人に)おはよう！　おはよう！

妻　あら、楽隊がやってきたわ。(楽隊の音楽近づく)十年ぶりの街頭行進だわ。音楽って日光を浴びてきくと何てすてきでしょう。雨のなかでは、音楽は雨のように心を腐らせたわ。それが今では……

夫　(通行人に)おはよう！　おはよう！　いいお天気ですね。いい日光ですね。あの空の色、あれがほんとうの空の色ですね。

妻　広場から煙が上ったわ。何でしょう。みんなが家《うち》から傘を持ち寄って、焼いているんだわ、あの真黒な、鴉《からす》みたいな、濡れた、不吉な、いやらしい雨傘を。(通行人に、洋傘を二つさし出して）すみませんが、うちの傘もおねがいします。ええ、宅と私の傘ですの。この二本をあの焚火《たきび》に放り込んでください。ここから私、十年間というもの、いつも私たちの頭にのしかかって威張っていた雨傘が、火あぶりになるのを見たいんですの。

労働者たち （通りかかって）おはよう！　今日はまったくいい天気だなあ。

夫 握手しよう。女房とも握手してくれ。（労働者たち妻と握手する）ありがとう。こうして一度雨が上ったからには、毎日晴れた日がつづきますように！　青い空がつづきますように！

労働者の一人 大丈夫だよ。もう一度握手しよう。こうして僕たちがしっかり手を握り合っているかぎり、きょうのような天気は永遠につづくだろう。

（ト C室暗くなり幻影消える。A室明るくなる。平山は欄に凭っている。鈴木は、次の幻影場面のために背広に着かえているので、蚊帳の中に入っている）

平山 十年間の雨が上ったんだ。永遠につづく雨というものはない。

鈴木 （蚊帳の中から）永遠につづく青空って奴はあるのかな。

平山 それはあるよ。そのほうが正常だからだ。

鈴木 君は旱魃《かんばつ》のおそろしさを知らないな。

平山　君はもののたとえってことがわからないんだ。詩がわからないんだ。

鈴木　平山君が詩人だとはな。神風以上の奇蹟だよ。……しかしきのうまで、一ト月先の命のことは誰も言わなかったのに、今は戦争がすんで、そうしてみんな生きている。これはどういうことなんだ。……だが僕には一人の命の助かったことだけが重要なんだ。もう決して彼女の上に爆弾がおっこちることはない、もう決して彼女が焼夷弾の火に包まれることはない、もう二度とそんな悪夢に悩まされることはない。……それだけが重要なんだ。戦争ってやつはみんなを平等に生命の危険にさらすね。しかしそのなかの一人が別の一人のいのちのことだけを、一生懸命考えていなかったとしたら、誰が考えてくれるだろう。僕は戦争のあいだというもの、彼女のことだけを考えてくらした。今もそれを少しも悔いてはいないんだ。つまりは僕は自分に忠実だったわけだよ、なあ。

平山　それでこれからはどうするのさ。

鈴木　これから？　これからは僕は猛烈幸福になる。当り前さ。徹底的に幸福になる。誰もなったことがないほど幸福になる。僕たちには幸福になる権利があるんだ。あと二年で僕は大学を出る。僕たちは結婚する。彼女は毎日、僕が勤めからかえる時刻に、駅のちかくの公園のベンチに迎えに出てくる。駅へ迎えにゆくのは恥かしいのだ。いつも彼女は早く来すぎる。そして時計を何度も見ながら、いらいらして待っている。

（A室徐々に暗くなり、同時にC室明るくなり、公園のベンチにワンピース姿の山中房子が一人待っている。時計を何度も見て、立ちつ居つする。上手から背広に鞄を下げた鈴木登場）

鈴木 ただいま。

房子 （微笑して）おかえりなさい。

鈴木 ちょっと休んで行こう。（ト、ベンチにかける）

房子 ええ。（トこれも又ベンチにかける）

鈴木 いい匂いだな。樫《かし》の若葉の匂いだね。……ブランコがギイギイ云ってる。

房子 ねえ、戦争時代を思い出すわね。こうして静かなところに来ると、あたくしって妙にあのころのことを思い出すの。八月の七日の夕方に、あなたの寮へ面会に行ったわね。広島へ原子爆弾が落ちた明《あく》る日だったわ。……あなたったら、大ぜいのお友達の前で、あたくしの手を握ったまま黙っていらした。そうしたらお友達がギターを弾き出した。あたくしたち家の外へ逃げ出したのね。……あれからもう三年ね。今はブランコが鳴ってるわ。警報の代りに。

鈴木 やれやれ、俺たちは夫婦なんだな。

房子 それでもちっとも私、退屈していない。

鈴木　それは……そうさ。……（――間）
何を考えているんだい。

房子　私って、今のままでいいの？

鈴木　今のまま、って？

房子　時々とんでもないことをやったりしなくていいの？　お皿を割ったり、ある朝思いついて、髪の毛を金髪に染めちゃったり、急に兎を飼いだしたり、そんなことをしなくていいの？

鈴木　してくれなくて仕合せだよ。

房子　でも世間の新婚の奥さんは、みんなそういうことをするものだわ。あたくしってどういうんでしょう。何も変えたくないし、これ以上何もほしくないの。じっとこのままで何一つ変えないでいたいのよ。私って迷信家なのね。あなたのお机のインキ壺の位置がちょっと変っていても、お庭の松が枯れて茶いろになっても、それだけで今の幸福がガラガラ音を立てて崩れてしまいそうな気がするの。

鈴木　そんなこと考えてちゃ体が保《も》たないよ。

房子　でも、ほんとうなのよ。（――間）

鈴木　犬が来た。（舌打ちして呼ぶ。仕草のみ）

房子　この公園って犬が多いのね。おや、毛が濡れてる。
鈴木　噴水のそばを通って来たんだな。
房子　おいで、おいで。(犬にものをやりて、撫でる仕草)
鈴木　(犬に)そうすりつけるなよ、ズボンが濡れっちまう。
房子　(犬に)あんたどこの犬?　(畜犬票を見る仕草)ああ、うちの近くなのね。はやくおうちへおかえり。
鈴木　やあ、また池の水を呑みに行った。呑んでいるあいだ、噴水が容赦なく背中にかかるんだ。
房子　あら、体をぶるぶるってゆすってるわ。(笑う)むこうへ行っちゃった。ふりかえりもせずに。黒い犬ってすぐ見えなくなっちゃうのね。あたりがもう暗いから。(――間)……そろそろ帰ってごはんにしましょうか。もうすっかり仕度をすませて来たのよ。
鈴木　うん、それもいいが、もうすこしここにゆっくりしていよう。
房子　ええ。
(鈴木、房子を柔かく抱きて接吻す。かすかなるサイレンの音きこゆ)
房子　(愕然として身を離し)あ、サイレンよ。

鈴木　耳のせいだよ。

房子　きこえないの？　あれが。たしかにサイレンよ。

鈴木　（耳をすまして）なるほど、きこえるな。まだつづいてる……。

房子　つづいてるわ。

鈴木　……やんだ。

（間。——）

どこかの工場《こうば》が終業になったんだ。今時分まではたらきつづけるのは大へんだな。

房子　胸がドキドキしちゃった。空襲警報かと思ったわ。

鈴木　ばかだね。……いいかい。君は自信をもっていいんだよ。幸福なんて、いちいちたしかめてみる必要がないほど、それほど正確無比なものなんだ。優秀な機械みたいなものなんだ。ある人は不幸の機械を買う。僕たちは幸福の機械を買ったんだ。機械はもう動きだした。機械ってやつは、人間より正確だが、鈍感だ。岩乗だ。僕たちの心配だの、のぞみだの、あこがれだの、思い出だのにかかわりなく、幸福の機械はちゃんと歯車同士がうまく嚙み合って、工作機械とおんなじに、無表情に動いて行くんだ。万一何かの加減で、ベルトが切れでもしたら、……

房子　切れでもしたら？

鈴木　つなげばいいんだ。
房子　もしつなげなかったら？
鈴木　新らしいベルトと取代えればいい。部分品はどこにでも売っているんだ。ただ僕たちみたいに、その機械をもってるやつは少ししかいないだけさ。
房子　(呆然として……)そうね。
鈴木　おや、静かになった。
房子　噴水の水がとまったのよ。
鈴木　うん。
房子　(良人《おっと》の袖をつかまえながら)何故なの？　何故噴水がとまったの？
鈴木　夜になったからだ。
房子　夜になったら、何故とまるの？
鈴木　もう人が通らないからさ、噴水にしてみたって、見物人がいなくちゃ張合がないだろう。
房子　……噴水がとまったのね。
鈴木　房子、どうして君はそう神経質だ。
(間。――)

（語調を改めて、いたずららしく）僕はなあ、君のそのしょっちゅうみひらいている目がちょっと怖いんだよ。どうしてそんなに目をきちんとあいていないと心配なんだい。

房子　私、不安なんかちっともないのよ。

鈴木　そんならどうして、いつも目をしっかりあいて、しっかり僕につかまっていなくちゃならないんだい。（ト微笑しつつ房子の手をていねいに自分の洋服の袖から除《の》けて、房子の膝に戻しながら）さわっていなくても、目をつぶっていても、僕はちゃんといるし、僕たちの小さな家はちゃんとあるっていうことを、どうして信じようとしないんだい。ためしに目をつぶっていてごらん。

房子　いや。

鈴木　（房子の瞼を指でしずかに下ろしてやり）こうしていてごらん。それでも僕はちゃんといるんだから。……又目をあけてみても、世界は何一つ変っていないんだから。（二人の間に書類鞄を置き）僕にさわらずに、この鞄にさわっていてごらん。……そうだ。しばらくそうしていて、外界を見張るまねはしばらくやめるんだ。……そら、そうしていると、何もかもそのままだろう。何もかも永久につづきそうな気がするだろう。噴水も、むこうの煙突も、ほうぼうの窓のあかりも、そのまんまだろう。……今度は、僕が口をきかずにいよう。口をきくと、そばにいることがばれちゃうからな。……ね、しばらく黙っているぜ。黙っていても、僕がちゃんとそばにいることがわかるだろう？

（間。――鈴木いたずららしく、そっと立ちて、去る。ややあって、飛行機の爆音かすかに近づき、次第に高まる）

房子　（急に目をひらく）あなた。（立上る）あなた！　どこへ行ったの？　あなた。どこへ行っちゃったの。私を置いてき堀にして。……（耳をすまして）ほら、飛行機の音だわ。空襲だわ。やっぱり来たわ！　（絶望して又ベンチに掛ける）もう逃げる暇がない。逃げたっておんなじことだ。……だから、私、あんなに言ったのに。……ほら飛行機が旋回しているわ。音がゆるく、ダブってきこえるわ。……あなた！　どこへ行ったの。どうして私をひとりぼっちにしておくの。だんだん近くに来たわ。丁度真上だわ。私を探しているのよ。私を狙って……（背後に炸裂する閃光あり。房子の再び立上れる姿はこの閃光を背後に浴びて影絵となる）爆弾だわ。たしかに焼夷弾じゃない。来たわ。……とうとう来たわ。（烈しき爆発音。一瞬にして暗黒となる）

（A室徐々に明るむ）

平山　どうしたんだ？

鈴木　（A室が明るくなると、すでに衣裳を着かえて、欄に凭っている。打沈んで）いや……何でもない。

（A室徐々に暗む。全く暗くなるとき、階下B室の蚊帳より、大村、体のそこかしこを掻《か》きつつ這い出る）

大村　（大声で）やれやれ、蚊帳の外より蚊帳の中のほうが蚊が多いってのは、いったいどういう現象なんだ。

林　（蚊帳の中から）だってこんなに穴があいてるんじゃ、蚊だってつい誘われて入るさ。いくつあるかな？　穴が。……一つ、……二つ、……三つ、……四つ、……五つ。星の数より多いや。

大村　そんなこと言ってないで、出て来いよ。外のほうが楽だから。

林　（団扇《うちわ》を片手にもそもそと出て）……それにどうせ寝られやしないし……。

大村　あしたは東京か！

林　あしたから平和な毎日がはじまるのか。何だか薄っ気味がわるいな。戦争がすんだなんて、怪談みたいだ、まるで。

大村　（体を掻きながら）俺、今、夢を見たよ。

林　へえ、寝てたのか、すごい神経だな。

大村　夢を見たんだから、寝てたんだろう、きっと。俺がね、髭《ひげ》を生やして、大村大先生になって、研究所まで持ってるんだ。

林　何が？

大村　夢の話さ。

（B室暗くなり、A室で電話のベルひびく。A室徐々に明るくなる。デスクの上で卓上電話が鳴っている。デスクも椅子も、夢幻的な誇張された形をしている。助手登場。電話に出る）

助手　はあ、はあ、おはようございます。先生はまだ御出勤になっておりません。はあ……はあ……、まことに申訳ございません。はあ、……はあ、何分事業のほうが。……はあ、見透しは大へん明るいんでございますが……はあ……はあ、畏《かしこ》まりました。お伝えしておきます。は、ごめん下さい。

（下手から、大村、髭を生やし、背広に外套に巨大なソフトをかぶり登場。デスクの上へ巨大な手袋を脱ぐ。それから椅子にかける）

大村　誰だね、電話は。

助手　は、債権者の方《かた》からでございます。

大村　債権者の方か、ふん。

助手　あの、それから看板ができておりますが。

大村　見せたまえ。大体あの看板が小さすぎたから客がつかなかったんだ。今度は十分大きいだろうね。
助手　はあ、今度はもう。(ト大看板を、観客に見えるように立てかける。逃亡計画研究所と大書してある。大村、椅子から立って、看板をよく点検する)
大村　入口にかけたまえ。
助手　はい。(ト持って出る。大村、巨大な葉巻に火をつける。火がどうしてもつかない。葉巻をしらべると)
大村　アトミック・ボム……ふうん、こりゃあ、原子爆弾か。火がつかんわけだ。(ト、シガレットを出して、口にくわえ、原子爆弾を片手にもち、シガレットに近づける。バン、とドラムの音がして、シガレットに火がつく。大村すぱすぱと煙草を吸う。助手かえってくる)
助手　かけて来ました、先生。
大村　ちょっとその窓から、お客が来そうかどうか見てくれたまえ。
助手　はい。(ト奥の窓から見下ろし)ここから見ると、十五階も下の地上を歩いてる連中は、芥子粒《けしつぶ》のように見えます。自動車は兜虫《かぶとむし》の行列ですね、まるで。
大村　(不きげんに)そんなことを今更君に教えてもらおうとは思わん。
助手　お客ですか?　お客は来そうもありませんね。だってみんな自由に、喜々として歩いてるんですもの。戦争の心配もないし、平和そのものですね。あんな自由と平和を満喫してる連中が、逃亡計画なんかめぐらすわけがないじゃありませんか。敢《あえ》て申上げますが、大村先生、未来永劫、ここの研究所へ逃亡計画を買いに来るお客なんて、ありっこありませんよ。

大村　それがまちがっとる。それが大まちがいだよ。あいつらが自由と思っとるものは妄想なんじゃ。平和と思っとるものは妄想なんじゃ。今にきっとそれに気がつく時が来る。あいつらはとにかく逃げ出さなくちゃ助からんと思うだろう。そうすればわしの研究所へ来るほかはないだろう、え？

助手　だってあいつらは自由なんだから、逃げ出そうと思えばその足で逃げ出せるでしょう。何も高い金を出して、逃亡計画なんか……。

大村　莫迦を云いなさんな、莫迦を。（くしゃみをして）くしゃん！　そら、わしの中からだって、逃げ出そうとするくしゃみがあるじゃないか。

助手　利口なくしゃみですな。

（卓上電話鳴る。助手が出る）

助手　はあ、大村逃研です。はあ、えっ？……はあ、はあ、はあ、ええっ？（大村に）先生、大変です。債権者が押し寄せてます。総勢二百人です。今ビルの一階の受付から知らせて来たんです。

大村　ええッ？　（ト大いにあわてる）

助手　（電話口で）はあ……はあ……エレヴェーターの下で、逃げ道をふさいで？

大村　階段があるぞ！

助手　階段の下り口に五十人……はあ……はあ。

大村　非常階段があるぞ。

助手　非常階段の下り口にも五十人……はあ……下りて来なければ、上って来る？

（受話器を手でふさいで）先生、どうしましょう。

大村　逃亡計画だ！　逃亡計画だ！　自分で買うんだ。（ト抽斗《ひきだし》を引っかきまわす。書類散乱する）高いのは勿体《もったい》ないからな、なるたけ安いのを。……うん、五一四号計画書、こいつも高い。勿体ない。百六十五号、こいつも高い。百二十号、こいつも高い。おい、いちばん安いのはどれだった？

助手　たしか四百四十四号です。（電話にかかって）はあ……はあ……今何とかしますから、……はあ。

大村　あったぞ！　あったぞ！　四百四十四号。こいつは安い。ほとんど只だ。（ト書類を読み）なに、「窓枠に足をかけ……」（ト読みつつ窓に近づき、その通りにする）……「しかるのち、もう片ほうの足も窓にかけ……」うん。それから、と。「窓の外へ両足を出し、勢いをつけ、えいっと」（ト掛け声をかけて飛び下りる）

助手　ああッ！　とうとう飛び下りちゃった、十五階から。……はあ……はあ……はあ……なるほど、なるほど……よくわかりました。承知いたしました。先生ですか？先生はですね、大村先生はですね、只今逃亡されました。

（A室暗くなり、B室徐々に明るくなる。林と大村坐っている）

林　あっはっは、いい夢だ。まったくなあ、俺も正直、平和がもう怖くなってるんだ。戦争ならすっかりお馴染《なじみ》だけど、平和なんてどこの馬の骨だかわかりやしないよ。空襲よりもっと気味がわるいよ。だってどんな形で来るのか見当もつかないんだもの、なあ。

大村　また教祖のところへでもお伺いを立てに行ったらどうだい。

林　しかしまさか又じきに戦争がはじまるとは云うまいよ。平和……（呟《つぶや》くごとく）……平和か。第一新品の平和というやつはないんだ。誰しも記憶のなかに探すほかはないんだ。記憶のなかに探す。……（呟くごとく）……平和な時代か。俺の子供のころの平和。幼年時代の暗さ。……俺はね、おやじとおふくろが三月十日の空襲で死んで、正直のところ、ほっとしたんだ。

大村　えっ？

林　俺はおやじもおふくろも好きじゃなかった。子供のころからだ。（B室の照明はそのまま。A室徐々に明るくなり、七、八歳の浴衣の男児《幼年時代の林》を央《なか》に、白絣《しろがすり》に絽《ろ》の羽織の父と、絽の着物の母が坐っている姿が泛《うか》び上る）……俺の家は大きな生糸問屋だった。夏だった。俺は両国の川開きへ連れて行かれた。出がけに両親は口喧嘩をやった。おふくろは泣いていた。何かというと泣くおふくろだった。俺はそんな両親に連れられて、花火を見に行ったりするのは、あんまりうれしくなかった。……しかし桟敷《さじき》がちゃんととってあって、御馳走もたくさんあった。俺は両親のあいだにちょこなんと坐っていた。

（階上A室は、欄干を桟敷の手摺《てすり》に見立て、川に面している心持）

母　坊や、今度はどんな花火だろうねえ？

父　そうだ、今度のは前よりかもっときれいだぞ。

母　前のは竜が昇るようだったね。

父　今度のはきっと桜が散るようだぞ。

母　坊や、そんなに錦玉子ばっかり喰べちゃいけません。お腹《なか》をこわしますよ。

父　ほら、坊主、提灯をいっぱい軒に下げた舟がやって来た。舟の人たちがみんな坊のほうを見て、話している。かわいいお子さんだ、何てかわいらしい坊ちゃんだ。みんなそう言っているんだ。うれしいか、坊主。

母　坊や、今度は伊達巻《だてまき》をお喰べだね。それもお腹にもたれますよ。一つにしておおきなさい。

父　坊、もうじきだぞ。今度のはきっと桜が散るようだぞ。

母　前のは竜が昇るようだったね、坊や。

林　（階下B室で大村に話しかけている）おやじもおふくろも、見たところいかにも子煩悩だ。舟の人たちはこう思ったにちがいない。なんて幸福そうな家庭だ。何て仕合せな子供だ。……ところが子供の俺は、ちゃんと見抜いて、陰鬱に笑っていた。両親はお互い同士で話したくないばっかりに、俺に話しかけてお茶を濁していたんだ。見ていてごらん、今に証拠が歴然とあらわれる。

（突如、大いなる花火の轟《とどろ》き。A室は緑いろの光線に染めらる）

母　（飛上って）おお、きれい！　きれい！

父　これあ見事だ。坊主、きれいだろう。

母　まあ、きれい、坊や、どうでしょう。

父　落ちぎわがまた見事だな。二つに分れて、そら四つになった、柳だ。

母　おお、惜しいようだ。消えるのが早すぎる。
父　柳が風に乱れるようだった。
母　ねえ坊や、滝に若葉が映えているようだった。
（又轟音《ごうおん》あがり、紅《くれな》いの光線、A室を照らす）
母　おお、きれい！　きれい！
父　これも見事だ、坊主どうだ。
母　この世のものとも思えやしない。
父　菊だな。乱菊だな。真赤な菊だ。
母　どうでしょう、坊や、山桜の散るようだった。
父　坊主、酒を一杯どうだ。
母　坊や、お酒はよしましょうね。錦玉子をもう一つだけよござんすよ。それでおしまい。
父　むこうの岸にも人がいっぱいだ。屋根や電信柱にまで人が昇っている。白い浴衣がけの人がいっぱい見える。何やらさわいで叫んでいる。あの人たちには桟敷がないから、こうして御馳走は喰べられないのだよ、坊主。
母　今夜をよく憶えておおき、坊や。又どんなことで戦争でもはじまって、来年から花火が御法度《ごはっと》にならないものでもないからね。

父　また提灯をいっぱい下げた舟がやってきた。ごらん、舟のゆくにつれて、風もないのにたくさんの提灯が、左右にゆれて、灯影《ほかげ》がみだれている。

母　(扇であおぎつつ)おお暑いこと。それにおおけぶいこと。煙がこちらにまで押しよせてきて、お酒まで煙硝くさくなってしまう。

父　坊、右どなりの桟敷をごらん、扇がたくさんうごいているだろう、きれいなねえさんたちが笑いさざめいているだろう、白いやさしい首がうなずいているだろう、どうだ、お人形さんのようじゃないか、坊主。

母　おおけぶいこと。河面《かわづら》を見ていると煙ばかり目に入ってくる。坊や、顔をこっちへ向けておいで。そっちは風下だから。……ほら、左隣りの桟敷をごらん。きれいなねえさんたちが見えますね。花火もきれいだが、ねえさんたちもきれいだこと。お母さんなんぞよりずっときれい。……ごらん、あそこに珊瑚《さんご》のかんざしをした人が見えるでしょう。勝気な目をして、うすい唇のねえさんがみえるでしょう。あれがお父さんの色おんななんだよ。お父さんの色おんなはあればっかしじゃないの。お母さんを泣かせて、つらい思いをさせるおそろしい女が、このまわりにうようよいるんだよ。……ごらん、坊や、さっきのねえさんの向うがわに、……

父　坊、右隣りの桟敷をごらん。面白いおじさんが、みんなを笑わしているだろう。あれはあそこの桟敷に呼ばれた落語家《はなしか》なんだよ。

母　左隣りの桟敷を見ろと云っているのがわからないの？　坊や。さっきのねえさんの向うがわに坐っている、さっきのねえさんによく似た女が見えるだろう。あれもお父さんの色おんなだったんだよ。ああいう顔がお父さんの好みなの。あたしなんぞ生れつきお父さんに嫌われる顔に出来てるんだから。

父　（たまりかねて）子供につまらんことを言うのはよしなさい。

母　（きかぬふりをして）おや、いやらしい。隣りの色おんながお父さんのほうを向いて笑ったよ。あたしの居ることがわからないのかしら。そんなこともわからないで、当節の芸妓はつとまるんだね。

父　坊、まだ喰べたそうな顔をしているね。もう一つ伊達巻をたべてもいいよ。

母　もう伊達巻はいけませんよ、坊や。

父　もう一つたべなさい、坊。

母　もう伊達巻はいけませんよ、坊や。

父　どうして喰べない。お父さんがいいと云ったらいいんだ。……どうして喰べない。……そうか、そんなら勝手にしろ。もう腹が一杯なんだな。その箱はお父さんのほう

へ片付けておく。（ト子供の前にありし重箱の一箱を片付ける）

母　（勝ち誇れる如く）お母さんのいうことをきいて、いい子だね、坊やは。

（轟音と共に花火、紫のすさまじき光りを桟敷に映えしむ。父、母、子供無言）

父　もうそろそろ花火もおしまいか。

母　（番組を見て）まだたくさんあるから、今夜はゆっくりしましょうね、坊や。きれいな花火がまだたんとありますよ。（猫撫で声で）眠たくなんかないのねえ。

父　お父さんは一寸《ちょっと》出かけてくるからね、坊。（ト立上る）

母　どこへいらっしゃるんです。

父　すぐかえってくるからね、坊主。

母　坊や、お父さんをお引止めしなさい。（子供云われたとおりになす。父また坐る）子供を置いて、どこかへお逃げになろうったって、そりゃあだめだ。今夜は坊やのために花火に来たんだもの、お父さんが坊やのそばで行儀よく坐っていらっしゃらなくちゃねえ。

父　坊主、眠そうな顔をしているな。

母　眠くなんかありませんねえ、坊や。

父　どうだい坊主、この川はこう見えても深くって、毎年花火のときには土左衛門が上るんだよ。幸い目の前に川があるんだし、お母さんなんぞ飛込むなら今だがね。

母　(泣き出して)ええ、飛込みますとも。いつかきっと飛込んで死ぬんだよ、お母さんは。そうしたらお母さんを可哀想だと思っておくれ。生きているあいだに何にもたのしい思いをしないで、川へ身投げをして死んだお母さんのお墓へ、坊や、ときどき思い出してお線香を上げに来ておくれね。でも今は飛込めない。坊やの前でそんなことはできやしないねえ。お父さんはああいうむごいことを仰言《おっしゃ》るけれど、あたしはこればかりはやれないのよ。

父　大丈夫だよ、お母さんが飛込んだって、大声でわめき立てるから、すぐ誰かに助けられる。おとなしく溺《おぼ》れるようなお母さんじゃないんだからね。

母　そんなら飛込んでみせましょうか。ええ、ここから飛込んでみせますとも。(ト立上る)

父　坊主、お母さんが飛込むとよ。お父さんは何分義理で、高見の見物をしなくちゃならないが、お前、何ならとめてもいいよ。

(子供、機械的に引止める。母誇張せる動作で、子供に抱きつき、泣く)

母　(泣きながら)やっぱりお母さんはお前を置いて死ねないんだね。

父　(あくびをして)そう来るだろうと思った。

母　いつかあたし死んでやりますとも。折を見て死んでやりますとも。そのときになってお父さんの後悔なすった顔を、あたしの代りによく見ておくれよ、坊や。

（花火、轟音と共に、真紅の光りを射掛く）

父　（興なげに）きれいだなあ、坊主。

母　（過度に熱心に）おおきれい、おおきれい、何てきれいだろう、坊や。獅子の狂いを見るようだねえ。

父　舟が又やって来た。

母　あの舟から見ると、ここは芝居の舞台のようでしょうよ、坊や。

父　芝居はもうあきあきした。

母　花火はほんとうにきれいねえ。

父　（子供を見て）つくづくお前も、子供らしくないいやな子だなあ。

母　（ヒステリックに）お父さんの仰言ることなんか気にするんじゃありませんよ。

父　（番組を見て）さて、次の花火は何だろう。

母　（あらぬ方を見て）もうおしまいです。

（A室突如暗くなり、蚊帳のかげに情景はかくれる。B室にて）

林　全くいやな子だ。俺は子供のころの自分を思い出すとぞっとする。俺はついぞ泣かなかった。どんな大袈裟《おおげさ》な愁嘆場へ来ても、泣かないで、大きな目をあいて、大人たちのまるで正気の沙汰とは思えない大芝居を眺めていた。その目に映る両親は、つまり俺にとっては他人も同然だった。子供のころから、俺はシニックだった。……どんなことがあったって泣くまい、というのが俺の信念だった。それが俺の道徳にもなった。空襲でおやじとおふくろが死んだときも、俺はとうとう泣かないですんだことを自慢できるよ。

大村　奇妙な家族だな。

林　実際珍《ちん》だよ。ほかに言いようがないから、おやじといいおふくろというが、うちの両親は、子供にとって、只の一度も父親であり母親であったためしがないんだからね。ありゃあ一種の発育不全だね。俺の両親は、子供なんぞそっちのけにして、一生男女関係に耽《ふけ》っていたんだ。やきもち、いがみあい、米の飯みたいに欠かさないいやがらせ、莫迦々々しい仲直り、……あげくのはては、二人で手をつないだまんま死んだんだよ。……俺は平和な時代がかえってきて、自分もいよいよ一人前の大人になるかと思うと、両親の遺伝がいちばんおそろしいや。俺もあんな一生を送るんだと思うとね。……とにかくこれから俺は、世田谷の親戚の家へゆくよ。気のいい叔父貴でよくしてくれるんだ。

（上手階下D室にて、蚊帳の中より大いなる呻《うめ》き声《ごえ》起る。大村と林、そのほうを注視す）

大村　何だろう。

林　戸田のやつだよ。喰いすぎで、うなされてやがるんだ。

戸田　（蚊帳の中より大声で）ううん、畜生！　ううん、畜生！　何故敗けやがった！　何故日本は敗けたんだア！

（大村と林、顔を見合せて笑う。戸田なおも呻《うな》りてのち静かになる。このとき上手階上C室にて、谷崎蚊帳の中にてギターを弾きはじむ。スロウ・テムポのジャズ曲を忍《しの》び音《ね》に弾き、いっかな弾きやめず。悉くアメリカ製の曲なり）

大村　アメリカのジャズか。久しぶりだなあ。

林　さすがの谷崎も、戦争中はアメリカの曲は弾かなかったが……。

大村　あいつを子守唄にして、そろそろ寝るか。

林　そうだな。あしたの朝は、みんな昂奮して、早く起きてさわぎだすだろう。この寮で寝るのも今晩一晩だと思うと、いささか感慨無量ではあるね。

大村　さあ、もう戦争はおわったんだ。早く寝よう、寝よう。

（二人蚊帳の中へ入る。間――。舞台一面に暗し。なおギターの忍び音つづく。上手下手より、本多、山川、不寝番の腕章をつけて登場。ゆるやかに歩みて、皆を見てまわる）

山川　(C室へむかいて)おい、ギターはやめないか。みんな寝てるんだぞ。

谷崎　(蚊帳より顔を出し)寝てるもんか。(顔を引込め、ギターの弾奏をつづける)

山川　(舌打ちをして)仕様がない奴だ。

本多　あきらめろ。今夜から無秩序時代がはじまるんだ。

(二人ゆっくりと見てまわりて、入れかわりて、上手下手へ退場せんとするとき、戸外にどやどやと靴音して、正面出入口の戸烈しく叩かる。山川、本多、顔を見合せて佇立《ちょりつ》す。ギターの音なおつづく。戸なおも烈しく叩かれ「あけろ！　あけろ！　あけんか！」という怒声あり。山川、本多、出入口へおそるおそる歩み寄る。各室の蚊帳より、学生ら顔を出す。C室の谷崎のみは顔を出さず、ギターを弾きつづく。山川、本多、大戸を左右へひらく。城海《しろ》軍少尉、千葉海軍中尉、いずれも軍装、日の丸の鉢巻をなし、右手に抜身の日本刀を携え、左手に懐中電灯を光らせつつ乱入。懐中電灯の光りあわただしく交叉する中に、つづいて前幕の酒井経理中尉も日の丸の鉢巻をなし、抜刀せず、同じく懐中電灯を光らせて、登場。剣附鉄砲の兵士数人、つづいて乱入す。ギターなおも忍び音につづく。千葉中尉はポケットよりビラを数枚とり出し、兵士に命じて、それらを壁や柱に貼らしむ。城少尉、山川、本多に命じて一同を起せという。山川、本多、無言で蚊帳をゆすぶる)

城　皆起きて来い！　(ト懐中電灯で各室を照らしつつ大音声に叫ぶ)高いびきで寝ている時じゃないぞ。起きて来い！

（一同しぶしぶと起きて土間に立つ。C室のみ起きず、ギターなおも忍び音につづく）

千葉　（刀を鞘《さや》に納め、沈着な語調にて）俺は三〇二《さんまるに》空《くう》の特攻隊の千葉中尉だ。こちらは同じ特攻隊の城少尉、それから諸君の先輩の酒井経理中尉だ。今夜俺たちが諸君の寝込みを襲ったのは他《ほか》でもない。今日の正午の放送は諸君もすでにきいていると思う。それに対して俺たちは断乎として承服できぬ気持を持っている。この気持は若い諸君も同様と思う。明朝われわれの戦友が空から撒布することになっている伝単《でんたん》がここにある。それを読む。（ポケットよりのこりのビラ一枚をとり出して読まんとし、城少尉へ手で合図する。城、懐中電灯をさし出して、紙面を照らす）「赤魔の謀略にあざむかれ、重臣らは畏《おそ》れ多くも、（卜踵《かかと》をカチンと合せ）聖慮にそむき奉り、皇国三千年の歴史を瀆《けが》して、無条件降服の挙に出でたり。われらはあくまで抗戦す。国を売れる重臣らは、われらの手によりて、現在着々とみそぎはらわれつつあり。三〇二空特攻隊」——いいか。今《こん》日《じつ》以後も作業を続行する。航空部品製作作業、分散工場への機械搬入作業、工場分散のための壕掘り作業は、明日早朝からわれわれの指揮下に入って続行する。続行するだけではない。諸君自ら特攻隊となって、徹底抗戦のためにわれわれと共に死力を尽してくれることを信ずる。いいな。

城　（なおも抜身を下げて）何故返事をせんのだ！　（一同、仕方なく、「はい」「はい」と答う）

今日の放送は、へっぴり腰になった重臣どもの策謀なんだ。奴等は畏れ多くも（ト踵をカチンと合せ）陛下を一室に閉じこめ奉り、自分等の作った怪しげな放送原稿をお読ませしたんだ。あれが第一、本当の玉音かどうかさえわかりはせん。……諸君は何故そんな気の抜けたような顔をしているんだ。日本が敗けたことが何ともないのか。だから俺はインテリはきらいなんだ。きんたまのない男をインテリというんだよ。きんたまがあったら、祖国が野蛮人の前に膝を屈するのを黙って見ていられるか。俺たちは寝ても覚めても、君恩の万分の一でも報じたいと念じて来た。俺たちの血の気の多い体と、一本気な心を投げ出して、お役に立ちたいと希《のぞ》んできた。俺たちには死ぬことが生甲斐だった。戦友が一人一人死んでゆく。誰一人として未練な死に方をした奴はいない。喜んで、晴れ晴れとした気持で死んで行った。死んでゆく奴らが、俺には羨ましかった。しかしいつか戦友たちの後を追って死ねるということが、俺の生甲斐だったんだ。……それが、（ト泣く）売国奴の重臣どもが、一度も負けたことのない日本を、こんなにしやがって、……若い俺たちの、憂国の至情を土足に掛けやがって。……いいか！　諸君、諸君の愛する国土が、敵の泥靴で踏み躙《にじ》られるんだぞ！　諸君の愛する姉が妹が、毛唐に操を破られるんだぞ！　諸君のこれからの生活の箸の上げ下ろしまでが、青目玉の指図をうけるんだぞ！　皇室の御安泰だって、どうなるかわかりはしないんだぞ！　若い男はみんな去勢手術を受けさせられるかもしれんのだぞ！　日本人としての名誉も誇りも、地に落ちるんだぞ！　それでも諸君は起たんのか。黒ん坊とおんなじ待遇に甘んじる覚悟がもうできたのか。諸君は玉砕と瓦全《がぜん》とどっちをえらぶのか。若い時は二度と来んのだぞ。諸君が一番美しい死に方をえらぶか、卑屈な一生を送るか、今が岐《わか》れ路《みち》なのがわからんのか！（一同沈黙）

（このとき、これまで忍び音につづきいたるギターの音に、城少尉はじめて気づきて、C室を見上ぐ）

誰だっ！（ト白刃をそのほうへかざして）俺を愚弄《ぐろう》する気なら只は置かんぞ。日本が無条件降伏となると、すぐアメリカの音楽か。下りて来い！……ギターを持って下りて来い。（不気味なる沈黙）……下りて来い。……下りて来なけりゃ、俺が上ってゆくぞ。……臆病な奴だ。俺が怖いのか。安心しろ。別に手荒なことはせんから、下りて来い。……（谷崎、ギターを手に梯子《はしご》を下りて来る。無言で城少尉に面して立つ）

そのギターを出せ。

（谷崎、一寸拒むふりをなす。トド城少尉にギターを手渡す。少尉、片手にギターをもち、日本刀にて絃《げん》を断ち切り、中央出入口より戸外へ投《ほう》り出す）

千葉　城少尉、そのくらいにしておけ。

城　はい。（ト刀を鞘に納める）

千葉　おい、不寝番、あかりはつかんのか。

（山川、スイッチをひねる。灯火ともる。中央出入口に人声して、リヤカーにて、兵士ら「轟沈《ごうちん》」という名の銘酒の四斗樽を運び来る）

兵士　配給品をもってまいりました。

酒井　御苦労。

千葉　諸君の今後の奮闘を祈って、特に、この四斗樽を配給する。今夜は、ひとつ心機一転して、大いに呑んでもらいたい。俺も一緒に呑む。しかし野暮な奴らと思われんように、われわれは早目に退散する。不寝番は土瓶と茶碗をもって来い。（山川、本多、退場して、土瓶と茶碗を運び来る。士官は兵士らを去らしむ。千葉、城、酒井の三人残る。学生らの緊張やや解け、階下B、D室の蚊帳を外し、はじめは無言のまま呑むに、酔うほどに元気を取戻す）

大村　こいつは甘口だな。こんな旨《うま》い酒ははじめてだ。

林　（千葉に）「轟沈」っていう名前はきいてましたけどね、とても僕らの口には入らない酒だと思っていました。

千葉　俺たちだって始終呑めるわけじゃない。特攻隊が一期の思い出に呑む酒なんだよ、これは。俺の戦友に酒好きの男がいてなあ、出撃の前の晩にこいつをしこたま呑んで、俺が体当りしたら酒のしみ込んだ骨が焼けて、敵さんをいい気持に酔っぱらわしてから、極楽往生させてやるんだ、と云ってたよ。

（又一同シンとなる）

城　さあ、呑め呑め、お通夜じゃないんだぞ、今夜は。

戸田　（いささか酩酊して）城さん！

城　なんだ。

戸田　（城の膝をゆすぶって）城さんはいい方ですなあ。俺は城さんが好きですよ。まったく好きですよ。

城　（いささか照れて）ばかなことを言うな。俺はお世辞はきらいだ。

戸田　冗談じゃありませんよ。俺は平泉澄先生の門弟です。あなたにおもねる気はありませんよ。

城　本当に、貴様、平泉先生の……。おい、みんな、本当か？

一同　（口々に）本当です。

城　そうか。そりゃあ偉いぞ。インテリなんかには先生の思想はわかるまいと思っていたが、貴様、えらいぞ。名は何というんだ。

戸田　戸田っていいます。

城　戸田君か、よし、握手しよう。

戸田　俺はあなたの気魄《きはく》に惚《ほ》れましたよ。一緒に死にましょうや。

城　はっはっは、心中するか。

戸田　やりましょう。明治以来の日本の政治の癌は元老政治ですよ。重臣どもを一疋ずつきゅっと首をひねってやらなくちゃあ……。

城　（手まねをなし）きゅっ、とな。

戸田　きゅっ、とですよ。

城　そうだ。そうしてこれを機会に、俺たちの手で新らしい日本を作るんだ。俺たちは人柱になろう。俺たちの屍《しかばね》をこえて、次の時代が進んでゆくだろう。

平山　僕もそう思いますよ。

戸田　お前は黙っとれ。

城　戸田君、こいつも平泉門下かね。

戸田　いや、少し頭に来てるんですよ。

平山　われわれの屍の上に、新らしい日本が作られるということについては全く同意見なんです。

城　それでいいじゃないか。君のため、国のため、それでいいじゃないか。武士道とは死ぬことと見つけたり、だよ。
林　死ぬ……死ぬ。予言はやっぱり当るな。
鈴木　僕たちの時代がつまりそっくり死ぬようにできているんですね。長生きをする人間と、若死をする人間があるように、一つ一つの時代にも、長生きの時代もあれば、薄命な時代もあるわけですからね。
千葉　諸君、ここは一番賑《にぎ》やかに行こうじゃないか。そうだ、俺は黒田節を歌うぞ。諸君と戦友になったはなむけの歌だ。
（ト黒田節を歌う。途中から一同和す）
城　（戸田に）貴様いくつか？
戸田　二十三です。
城　（林に）貴様いくつか？
林　戸田君と同い年です。
城　案外みんな年寄だな。（鈴木に）貴様は？
鈴木　二十一です。
城　俺と同年じゃないか。握手しよう。……貴様、女房はあるか？

鈴木　女房はありませんけど、……

城　恋人はあるか。はっはっは。……そうか。俺には国に許婚《いいなずけ》がおるんだ。兵学校時代から婚約したんだ。（無邪気に）写真を見せてやろうか。（ト内かくしより写真を出して見せる）

戸田　ほう、美人だなあ。

城　ありがとう。どうせもうこの世で彼女とは会えんのだ。俺はあの世へ先に行って、彼女の来るのを待っているんだ。しかし七十ぐらいの婆《ばあ》さんになって、杖なんかついてやって来られちゃかなわんなあ。（一同笑う）

林　大丈夫ですよ。あの世にも若い美人がきっと沢山いますよ。女子挺身隊で死んだ女の子たちのなかにも、きっと美人が沢山いる筈です。スウェーデンボルグも霊界の結婚ということをしきりに書いてます。死せる乙女らの中からいい子をみつけて結婚なさるんですな。

城　そうだな、この世では軍人で、硬派で通したから、あの世ではひとつ、大悟徹底して、軟派になって出直すか。

戸田　あの世でも海軍さんがいちばんモテるんじゃないかな。それじゃあんまり不公平だ。

城　安心せい。俺がいいのを紹介してやるよ。
鈴木　（独言）死せる乙女ら……霊界の結婚、か。
千葉　（時計を見て）そろそろ巡察にまわらなくちゃいかんな、城少尉。
城　はっ。
千葉　（立上り）それじゃあ諸君、今夜一晩で四斗樽をあけては、明日の作業に差支える。毎晩作業の疲れを癒《い》やすためにちびりちびりやってもらいたい。俺たちもこれ以上諸君の特配を横取りすることは遠慮する。（一同笑う）では明朝六時起床。城少尉並びに酒井経理中尉の指揮下に入る。大学の先生方は明朝ここへかえられるそうだが、先生方にはわれわれから諒解を求める。作業時間は従前どおり。変更のある時は、その都度、示達する。就寝中を起してすまなかった。まだ起床時間まで五、六時間あるから、十分睡眠をとること。
（千葉は、城、酒井を促して退場。一同しばし呆然としている）
鈴木　十分、睡眠をとること、か。
林　（立上って歩きながら）こいつはおどろいた、俺は自分が跛《びっこ》だということを忘れていたぞ。
谷崎　（正面出入口外より壊れたるギターを拾って来て）畜生……。

平山　（坐って、呑みながら）うん……みんなうまく行ってる。結局うまく行ってるんだ、永い目で見れば。
戸田　おい、平山、俺の友情がわかったか。
平山　わかったよ、ありがとうよ。
戸田　おまえをコミュニストだなんて紹介してやったら、（ト平山の首を叩き）今ごろその首が胴にくっついていなかったんだぞ。こいつ、頭に来てるんです、って言ってやったおかげじゃないか、ありがたく思え。これもイデオロギーをこえて、同病相憐《あいあわ》れんだまでだよ。貴様も肺病、俺さまも肺病、ちぇっ、やっぱりサーベルには勝てないよ。
平山　ばかに気が弱くなったな。
戸田　そりゃあそうさ、あいつらが何と云ったって、敗戦は敗戦さ、……日本は負けたんだ。
山川　その上僕たちは犬死をしなけりゃならんのかなあ。
戸田　ばか言え、光栄ある死だよ。死にゃあいいんだ、死にゃあ。ふん、命なんか惜しくあるもんか。
本多　酒井のやつ、一言もしゃべらなかったじゃないか。だらしがないな、本学の先輩も。

大村　（それまで沈思していて）おい、みんな、少し冷静になろう。何とか脱出の方法はないか、考えようじゃないか。こうなったら、身一つで逃げるほかはない。逃げのびるだけ逃げのびればいいんだ。三〇二空の力のとどかないところまで逃げれば、とにかく命だけは助かるんだ。どこに脱出口があるか、どこまでわれわれが包囲されているか、それさえわかればいいんだ。……うん、偵察を出そう。籤引《くじびき》で、誰かが偵察に行くんだ。どうだい。

一同　（口々に）うん。

大村　よし。おい、本多、トランプもって来いよ。（本多、Ｂ室よりトランプをもち来る。大村、通路のテーブルの上にトランプを切りて裏返しに並べる）いいか、一枚、二枚、三枚、四枚、五枚、六枚、七枚、八枚、……この中にスペードの三がある。スペードの三をひっくりかえした奴が行くんだ。

（一同、一枚一枚トランプを裏返す）

戸田　俺が当った。

大村　君、行ってくれ。

戸田　へん、仕様がない。行ってやるよ。途中で城少尉にでもぱったり会ったら、間《ま》のわるいことおびただしいな。

大村　気をつけて行けよ。

戸田　気をつけるもつけないもあるもんか。どうせ犬死だよ。特攻隊だよ。立派なもんだ。

（一同、手早く身仕度をなして出てゆく戸田を上手へ見送る。重き沈黙のうちに、一同又酒を呑みはじむ）

林　（突然）ここにはきっと原子爆弾が落ちるぞ。抗戦区域をアメリカがほっとくわけはない。

（一同、沈黙を以てこれに報いる。永き間。突然正面出入口より酒井経理中尉登場）

酒井　やあ、諸君、まだ起きていたか。

（一同沈黙。酒井かまわずに一同の間に坐り、茶碗をさし出して、これに酒を注がしむ）

酒井　千葉中尉が学生たちと、先輩後輩の立場で、ゆっくり話し合ってくれ、というんで引返して来たんだ。諸君はさっき大分おどかされていたが、あれで特攻隊の側でも諸君を怖れているんだぜ。大学の権威には、かれらもちょっと一目《いちもく》置いているところがあるんだ。可笑《おか》しいくらいだよ。インテリをひどくこき下ろしていたが、兵学校出は兵学校出で、われわれの大学に妙なコムプレックスをもっているんだ。インテリ学生は手に負えないと思っているんだ。だからあんなダンビラなんか提げて、闖入して来たわけさ。俺はそのへんがよくわかっていたから、下手《へた》に彼らを刺戟して、諸君に迷惑がかかってもいかんと思ったから、黙っていたんだ。とにかく彼らは、諸君を必要以上に怖れているよ。

林　(皮肉に)そこへ行くと、酒井さんは先輩でいらっしゃるから、僕たちを怖れる必要もないし、彼等を怖れる必要もなくて、いちばんいいですね。

酒井　皮肉を云うなよ。しかし、なあ、谷崎君、君は愛用のギターをこわされて、気の毒だったが、あれは君が悪いよ。あのあいだ立てつづけにアメリカのジャズを弾いていたのは、まずかったよ。

谷崎　そうですか。

大村　酒井さん、抗戦区域へ原子爆弾が落される危険はありませんかね。

酒井　大いにあるね。縞の浴衣なんか着ていれば、縞馬になっちまうそうだ。黒いものを着ていたら、光りを吸収するから、それだけよく焼けるわけだ。俺も黒くなった褌《ふんどし》なんか締めてると危ないから、明日からせっせと洗濯するよ。……しかし落ちるか落ちないかは神のみぞ知る、さ。諸君も大学の名誉のために、明日からもう一踏張り頑張ってもらうんだな。

林　酒井さんは味方なんですか、敵なんですか。

酒井　（しゃあしゃあとして）味方も敵もないよ、戦友だよ。さあ、寝られないんなら、もっと呑め、呑め。呑めば寝られるよ。
本多　僕はちっとも酔わないんです。
酒井　胆《きも》っ玉《たま》の小さい奴だな。いいか、諸君、今こそ大学の意気を示す時だぜ。俺も君たちもいわば一蓮託生だ。半分行きがかりでこうなったようなものだが、こうなった以上、プライドを持って、最善の道を進むさ。プライドといえば、いつかプライドがないとか云った学生はどうした？
山川　赤紙が来たんです。
酒井　そうか。さっきの諸君は皆いるな。
一同　（ひやひやして）ええ。
酒井　もうこうなったら、勝つとか負けるとかの問題じゃない。いかにして人間として立派に生き、そうして立派に死ぬかの問題だよ。さあ、呑め、呑め、俺も呑む。
谷崎　（ひどく酔って、山川に）お前はリルケがわかるか？
山川　（酔って）わからない。
谷崎　「マルテの手記」を書いたライネル・マリア・リルケだ。わかるか？
山川　わからない。

谷崎　わからない？　何をこの野郎！（トいきなり山川の頭をなぐる）

酒井　おいおい、喧嘩してはいけない。

（山川、谷崎、相擁して泣いている。酒井首をかしげる。次第に杯盤狼藉《はいばんろうぜき》となる）

平山　（独り言）ともかく、うまく行っているんだ。……それにまちがいはないんだ。……未来はきっと来るんだ。（鈴木の肩を叩いて）おい、お前うれしそうじゃないか。何がうれしいんだ。お前、うれしそうな顔をしてるじゃないか。

鈴木　うれしいさ。戦争がすんで、僕も生きてる、彼女も生きてる、二人ともおそらく七十か八十まで生きる、僕たちは幸福になる、そう思ってた。そう思ってたけど、正直、どうしていいかわからなかったんだ。事実、どうしようもなかったんだ。今まで夢にも考えていなかったことだもんな。しかし、……（ト陰気な喜びにふけりて）しかしなあ。僕がここに閉じこめられて、いずれ数日中に死ぬとなると、僕はもう安心なんだ。安心できるんだ。……それは前からちゃんと筋書に書いてあったし、そっちのほうの筋書のためなら、準備万端整ってるんだ。隅から隅まで考えてあるんだ。僕が死ぬときに、彼女の名を呼んで死ぬことも、どこにいても彼女がその呼び声を、耳にはっきりと聴くことも、僕にはすっかりわかっているんだ。こっちの筋書なら、申分なくきれいだし、楽だし、何度も予習をしてあって、一つとしてしくじる心配がないんだ。僕は自分の役割を知っている。ずいぶん好い気な役割だが、自分で自分に見とれるほど、ぞくぞくするほどいい役なんだ。僕たちはいつも一瞬間を生きてきた。つまりだよ、ものすごく潔癖に、思い出にならないような瞬間は、決して生きまいと決心して来たんだよ。丁度庭作りが座敷から見ていちばんきれいに見える庭を作ろうとするように、僕と彼女は自分の青春を、思い出のほうから見て、いちばん美しく見えるように作り上げたんだ。一人が生き残るか、二人とも死んでしまうか、その二つのほかのことは考えなかった。

平山　死んじまったら思い出もないじゃないか。

鈴木　生き残っている人たちの思い出のためさ。

平山　つまり君らは悲劇の観客を意識して来たわけか？

鈴木　観客？　僕たちは社会を向うにまわして来たのさ。

平山　社会をね、そうだ、そいつは好い心掛だ。

鈴木　こんなに苦心して作り上げた美しいものを、今さらむざむざ腐らせられるもんか。しかし僕が死ねば、少くとも片方《かたっぽ》が死ねば、この美しさは絶対に壊れないんだ。

平山　それでうれしいのかい。

鈴木　そうだ。

林　(独り言)予言は当るな。きっと当るよ。死は必ずやって来る。俺は逃げも隠れもしない。

谷崎　(大村に)山川のやつを殴ってやったよ。

大村　ふうん。

谷崎　あいつはリルケがわからんというんだ。だから殴ってやったんだ。俺は悪いか。

大村　別に悪いこともないだろう。何でもわからんやつは、殴ったらわかるようになるだろう。

谷崎　そうか、俺は悪くないか。

大村　ああ。

谷崎　そうか、どうもありがとう。(ト又泣く)

林　(大村に)こいつ何だって泣いているんだ。

大村　リルケがどうとかこうとかして、泣いてるんだよ。ほっといたらいいんだ。

林　蟬《せみ》は鳴きぬ、短かき夏を、か。

酒井　諸君、俺も酔ったぞ。はじめてだな。こうして諸君と一緒に酔ったのは。俺はうれしいぞ。

谷崎　うれしいか?

酒井　ああ、うれしい。
谷崎　(横を向いて)勝手にしろ。
酒井　じゃあ、諸君、おやすみ。明日からは面倒なことが起きたら、みな俺のところへ相談に来い。俺が悪いようにはしないから。わかったな。頑張るんだぞ。好い加減で寝るんだぞ。明日の作業に体が保《も》たんぞ。じゃあ、失敬。(ト正面出入口より退場)
(入れかわりに、上手より戸田登場)
大村　どうだった?
戸田　どうやら無事にかえれたよ。酒井中尉がかえるまでと思って、戸口のところで待っていたんだ。
林　どうだった?　逃げられるか。
戸田　だめだ。
大村　だめだ?
戸田　ああ、あきらめるんだな。いたるところ剣附鉄砲だ。もうどこへも逃げられるもんか。途中で連絡掛の工員に会ってきいたんだが、工場《こうば》じゃ全員が徹夜で働らかされてるそうだ。俺たちなんかまだいいほうだよ。飛行機の整備の道路が、林のかげに放射状にのびてるだろう。あのへんはみんな、航空兵自身が、日の丸の鉢巻で乗り出して来て、整備を督励しているんだ。いたるところ日の丸の鉢巻さ。

大村　駅へ出る近道はどうだい。

戸田　歩けそうなところには、みんな兵隊が鉄砲だの、ピストルだのを持って立ってるよ。脱走兵防止のためらしいが、俺たちだって、脱走すればポンさ。

林　森の中をとおってゆく道はどうなんだ。

戸田　剣附鉄砲とピストルだよ。

大村　村の人家のあるほうへも行けないかな。

戸田　だめだね。ピストルと剣附鉄砲だ。

大村　それじゃあ、いよいよ、袋の鼠か。

戸田　ここにいると静かだが、外は嵐だ。

大村　知らない間《ま》に、畜生……。

戸田　(椅子にかけて)まあ、一杯くれ。(ト呑む)

大村　(独り言)冷静にならなくちゃ。とにかく、冷静になることった。

林　もうこいつにたよるほかないよ。(トランプをとりあげて、切りながら)この占いがどう出るか、(ト椅子にかけて通路のテーブルに札を置く)……ふん、トランプってやつは、(ト一枚を見て)なんて冷たい平べったい顔をしてやがるんだ。(ト占いの札をおいてゆく)

(大村と戸田、左右より見戍《みまも》る。あとの者は酔いしれている)

――幕――

第三幕　八月二十六日朝

（幕あき前より、高射機関銃、曳光弾《えいこうだん》等の一斉射撃の音断続してとどろく。バンバンバンバン――バンバンバン――バンバンバンバン。ダダダ……。
幕あくや、前幕と同じ舞台に旭ほがらかに射し入り正面出入口は開放しあり。中年あるいは老年の男女の農民大ぜい、列をなして通路に佇《たたず》みいる。上手出入口より下手寄りまでつづく行列なり。一斉射撃の音にも、戸外へ走って空を見上げんとする者なし。下手より朝食をおわれる学生ら、三々五々帰り来る）

農夫A　（谷崎に）あの音は何だね。

谷崎　あれですか？　飛行場で射ってるんだよ。

農夫B　また戦争かね。

谷崎　いや、航空隊がいよいよ解散になるんで、のこった弾丸《たま》をなんにもない空へ向けて、一斉射撃をしてるんですよ。もう二、三日でアメリカが進駐して来るから、弾丸《たま》を残しておくのは癪《しゃく》なんだろう。(耳をすまして)ほら、あれが高射機関銃の音だ。……あれが曳光弾の音だ。……それはそうと、あんた方はここで何をしてるんです。

農夫A　学生さんたちは何をしてるだね。

谷崎　(面喰って)僕たちですか? 僕たちは今朝飯を喰って来たところですよ。

農夫B　俺たちはよオ、今そこの広場で木材の払下があるでよオ、行列をつくって自分の番を待ってるところだよ。

谷崎　へえ、どうして僕らの寮の中で待ってなきゃならないんです。

農夫A　行列の尻《けつ》が丁度その入口だて、あとから来た俺らがそのあとについたまでよ。

(農民みな笑う)捗《はか》の行かねえ行列だ。いつになったら動くだあ。(このとき上手入口より二人の農夫わやわやと入り来《きた》り、最後尾につく。行列はこのあいだ、徐々に上手へ移動す)

(谷崎、D室へゆき、寝ころんで本をよむ。各室の荷物すでに片附けられ、蒲団包みは縄をかけられ、各人のリュックサック、鞄等片寄せられたり。平山、戸田、本多、山川も、おのおの階下のB、D室にて寛《くつ》ろぎいる。尤《もっと》もこれらの姿は農民の行列に遮《さえぎ》られて、客席よりは定かに見えず。

中央出入口より、酒井、汗を拭きつつあたふたと登場)

酒井　諸君、今その道を荷車にいっぱい材木を積んで逃げて行った奴を見なかったか？見ない？　畜生。（ト行列をわけて舞台正面へ来て）風呂場の裏に積んであった払下木材が見えないんだ。全く性《たち》が悪いな。（行列する農民に気づいて）あなた方、ここで何してるんです。（農民答えず）何の行列です。（なお答なきに自ら上手へ行ってみて、又《また》戻り来り）ああ、払下の行列の尻尾がここへ入っちまったのか。さあ、ここは学生寮ですから、外へ並んで下さい。（ト行列を押し出さんとす。農民動かず）さあ、ここは寮なんですよ。外へ並んで下さい。（一策を案じて）あなた方、荷車をみんな外へ置いてあるんでしょう。今、払下木材の泥棒があったが、誰かの荷車を使って逃げたにちがいないんだ。あなた方の誰かの荷車じゃないんですか。（この一言に、農民、顔を見合わせ、列を乱して、一せいに上手へ去る。酒井、汗を拭いて椅子に掛け）やれやれ、すっかり無秩序状態になっちまった。（学生等の誰に話しかけるともなく）いたるところで、払下と無償配給のいがみ合いだよ。形見分けほど人間のあさましさを見せるものはないな。工員たちは地下足袋のとりあいで憲兵と小ぜり合いをやってやがるし、百姓は百姓で、戦争中は供出しろと云や徴発だと云やあ藷《いも》の尻尾ばかり寄越したのが、いよいよ木材払下となるとどうだい。蜿蜒《えんえん》長蛇の列を作りやがる。掌《てのひら》を返したように、だ。俺も人情の薄さには呆れたよ。その上材木泥棒はつかまらないし、もう俺たちの手には

負えんよ。（時計を見て）こうしちゃいられない。又あとで来るからな。（ト上手へ急ぎゆく）

（入れかわりに下手の奥より帰り来る大村と林の姿、B室の窓ごしに見ゆ）

戸田　おい、林、大村、うまく行ったか？

大村　だめだ。（ト汗を拭いつつ、窓枠に腰かける。一同、B室に集まり来り、窓の大村と林をかこむ）

戸田　一台もか？

林　一台もだめだ。トラックはすっかり出払っていて、学生の引揚げ荷物なんか運ぶひまはないというんだ。

大村　ずいぶんねばったけど、だめだったよ。

林　それでいて、工場《こうば》から東京へ出る道路を三〇二《さんまるに》空《くう》の連中が、何台も何台もトラックにしこたま食糧や衣料を積んで、ダーッ、ダーッ、と行くじゃないか。窓からそれを見ながら、みすみす断わられている身にもなってみろよ。今までさんざん俺たちをこき使っていて、こうなると掌を返すようだからな。

谷崎　それじゃどうすりゃいいんだ。リヤカーでめいめいが引いてかえるのか。

山川　リヤカーだって、どこにもありやしないよ。空いてるやつは。

本多　この蒲団がもって帰れなかったらどうするんだい。僕のたった一つの財産なんだぜ。ほかの蒲団は下宿と一緒にみんな焼けちゃったし……。

大村　だんだん欲が出て来るな。ついおとといまでは、命の心配が先に立っていて、誰も蒲団のことなんか言い出さなかったぜ。

戸田　貴様！　無責任だぞ！

大村　そう云うなよ。俺の脱出計画はどうもみんなうまく行かない運命にあるらしいんだ。しかし八月十五日、あれから十日たって、今日が八月二十六日か。何て不愉快な十日間だったろう。強制労働、原子爆弾の恐怖、……ここへ来て、やっと命の心配はなくなったが……。

谷崎　そんなこと、まだわかるもんか。もう二、三日したら、アメリカが進駐して来る。そのときまでここにぐずぐずしていてみろ。どんなことになるかわかりやしないよ。

本多　それで、航空隊のほうはどうなんだ。何だってあんなにラディカルな徹底抗戦論者が屈服したんだい。ゆうべから早速解散ということになったんだい。

大村　高松宮が御名代《ごみょうだい》で説得に行ったんだってさ。殿下がかえったあとで、特攻隊長が、いわゆる声涙共に下る訓示をして、徹底抗戦をあきらめさせたんだそうだ。それがきのうの夕方だろ。それからの三〇二空のさわぎは大へんなものらしいや。その特攻隊長ってのが特攻隊育ての親でね、特攻隊に申訳ないっていうんで、ゆうべ腹を切ったんだ。それから徹底抗戦派の内輪もめで、斬り合いだの、射ち合いだのが大分あったらしいや。

林　それが今朝になると、毛布と乾パンを山ほど積んで、トラックで東京へ、ダーッ、ダーッ、だからな。現金なもんさ。

平山　それにしてもトラックはどうなるかな。

戸田　あとは望みの綱は、小宮助教授だけだよ。小宮さんが東京中駈けずりまわって、何とか方策を講じてるよ。

山川　どうだかなあ、教師だって、自分がいちばん可愛いんだから。

大村　（遠望して）おやおや、むこうから城少尉がやって来るぞ。

一同　えっ。（ト窓からのぞく）

林　何しに来たんだろう。

戸田　完全軍装だな。

平山　まっすぐ夏草のあいだを歩いてくるな。機械人形みたいだ。

林　何しに来たんだろう。

戸田　大丈夫。あいつは悪いやつじゃない。

（林と大村、中央出入口より室内へ入る。一同、窓辺を離れ、舞台正面へ来る。城少尉登場。正面出入口より入りて、呆然と佇立《ちょりつ》す）

城　みんなにさよならを言いに来たんだ。（強《こわ》ばった表情のまま）御苦労だったよ。よくやってくれた。ありがとう。（一同を見まわして）この間俺にギターを壊された奴はいるか。

谷崎　（朗らかに）もう恨んでいませんよ。

城　そうか。すまなかった。つい昂奮して、あんなことをしたんだ。悪く思わんでくれ。（一同顔を見合わせる）これからの日本は貴様らの双肩にかかっているんだ。俺たちは失敗した。日本のあとは貴様らに委《まか》す。引受けたと言ってくれ。

戸田　よし、引受けた。

城　（はじめてかすかに微笑する）他《ほか》の奴らも言ってくれ。

一同　引受けた。

城　ありがとう。（言う手にピストルを握っている。これに気づいた学生の一人は、皆に注意を促す。一同あとずさりをなす。城、ピストルをこめかみに当てて放つ。倒れて、死す。一同沈黙）

谷崎　（ひざまずいて、瞼を閉ざしてやる）可哀想になあ。（ト泣く）……こいつ威張った口ばかりきいていたが、俺より二つも年下だったんだ。まだ子供だったんだ。

(本多、上手へ去りて、城の死を告げに行く心持。一同、屍《しかばね》のまわりに円陣を作りて暗然たり。兵士四、五人、本多に案内されて、正面出入口より登場)

兵士A　(ひざまずいて、城の顔を見て、立上り)特攻隊の士官ですね。

大村　そうです。城少尉です。

(兵士ら、立って敬礼をなし、しかるのち屍を担いて去る。蟬《せみ》の声)

谷崎　(がっかりして、通路の椅子に掛け、かたわらの大村に)煙草をくれ。(火をつけて)へんな気分だなあ。あのとき俺は、やけっぱちな気持でギターを弾いていた。それでいて一寸《ちょっと》ヒロイックな気持でもあったんだ。何て言ったらいいかなあ。ゴム風船を口でふくらましているうちに、どんどん大きくなって、もうすこしで破裂しそうになる、それでも半ば破裂するのを待ちながら、こわごわ口はまだふくらまそうとする。あんな気持だったんだ。……それが城少尉に急に怒鳴られたとき、見下ろすと彼の抜身がぎらぎら光って見えたとき、俺はこりゃあ殺されるな、と思った。本当に怖ろしかった。どうやって梯子《はしご》を下りたかわからない。もう逃げられないと思ったから、墓の中へ下りてゆくような気持だった。……いや、それよりもひどく心臓がドキドキして、こいつはてっきり、斬られる前に、心臓麻痺でくたばるだろう、と思ったんだ。……ところが城少尉は、俺を切らないでギターを切った。その瞬間、俺はほっとした。助かったと思った。……しかしそのあとで酒を呑んでいるうちに、今度は無性に腹が立ってきた。大事なギターをこわされた怒りだったか、どうか、そのへんははっきりわからない。果して城少尉一人に対して怒っていたのかどうか、それもわからない。

……あれから十日たった。ギターを切った彼が、丁度ギターを切ったその同じ場所で、自殺するとはなあ。今、そこに倒れていた彼を見たとき、俺にはふっと、それがギターみたいに見えた。絃《げん》を切られたギターみたいにみえた。

こわれたギターを兵隊たちがかついで出て行った。夏の朝のぎらぎらする陽の中へ。

……兵隊たちは草の中に、あのギターを埋めるだろう。畜生、蟬がよく鳴くな。

（一同、耳をすます。蟬時雨《せみしぐれ》。間——。上手より、酒井サイダア罎《びん》数本を抱えてあたふたと再び登場）

酒井　特配だ。特配だ。サイダアをもって来たぞ。珍らしいだろう。（卜卓上に並べる）暑いなあ。冷やしてないんで仕様がないが、呑もうや。（一同答えず）どうしたんだ、みんな。（正面出入口前の血痕に気づきて）おや、血が流れてる。どうしたんだ。

本多　城少尉が自決したんです。

酒井　ふうん。（間）死にたい奴はさっさと死ぬさ。（一同、はっきり反撥せる沈黙もて報ゆ。酒井間がわるくなりて）おい、誰かその血痕を掃除せんのか。（一同沈黙。やむなく傍らの山川に）おい、君、バケツに水と、箒《ほうき》をもって来いよ。（山川、水をたたえたるバケツと帚《ほうき》をもち来り、酒井の前に置く。自らは手を出さず。酒井やむなく、バケツから水を土間にぶちまけ、掃除をはじむ。帚を動かしながら）いやあ、特攻隊の連中には弱ったよ。経理部長も俺も捕虜同然でな。あんな気違いじみた日の丸の鉢巻なんか巻かされてさ。一寸でも抵抗したら、（ト帚を銃の如く構えて）ポンだからな。おんなじ軍隊でも俺たちみたいな外様《とざま》はこうも弱いかと思ったら、情なくなったよ。しかしなあ、これからは俺たちが好きなようにするんだ。経理部長と俺とで立てた計画なんだが、秘中の秘だよ。もちろん後輩の諸君にだから、こんなことも話すんだが、工場のブルドーザアをもち出して、農場を経営するんだ。ブルドーザアは二台うまいところに隠してあるし、農場の土地も目安がついてるんだ。ここの縁で、諸君がやって来たら歓迎するぜ。大学を出て就職がむつかしかったら、しばらく俺んところへ来いよ。働らいて喰うだけのことは保証するから。（ト掃除をおわりて元の座に戻る）

林　（はじめて口を切り）そのうちお世話になるかもしれません。しかしね、それより今すぐおねがいしたいことがあるんですがね。先輩のお力で何とかなりませんか。

酒井　何だい。

林　トラックを借りたいんです。できれば三台、……

酒井　三台！
林　それが無理なら二台。ほかの班の連中も入れて、二台できちきちです。
酒井　二台かあ。むつかしいな。
林　どうしてもだめなら、せめて一台でも。
酒井　ううむ。（ト沈思黙考して）しかしねえ、考えてもみてくれよ。俺には今や何の権力もないんだぜ。自分の力の及ぶ範囲なら、後輩諸君のためにできるだけのことはするさ。しかしねえ……
戸田　できないことはないでしょう。一台ぐらい何とかして下さい。
酒井　それがねえ、航空隊の連中にみんな使われちまって、すっかり出払っているもんだから……
大村　何とかして下さいよ、酒井さん。
戸田　たのみますよ、酒井さん。
酒井　それがねえ……
戸田　ブルドーザアなら持ち出せても、トラックはだめなんですか。
大村　何ならブルドーザアでも結構ですよ。
酒井　（突然）君たち、このサイダアは飲まんのか。

林　今は結構です。別に咽喉《のど》は乾いていませんから。何ならお持ち帰り下さっても結構です。

酒井　そんな水くさいことを言いなさんな。

林　その代りトラックを貸して下さい。

酒井　おいおい、もうわかったよ。(ト立上り)一寸俺は急用があるから、又あとでゆっくり相談に乗ろう。サイダアは置いてくから、みんなで飲んでくれたまえ。(あたふたと退場)

(間――。蟬の声)

大村　どうするかなあ、こいつは。いよいよ明日一杯待って来なかったら、大きい荷物は見捨てることにして、あとは手にもてるだけ持って電車で引揚げるほかはないな。

戸田　貴様に泛《うか》ぶ知恵はそれっくらいか。

林　それじゃあ君にいい知恵があるのかい。

戸田　平泉先生の本にはこんなことは書いてないもの。

平山　しかしうまく行ってるんだ……結果から見て、うまく行ってるんだ……何もかも……何もかもだよ。

戸田　何をッ!

大村　まあいちいちそう怒るなよ。平山はからかったわけじゃないよ。ああいうことを言うのはあいつの趣味なんだから。

谷崎　（窓を見て）おや、工廠《こうしょう》のほうに煙が立ってるぞ。誰か火をつけたのかな。

林　なに、軍命令で書類をみんな燃やしてるんだ。

（飛行機の爆音近づく）

本多　おや、飛行機だぞ。（ト正面出入口より外へ出て空を仰ぐ）

大村　そんなわけはあるもんか。三〇二空じゃ、プロペラをすっかり外しちまったよ。

山川　（これも出て行き）おや、日本の飛行機じゃないらしいぞ。

谷崎　え？　（顔色を変え）それじゃあいよいよ原子爆弾かな。（ト心臓を押えて、立ちて行く）

（この一言で、一同立ち正面出入口の外へゆく）

谷崎　畜生！　アメリカの飛行機が飛んで来たって、警報も鳴らなきゃ、高射砲も鳴らないじゃないか。

山川　翼《よく》が光った。……あ、旋回してる。原子爆弾じゃないよ。大丈夫。爆撃機じゃなくて、ありゃあ偵察機じゃないか。

本多　進駐地区の偵察に来たんだな。

戸田　やれやれ、三日たつとこのへんはアメリカ兵で一杯になるのか。

大村　どうしたらいいんだ。

林　身一つで逃げるか。

（一同暗然と元いしところへ戻り来る。あるものはごろりと横になる。虚脱したる可成《かなり》長き間）

谷崎　畜生！　民法の条文でも読んでやる。（ト寝ころんで読む）

第七一八条〔第一項〕動物ノ占有者ハ其動物ガ他人ニ加ヘタル損害ヲ賠償スル責ニ任ズ但動物ノ種類及ビ性質ニ従ヒ相当ノ注意ヲ以《モッ》テ其保管ヲ為シタルトキハコノ限ニ在ラズ

〔第二項〕占有者ニ代ハリテ動物ヲ保管スル者モ亦《また》前項ノ責ニ任ズ

第二一四条　土地ノ所有者ハ隣地ヨリ水ノ自然ニ流レ来《きた》ルヲ妨グルコトヲ得ズ

第二三五条〔第一項〕疆界線《きょうかいせん》ヨリ三尺未満ノ距離ニオイテ他人ノ宅地ヲ観望スベキ窓又ハ縁側ヲ設クル者ハ目隠ヲ附スルコトヲ要ス。……

へん、のぞきはいけません、とさ。

戸田　あーあ。（ト大あくびをなす）

（このとき下手よりトラックのひびききこゆ）

大村　(起き上り)あ、トラックだぞ！

戸田　馬鹿野郎。耳のせいだ。又飛行機だよ。

大村　(耳をすまして)いや、たしかにトラックだ。

(一同、耳をすます。トド一同口々に「トラックだ！」「トラックだ！」と連呼しつつ下手へ立ちかかる。同時に下手より小宮助教授、背広にゲートルを巻きたる姿にて、意気揚々と登場)

小宮　喜んで下さい、諸君。

大村　トラックが！

小宮　二台来ています。

(一同、手をとりあって狂喜乱舞をなし、「万歳！」「助かったア！」などと叫ぶ)

小宮　(汗を拭って)やあ、暑い。暑い。ほう(ト卓上のサイダアを見て)サイダアがありますな。御馳走して下さい。(学生ら茶碗にサイダアを注ぎてすすめる。小宮、中央の椅子にかけ)……ああ、うまい！　(ト一気に呑み干す)

大村　先生、しかし、一体、どうしてトラックを。

小宮　(冷静に)それはね、昨日の朝、三〇二空に高松宮が行かれるという情報が入ってから、こいつは抗戦中止だと睨《にら》んだから、この機を逸せず、航空本部に坐り込んでね、朝から晩までやいのやいの云ったんですよ。航空本部の混乱状態たるや、大へんでね。将校たちはストックの米だの酒だの缶詰だの、落下傘用の絹だのを奪い合いの醜態ですよ。そのなかをねばり抜いてやっと一台出してもらうことになったんだが、それではこの班だけの荷物だって、みんな運び込めるかどうかわからない。それに荷物と一緒に諸君も乗り込むわけだしね。それから又ねばりましてね、私は学会へ出てもこんなにねばったことはありません。しぶしぶもう一台出してくれたんですよ。

林　先生、ありがとう。それで東京の様子はどうですか？

小宮　別にどうということもありませんね。焼跡は見馴れてるし、混乱状態なら空襲の最中のほうがひどかったし、みんなただぼうっとしているだけなんですね。只一つ、ああ戦争がおわったんだな、という感じのするのは、灯火管制がもうなくなって、夜になると汚ない焼跡が見えなくなって、ほうぼうの焼ビルや壕舎の窓に灯《ひ》がチカチカ見えることでしょうね。街灯なんかもずいぶん焼けちまってるんだが、こういう壕舎の明りだけで、東京の夜は明るくなったという気がしますね。……そうそう、航空本部での交渉では、倉持君が本当によく私を助けてくれた。終始一貫私の片腕になってくれましたよ。

戸田　倉持が？　復員したんですか？

小宮　復員しましてね、早速大学へやって来て私と連絡をとってくれたんです。
谷崎　今どこにいます、倉持。
小宮　ここにいますよ。
谷崎　え？
小宮　私と一緒にトラックで来たんです。きっと今、北村先生のところで引っかかっているんでしょう。
（このとき下手より、白ワイシャツに学生帽をかぶれる倉持登場。一同歓呼して迎う。「やあ、よく帰って来たな」「御苦労様」等々）
本多　どうだった、軍隊は。
倉持　お風呂はどうだったたって訊かれてるみたいだ、まるで。
戸田　おい、倉持、女の味はおぼえたか？
倉持　いや、そんな暇はありませんよ。
小宮　御苦労様、倉持君。
（一同、サイダアをあけて倉持にもすすめ、中央の卓に、小宮と倉持を囲む）
林　おい、倉持、写真を焼いて後悔してるだろう。
倉持　写真って？

林　例の女優の写真さ。

倉持　ああ、あれか。別に後悔もしていませんね。あれはあれでよかったんでしょう。僕はもう過去に執着をもたなくなったんです。軍隊で迎えた八月十五日というやつは、そりゃあ大へんなものですからね。丁度いい踏切りがついたんですよ。

谷崎　そうだな。俺たちはずっとここにいた。最後の自由、しかし堕落した自由の住んでいた場所。……われわれは最後まで自由を失くさなかったつもりでいたんだが、何だか腐って変質した自由のなかで、自由に中毒していたような気もするんだよ。俺たちには本当の解放はないだろう。これからもわれわれはこの寮の生活の腐った自由の真似事をつづけて行くだろう。

小宮　しかしねえ、大学は焼残りました。アメリカの故意の計画か、あるいは単なる偶然かは知りませんが、これは何事かです。何事かですよ、大学が焼け残ったということは。今度こそ本当の大学がはじまるんです。大学が本然の姿を取戻すんです。北村教授ともお話したんですが、講義は九月匆々《そうそう》開講の予定です。一週間か十日後には、諸君は今度こそ空襲警報にも、軍部の権力にも、何ものにも脅やかされない諸君の教室にいるんです。諸君の時代が来たんだ。ここの寮は、いわば戦後の日本を再建すべき知識人のプールだったんです。明治維新の歪《ゆが》められた近代の代りに、今度こそ本当の近代が、おくればせながらわれわれの祖国にも訪れたわけだ。諸君はその新らしい時代のエリットでもあり、チャンピオンでもあるという気概を持って呉れなければね。

大村　でも先生、具体的に云うと、どういうことなんですか。われわれは将来どっちみち、銀行か役所かどこかの会社の机に、三、四十年しがみついているだけのことじゃないんですか。机がだんだん大きくなれば目っけものですが、それに従ってふえる知識といえば、おぼえている猥談の数がふえるくらいのもんでしょう。

小宮　(冷静に微笑して)大村君、今はシニシズムの時代じゃないんですよ。何を信じるのも諸君の自由だが、無気力を信じてはいけません。

戸田　(何となく力を得て)なるほどなあ……。

倉持　先生の仰言《おっしゃ》ること、よくわかります。実によくわかります。これから、僕、頑張ります。

小宮　頑張って下さいよ、たのみますよ、諸君の未来には自由がある。われわれは学問の自由というものが根絶やしにされた時代に生きて来たんだが、諸君の前にあるのは洋々たる未来だ。結婚式の祝辞じゃありませんがね。(一同笑う)

林　(少しく希望を得て)もしかすると知性というやつが、決して滑稽に見えない時代が来るのかもしれませんね。

小宮　そうですよ。たとえば「人類」という言葉、「人類のために」という言葉一つだって、もう決して滑稽にひびかないから、ふしぎじゃありませんか。「平和」「自由」「人類」すべてきのうまではお伽噺《ときばなし》の言葉だった。誰でもそんな言葉を口に出すやつは、気違い扱いにされた。事実、噴飯物の言葉だった。ごく良心的な人たちは、まるで猥褻な言葉を使うように、そういう言葉をこっそり囁《ささや》き合わなきゃならなかった。今はどうです。「平和のために」「自由のために」「人類のために」……すこしも滑稽じゃない。……歴史は繰り返すものじゃない。古き帝国主義、古き民族主義、古き天皇制、古き独裁主義、古き全体主義、こういうものは二度と復活しやしないでしょう。そういうものは死んで二度と生き返りはしないでしょう。

戸田　なるほどなあ……。

（一同徐々に好い気持になる）

平山　そうすると、先生、僕は今後革命運動に挺身しようと思うんですが、どうも僕が指一本動かさなくても、革命が成就しちゃうような気がするんですが。

小宮　そうかもしれませんねえ。少くともですよ、少くともこうは言える、「幻滅の時代」は終ったと。……それで君の感想はどうなんです。

平山　ちょっと寂しくもありますね。

小宮　寂しいのはいいでしょう。幸福のしるしです。……ねえ、諸君、今までここに在ったのは、谷崎君も言ったように、最後の残された、散漫な、孤独な自由だった。しかしこれから諸君が持たなくちゃならんのは強力な自由だ。その用意が諸君にありますか。若い諸君の力が結び付かなけりゃならない。手を握り合って行かなくちゃならない。いつか原子爆弾が広島に落ちたあくる日だと思ったが、諸君に、トマトを一個、参謀総長の机の上へおいて来ないか、と訊いたことがある。ところが、諸君は誰もこう答えた、「できません」、「できません」――正直私は淋しかった。今なら諸君はどう答えます。

戸田　さっき特攻隊の少尉が自決しました。死ぬ前に僕らにこう訊いたんです。「これからの日本を引受けたと言ってくれ」

小宮　それで諸君は何と答えました。

戸田　「引受けた」って言ったですよ。

小宮　いいですね。いい返事だ。それで私にはどういう返事をくれます。今度はトマトをもって行けなんて言いません。何をしてくれとも言いません。ただ、「できますか」とこう訊くだけです。平山君。

平山　できます。

小宮　戸田君？
戸田　できます。
小宮　大村君？
大村　やりますよ、とにかく。
小宮　林君。
林　でき、ます、ね。
小宮　谷崎君。
谷崎　できるでしょう、心臓の許すかぎり。
本多
山川
倉持　できます。
小宮　ありがとう。ああ、ゆうべは徹夜で、体の芯がガタガタしている。（ト伸びをなし）なにしろトラックが東京を出たのが五時ですからね。しかし今日は実にいい日だ。（ト背後の窓を見て）実にすばらしい朝だ。夏のおわりの日光、強烈で、清潔で、新鮮だ。諸君、大学の応援歌を歌いましょう。私も学生時代にかえった気持で音頭をとります。いいですか、一、二、三。

一同　（歌う）

若人よ蘇れ
不死鳥の翼もて
　たけき焔は狂ふとも
　若き血潮は滅びねば
　心やさしき乙女子も
　わが手をとりて歌ひなん
　若人よ　若人よ
　　今ぞ蘇る

若人よ蘇れ
アトラスの腕《かいな》もて
　世界を担ふその肩は
　支へん真理の星群《ほしむら》を
　老者《ろうざ》も笑みてもろともに
　未来を讃へ歌ひなん

若人よ　若人よ
　今ぞ蘇る

小宮　（時計を見て）さて、と。そろそろ出発だ。肩に背負う荷物は別にして、大きい荷物だけ、蒲団包みなんか、先にトラックへ積み込んで下さい。それから、そうだ、荷物を一応積み込んだら、トラックを（ト上手をさして）倉庫の前へ廻しますから、皆で無償配給の品物を積み込んで下さい。工廠側の認可書類は私が持っています。配給品はシャツ、毛布、乾パン、なんかです。倉庫の前へは私が案内しますから、それまでに各自荷物を積込むこと。いいですね。私は北村先生を先にトラックへお乗せしますから。

（ト下手へ去る。学生ら、ざわざわと荷物を下手へ運ぶ）

大村　おっと、鈴木がいないんだな。
谷崎　さっき例の女の子と外へ出て行ったよ。
大村　又かえってくるだろう。あいつの蒲団包みも運んでやろう。
谷崎　よし。

（ト一同、荷を運んで下手へ去る。間――。蟬の声。上手より鈴木を先立てて山中房子あたりを憚《はばか》りつつ登場。房子は地味なワンピースを着たれど、さして美しからず。以下の対話は、

立ちつ居つ、土間中央の椅子、B、D室の縁先などを使いて、交わさる）

鈴木　僕の蒲団包みも運んでくれたんだな。

房子　そうらしいわ。

鈴木　本当は手伝わなくちゃいけないいんだが……。そのあとで倉庫へ配給品を積み込みに行くって言ってたな。外できいていたら。

房子　ええ。

鈴木　僕は君を送って行けないよ。

房子　そう？……

鈴木　トラックで一緒に発たなくちゃ、帰れなくなっちゃうからな。それで、君、送って行けなくても大丈夫なんだろう。

房子　ええ、丁度この近くへ疎開している親戚があるから、そこへ行くわ。

鈴木　ばかな親戚だな、三〇二空の近くへ疎開して来るなんて。

房子　ばかね。……（小声で）今度、いつ会えるの？

鈴木　うん……。

房子　今までいつもあなたが、今度いつ会える、って言ったわね。はじめて私がそう言うと、返事がないんだわ。

鈴木　だって、考えてもみろよ。今までは、たとえばこう言う、来週の金曜に会おうと言う、そう言ったって、その日に果して会えるものかどうか、誰にもわかりはしなかったんだ。その日に空襲があるかもしれない。君の家が焼けちゃうかもしれない。この寮が木ッ端微塵《こ ぱ み じん》になっちゃってるかもしれない。君と僕とのどっちかが死んでるかもしれない。……しかしこれからはそうは行かないぜ。たとえば来週の金曜の何時に大学の正門の前で会おうって約束する、そうすればもう会えるに決ってるんだ。降るものっていえば、焼夷弾か爆弾はもう天から降りっこない。夏だから、雪も降りっこない。せいぜい雨ぐらいだ。雨だったら、傘をさして出ればいい。それだけのことさ。面白くも可笑《おか》しくもないじゃないか、え？

房子　ずいぶん己惚《うぬぼ》れてるのね。私がたとえ約束したって、行く気がなければ行かないだけだわ。どんないいお天気だって、行かないだけだわ。そうすれば、あなただって私に会えなくってよ。

鈴木　「行く気があれば」……ああ、そいつはもう別の世界の言葉だ。戦争中、君と僕との住んでいた世界には、そんな言葉はなかったんだ。あのころを思い出さないか？

房子　思い出すも出さないもないわ。ついこのあいだじゃないの。

鈴木　うそだ。君はもう忘れてる。すっかり忘れてるよ。……いいかい。あのころ僕たちは、相手の心なんか問題にしたことはなかった。相手の思惑なんか、たとえば来週の金曜に、君が来る気があるかないか、なんて、一度も気にかけたことはなかった。数学で言えば、心はいわば常数だった。きちんと決っていて動かない、他《ほか》の条件をどう変えたって動かない、一定の数値だったんだ。君もおそらく僕の心のことなんか、考えてみたこともなかったろう。……約束した日に会えるか会えないかは、すべて天の摂理にかかっていたんだ。僕、思うんだけど、人間同士の約束っていうものが美しいのは、おそらくそういう状態においてだけだね。約束が守られるあてのない状態、しかも、守られないことが断じて人間のせいではない状態、そういう状態の時だけだね。

房子 あなたって、変ったわ。戦争中のことをきれいさっぱり忘れてしまったのは、私じゃなくて、あなたこそだわ。女が男に敵《かな》わないことは、腕力でもないわ、頭でもないわ、忘れるっていう能力だけだわ。……戦争中、私たちが会っているあいだ、あなたは殆《ほとん》どものを仰言らなかった。仰言っても月並な、どこにでもあるような、誰でもいうようなことしか仰言らなかった。ところがどうでしょう、戦争がすんだら、言葉、言葉、言葉、とても気の利いた議論、とても都合よくこみ入った理論。でも私はそんなものに感動する女じゃないの。私の感動するのは、お月様と夏草の茂みと月並な愛桜なの。

鈴木　君はひどい勘違いをしている。君の勘違いを説明してあげるよ。君は自分が月並で、平凡で、常套的だから、それで僕に飽きられたんだ、と思ったんだね。

房子　飽きられた？

鈴木　まあ、聞けよ。君は僕が女の天才でもしょっちゅう探していて、これだと思った君がそうじゃなかったんで、僕が興褪《きょうざ》めしているとでも思ってるんだね。大ちがいさ。僕もお月様は好きさ。桜の花は好きさ。しかし戦争中の月や、桜のすばらしかったこと！　月は灯火管制のおかげで誰にも光りを奪われずに晃々と照っていたし、桜の花はうるさい花見客なんかに誰にも見られずに、黙って、勝手放題に咲いていた。俗悪なところはちっともなかった。……ただ僕がおどろくのは、君が戦争中のお月様も、今のお月様も、おんなじ月だと思って眺めていることなんだ。おどろくべき確信だね。君は忘れていないどころか、そもそものを憶えているという能力がないんだよ。そうなんだ、君には識別力が全然欠けているんだ。君には僕たちの思い出なんてありやしないんだ。ただ抽象的な恋愛の思い出があるだけなんだ。君には奇蹟なんてわかりはしなかったんだ。僕たちがああして会えたのが、どんなふしぎな偶然のなせるわざだったか、そんなことはさっぱりわかっていなかったんだ。

房子　ふしぎな偶然？　ええ、私信じていなくてよ、そんなもの。あなたにお目にかかるときは、私が会いたいと思ったからだったのよ。それだけだったのよ。爆弾だって焼夷弾だって、だから私を避《よ》けて落ちたんだわ。

鈴木　何か君は思い違いをしてるんだ。その親切な爆弾は君を避《よ》けて落ちたわけじゃないよ。爆弾は落ちるべきところへ落ちただけだし、君がそこにいなかっただけの話さ。僕はそれを奇蹟だって云ってるんだ。

房子　わかった。あなた私の死ななかったことが残念で仕様がないのね。

鈴木　そうかも知れない。

房子　そうかも知れない！

鈴木　それと同時に、僕の死ななかったことも僕自身、残念で仕様がないんだ。

房子　(皮肉に)ロマンチックね。

鈴木　でも、そんな考え方しかできない時代には、ロマンチックになるよりほかなかったんだ。自分の好きな人が生きていてくれって願うことは、死んでいてくれたらいいと思うこととおんなじだったんだ。恋人の幸福をねがうことが、不幸をねがうことと、殆どおんなじだったんだ。空襲のたびに、僕はここの裏手の林の防空壕から外へ出て、燃えている東京の空をじっと眺めたもんだ。東京の空は真赤だった、真夜中の夕焼みたいに。……僕はあの火のなかを、今君が逃げ廻っているんじゃないか、と思うと、ぞっとした。本当に君の逃げ廻っているその姿が火の中に見えるような気がした。僕は居たたまれなかった。自分がそうなっていて、人に心配させたほうが楽だと思った。しかしそうまで人のいのちのことばかり考えているのは、つまり人の死のことを考えているのと、おんなじことだった。

房子　私を愛していたのよ。間違いないわ。あなたは私を本当に愛していたのよ。

鈴木　僕もそう思っていた。

房子　もうちょっとはっきり言いましょうか。あなたは私を愛していた。そうして今はもう愛していない……。

鈴木　ちがう！　ちがう！

房子　それなら今も……。

鈴木　それともちがうんだ。

（間――。蟬の声）

（半ば独白の如く）どうして女って、家の中の片附物をするみたいに、そんな風に物事を簡単に分けて整理しちゃうんだろう。鋏《はさみ》はこの抽斗《ひきだし》へ、風呂敷はこの抽斗へ、腐らないものはそれでいいけど、腐るものまで、黴《かび》が生えて喰えなくなっちゃっても、まだとっとくんだ。物保《ものも》ちのいい女ほどそうなんだ。愛し合っていた間の恋愛の思い出とか、舶来のココアとか、上等の蒲鉾《かまぼこ》とか。

房子　それからお月様とか、桜の花、とかね。

鈴木　そうそう。何もかもごっちゃにしてとっておく。黴が生えたって、腐ったって、材料は不変だと信じている。戦争も平和も知ったこっちゃないんだ。お月様はいつもおんなじだし、その前でいつも男と女が、好きになって嫌いになってまた好きになったり、それからまた思い返してきらいになったりしているんだ。

房子　それは男はすぐ気が変るけど、女は変らないというだけのちがいなのよ。男の人たちって、一寸雨漏りがすると、この家はもうだめだっていうんで引越したり、新らしい家を建てたりするのね。御苦労様ね。女は雨の漏る穴をふさいで、その家に落着いて住んでいるだけだわ。

鈴木　家はかわっても、人間は変らないんだ。

房子　人間は変っても、家はかわらないのよ。

鈴木　君は、今僕たちが愛し合っていなければ、はじめから愛し合っていなかったんだ、っていう風に考えられないかな。

房子　今は知らないわ。でも前には、あなたはあたしを愛していらしたわ。私、ちゃんと知っているんですもの。
鈴木　すごい確信だな。ぞっとするような確信だ。
房子　もっと素直に仰言ればいいのよ。昔は好きだった、今は飽きた、って。
鈴木　（真率に）でも僕に、そんなことはとても信じられそうもない。
房子　あなたって確信がゼロね。
鈴木　それで……、ききにくいことをきくけど、君は僕をまだ好きなのか？……きらいだって言ってくれたほうが、僕はいいんだけど……。
房子　（些《いささ》か涙ぐんで）残念ながら……まだ、ちょっと好きよ。
鈴木　（高声《たかごえ》で）あ！　おねがいだから、泣かないでくれ。僕は君が泣いたら、自分も泣きそうで心配なんだ。
房子　（むりに笑って）へんな人ね。
鈴木　愛してもいないで、泣くなんて、たまらないんだ。君が泣くと僕が泣く、僕が泣くと君が泣く、そりゃあ欠伸《あくび》だってうつるんだもの、涙だって伝染《うつ》るだろう。そんなことを僕たちは何度繰り返したろう。いつも別れ際に、これが最後の別れになるかもしれないと思うと、自然に涙が出て来て仕様がなかったんだ。しかし愚劣だとわかっていることは、やめたほうがいい。

房子 だって今度の戦争だって、やめようと思ってやめられなかったじゃないの。

鈴木 理性のある人間同士だったら、やめられるんだ。

房子 勝手な理窟ね。

鈴木 戦争がすんだ。……わからなかったことがみんなわかってきた。

房子 少し大人になって来ただけなのよ。

鈴木 そうじゃないよ。ねえ、君、こう思わない？　僕たちは結局、全然愛し合っていなかったんだ、って。

房子 え？

鈴木 そうだよ。僕たちは錯覚に陥っていたんだ。幻想にとらわれていたんだ。僕たちが恋愛だと思っていたものは、あれは戦争の与えたへんな幻想だったんだ。空襲だの、生命の危険だの、そんなものが寄ってたかって、僕たちに恋愛していると思い込ませていたんだ。僕たちははじめから、恋愛なんかしていなかったんだ！

房子 なぜ、はじめから、なんて言うの。飽きただけなのよ。私に飽きただけなのよ。

鈴木 「はじめから」って言わなければだめなんだ。そうしなければ、僕たちは解放されないんだ。

房子　解放？　（冷笑して）また別の錯覚だわ。
鈴木　サイレンの音に僕らは酔っていたんだ。死の匂いに僕らは酔っていたんだ。
房子　「僕ら」って仰言るのよして。「僕」って仰言いよ。
鈴木　「僕ら」だよ。少くとも僕の心の中では。
房子　それじゃその中には私は入っていないわ。
鈴木　そら白状した。
房子　（耳をおおって）もうやめて！
鈴木　やめない。はじめて僕らが会ったのは去年の十一月、帝都初空襲の日だった。サイレンのひびきがいつも僕らを結びつけた。僕の家《うち》のあの防空壕……。
房子　二人きりだったわ。誰もいなかった。
鈴木　最初のキス……。
房子　但しあなたとの、よ。
鈴木　最初の……。
房子　またサイレン……。
鈴木　僕の大学の勤労動員……。
房子　駅へ送りに行ったわ。喘息《ぜんそく》のお薬を持って。

鈴木　あの薬は利かなかった。
房子　あなたに利くお薬なんかないのよ。
鈴木　それから毎日の手紙……。
房子　返事、手紙、また返事ね。
鈴木　そうして……戦争がおわった！
（上手より、平山だるそうに登場。二人を見て、間が悪そうに佇《たたず》む）
鈴木　みんな倉庫の積込みを手伝ってるんだね。
平山　ああ。俺は……何だか、もうすっかり疲れて……立っていられないんだ。途中から抜けて来たんだ。
鈴木　いかんな。僕も手つだいに行かなくちゃ。（房子の肩に手を置いて）それじゃあ……。
房子　（立上り）さよなら。（ト握手の手を出す。鈴木長き握手をなす。行きかけて）今度……また。
鈴木　いつか……また。
房子　さよなら。（去る。鈴木もそそくさと上手へ去る）
（平山一人残り、通路の椅子を観客へ正面に向けて坐る。けだるげにテーブルに肱《ひじ》をつきて）
平山　うまく行ってる。何もかも、うまく行ってる。これだけはまちがいがないんだ。

(上手に「若人よ蘇れ」の応援歌の合唱きこゆ)……とにかくうまく行ってるんだ。すべてがいい方へ行ってるんだ。(応援歌高まる)新らしい時代が来るんだ。誰も疑いようのない新らしい時代が。はじめて日が照りかがやくんだ。小鳥が鳴き出すんだ。永い闇のなかから、永いトンネルを抜けて、明るい海へ出たんだ。新らしい時代が……。(はげしく咳《せ》き込む。咳つづく。応援歌止む。うなだれて)……しかし、……俺はいつまで生きるか?

(上手より一同、「出発だ!」「出発だ!」と叫びつつ、ざわざわと登場。平山の肩を叩きて、出発の用意を促す。平山、戸田、鈴木、林、大村、谷崎、倉持、本多、山川、おのおの、リュック・サックを肩に担い、制帽をかぶり、鞄を下げなどして、仕度を了《おわ》り、どやどやと正面出入口へ出でゆかんとして、出入口の框《かまち》のところにて寮の内部を見返る)

大村　(帽をあげて)さようなら、とにかくわれわれに雨をあてないでくれたこの屋根よ。

戸田　汚ねえ寮だが、やっぱりおさらばとなるとなあ……。

林　二度とここへ来ることはないだろうな。

倉持　さようなら。

谷崎　アディウ。

山川　アウフ・ヴィーダァゼェエン!

（皆々、帽をあげて別れを告げつつ正面出入口より上手へ去る。窓ごしに、まだ見返る二、三の顔が見える）

——幕——

黒蜥蜴

三幕

——江戸川乱歩原作に拠《よ》る——

場割

第一幕　大阪中ノ島Kホテル　――早春

第一場　B室・C室　―午後八時

第二場　C室

第三場　B室・A室　―八時四十分

第四場　B室・A室　―十時

第五場　B室・A室　―十時半→十二時過

第六場　C室

第二幕　――春

第一場　東京渋谷岩瀬邸台所

第二場

(A)　黒蜥蜴《くろとかげ》の隠れ家　――第一場の翌日

(B)　明智小五郎の事務所

(C)　黒蜥蜴の隠れ家

(D)　明智小五郎の事務所

(E)　黒蜥蜴の隠れ家

(F)　明智小五郎の事務所／黒蜥蜴の隠れ家

第三場　東京タワー展望台　――第一場の翌々日

第四場　芝浦近傍の橋の袂《たもと》

第三幕

第一場　怪船の船内

(A)　黒蜥蜴の居室

(B)　上甲板

第二場　港の廃工場

第三場　恐怖美術館

配役（登場順）

緑川夫人実ハ黒蜥蜴
岩瀬早苗
雨宮潤一
ルーム・ボオイ
岩瀬庄兵衛
明智小五郎
明智の部下　堺
　木津
　岐阜
警官A、B
老家政婦　ひな
御用聞き　五郎
用心棒　原口
　富山
　大川

女中　夢子
岩瀬夫人（声のみ）
洗濯屋
女中　愛子
　色江
家具屋A、B、C、D
侏儒《しゅじゅ》A、B
東京タワー見物人大ぜい
売店の亭主
売店のおかみさん
タクシーの運転手
黒蜥蜴の部下　北村
船員A、B、C、D、E
刑事A、B、C、D
岩瀬夫人
早苗の許婚《いいなずけ》　早川

第一幕

（大阪中ノ島Kホテルの522号室と524号室。舞台は三つに分れ、上手《かみて》に524号室。ここに大いなるトランクを置く。中央及び下手《しもて》はシュイット・ルームなる522号室にて、中央の居間はもっとも広く、下手はトゥイン・ベッドある寝室。522号室524号室共に正面奥にドアありて、廊下に通ずる心持。舞台上方一文字のあたりに大いなる時計あり、幕あきのときは八時をさす。三つの部屋は下手より順にＡＢＣと呼称す。八点鐘にて幕上る）

第一場

（幕上るとＢ室のみ明るく、中央の安楽椅子に、緑川夫人が坐っており、早苗はＣ室寄りに客席へ向う窓に倚《よ》る。いずれも夜の装い）

緑川夫人　そんなに夜の河がめずらしいの？　はじめての大阪でもないでしょうに。

早苗　女学校のとき一度来たわ、京都のかえりに一日きり。

緑川夫人　それっきり？

早苗　ええ。ここ中ノ島っていうのね。川は淀川？

緑川夫人　そうよ。小学生みたいな質問ね、十九にもなって。

早苗　おばさま、私の年まで御存知なのね、いやだわ。

緑川夫人　何でも知ってるのよ、あなたのことなら。それに知られて困る年でもないでしょう。

早苗　私のほうはおばさまのこと何も知らないわ。

緑川夫人　それが仲好しになる秘訣よ。

早苗　（素直に微笑《ほほえ》む）そうね。（又《また》窓から見下ろして）夜になっても川をとおる舟があるのね。あかりが動いている。あんな舟の中で寝起きしている人もあるんだわ。

緑川夫人　この世の中は誰でもあなたのように、お金持の宝石商のお嬢さんで、ホテルのシュイット・ルームに泊れる人ばかりじゃないわ。

早苗　あら、じゃおばさまは？

緑川夫人　そう、そう云えば私も小さなお金持の一人だったんだわね。あなたのお父さまのお店の華客《とくい》、小さな宝石をいくつか買い、そのうちにあなたの御一家と友だちになり、……まあそんなことはどうでもいいわ。でも私はシュイット・ルームにとじこめられるのもきらいなら、小さな舟に寝起きするのもきらいなの。何と云ったらいいか、私は物と物とがすなおにキスするような世界に生きていたいの。お金が人と人、物と物、あなたと私を分け隔てている。退屈な世界だわ。そうじゃなくって？

早苗　（興味を示して）ええ。

緑川夫人　私が考える世界では、宝石も小鳥と一緒に空を飛び、ライオンがホテルの絨《じゅう》毯《たん》の上を悠々と歩き、きれいな人たちだけは決して年をとらず、国宝の壺と黄いろい魔法瓶が入れかわり、世界中のピストルが鴉《からす》の群のように飛び集まって、空はそのために暗くなる。稲光りと花火、お祭の群衆、新聞記者たちの万年筆は自分から叫び出し、溢《あふ》れこぼれて、白いワイシャツの胸を真蒼《まっさお》に染めてしまう。そのときおふれが出るの、私が女王になるというおふれが。人々はずかずか人の家へ入ってゆき、壁という壁、塀という塀は、パイの皮のように破れやすくなり、私たちが消しゴムの指輪をはめ、その代りに地下鉄の吊手がダイヤとプラチナだらけになったら……

早苗　すてきね！　お父さまのお店が破産するわ。私は自由になる。もうわざわざ大阪へまで連れて来られて、お見合なんかすることもなくなるわ。乞食の青年が私に求婚するわ。

緑川夫人　そうよ、あなたは自由になる。そればかりじゃない。永久に若さを保って、永久に美しいままでいられるのよ。

早苗　本当？　おばさま、本当？

緑川夫人　私が嘘を言うもんですか。私の夢の国にどうしてもあなたを招待したいと思ってるの。それというのもあなたが若くてきれいだから。……あなた、ヴァレー・ボールをやってたんでしょう。弾みのいい、均整のとれた、美しいしなやかな体。あなたのお乳房《ちち》のすばらしい形まで、着物の上から私にははっきりわかるわ。

早苗　(赤くなって)いやなおばさま。

緑川夫人　顔ばかりいくらきれいでも、体の形のわるい人は、私どうしても好きになれないの。

早苗　おばさまこそお顔も姿もおきれい。お父さまはずいぶんお熱だわ。

緑川夫人　話をそらしちゃだめ。きれいな顔と体の人を見るたびに、私、急に淋しくなるの。十年たったら、二十年たったら、この人はどうなるだろうって。そういう人たちを美しいままで置きたいと心《しん》から思うの。年をとらせるのは肉体じゃなくって、もしかしたら心かもしれないの。心のわずらいと衰えが、内側から体に反映して、みにくい皺《しわ》やしみを作ってゆくのかもしれないの。だから心だけをそっくり抜き取ってしまえるものなら……

早苗　あら、生きてる人間が心を持たないでいられるかしら。

緑川夫人　(苦々しく)だからつまりそれが私の夢なのよ。ダイヤでもサファイヤでも、宝石の中をのぞいてごらんなさい。奥底まで透明で、心なんか持ってやしないわ。ダイヤがいつまでも輝やいていていつまでも若いのはそのせいよ。

早苗　一寸《ちょっと》失礼。(ト電話をとりあげようとする)

緑川夫人　どこへ掛けるの?

早苗　バアへ。お父さまを呼んであげたら喜ぶわ。

緑川夫人　いいじゃないの。もうちょっとここで二人で話していましょうよ。あとであなたの大喜びする話もあるんだけど、お父様が御一緒じゃ具合がわるいもの。

早苗　じゃ。(ト素直にやめ)大喜びするお話ってなあに。

緑川夫人　それはあとでゆっくり。

早苗　じらしたりして、いやなおばさま。

緑川夫人　それはそうと、さっき晩御飯の前にロビイで紹介された明智何とかっていう……。

早苗　御存知ないの。日本一の私立探偵、明智小五郎を。

緑川夫人　ああ、明智小五郎ってあの人ね。どうしてあんな人があなた方についてるの。

早苗　今お父様は明智さんとバアでゆっくり呑んでいらっしゃるんだわ。お父様はこのごろ少しノイローゼで、お酒を呑まなければ眠れないの。その上お床に入る前には必ず睡眠薬を……。

緑川夫人　だからどうして？

早苗　……いいわ。おばさまにだけ打明けるわ。このごろ東京の家へ、へんな脅迫状がほとんど毎日のように来てるんですの。

緑川夫人　まあ怖いこと。それがどんな？

早苗　いつもおんなじ文面なのよ。私、もう一字一句おぼえてしまったわ。「お嬢さんの身辺を警戒なさい。お嬢さんを誘拐しようとたくらんでいる恐ろしい悪魔がいます」

緑川夫人　まあいやだ！

早苗　私わりに呑気《のんき》でしょう。誰かのいたずらだと思っているの。でもお父さまは心配して、警察にたのめば新聞沙汰になるからって、こっそり明智さんにおねがいしたの。今度のお見合だって、今の場合大阪のお話だというので、お父様もお母様も乗り気になって、私を避難させるために、明智さんと一緒に大阪へ来たんですわ。私がちょっと買物に行くにも、明智さんがついて来て下さるのよ。

緑川夫人　それだけの探偵なら安心ね。

早苗　それにとってもいい方！

緑川夫人　探偵で「いい方」なんているかしら？　みんな疑ぐり深くて、目つきがわるくて、一口に言えば、あんまり人ぎきのいい商売じゃないわ。

早苗　だって明智さんそんな風に見えましまして？

緑川夫人　へんね。そんな風に見えないわ。

早苗　でしょう？

（二人顔を見合わせて笑う）

緑川夫人　お見合って、あなた、それで気に入ったの？

早苗　とんでもないわ。眼鏡をかけて、ねちゃねちゃした口をきくへんな男。「お嬢さんはスポーツに御堪能《ごかんのう》と承わりましたが」なんて、今どきゴカンノーなんて言葉を使うセンス、どうかしてるんじゃない？

緑川夫人　要するに気に入らなかったのね。

早苗　全然。

緑川夫人　私、お父様の邪魔をするようで悪いけど、あなたにとてもお似合いの人を見つけたの。東京の若い実業家だけど、とても素敵な人。この人にもきのうここのホテルでぱったり会って、あなたの話ももうしてあるのよ。途端に私、あなたと二人並べたらどんなにいいだろうと思ったの。それが偶然、このお隣りの部屋に泊ってるのよ。私はあなたの好みもよく知ってるし、その私が自信を以《もっ》てすすめるのよ。どう？　会ってみない？

早苗　だって一日に二度もお見合なんて……。

緑川夫人　お見合って意味ではないわ、別に。気に入ったら恋人になればいいじゃない？　東京へかえってから、いつでも私があいびきの手引をしてあげるわ。

早苗　会いもしないうちにそんな……。

緑川夫人　今会わせてあげるわ。電話で呼びましょう。

早苗　その方、お隣りの部屋なの？　今。

緑川夫人　いいえバアにいる筈だわ。

早苗　あら、おばさまって計画的ね。

緑川夫人　それというのもあなたが好きだからよ。(ト立って受話器をとろうとする)

早苗　バアだったらお父さまに知れないかしら。

緑川夫人　大丈夫よ、委《まか》しておおきなさい。もしもし、バアへおねがいします。……バアですか? 雨宮さんってお客様、いらしたら電話口へ。ええ、若い方で、一人でいらっしゃる筈。ええ。……もしもし、雨宮さん、今、522号室に伺ってるのよ。きれいなお嬢さんに会わせるから、すぐいらっしゃい。……ま、切れてしまった。飛んで来るのよ。

早苗 私、何だか怖い。

緑川夫人 何が怖いの。ねんねね、あなたも。

早苗 そうじゃないの。私、子供のころから何だか予感の能力があるらしいの。目のくらむほどすばらしい世界が近くにやって来るような気がするの。

緑川夫人 大げさね。雨宮さんってそれほどの人じゃないわ。

早苗 小さいときから、宝石のように大事にされ、可愛がられて育ってきて、私、買われるより盗まれるのを夢みるようになったんだわ。

緑川夫人 え?

早苗 私を欲しがる人は、盗むくらいの熱がなくっちゃいや。厚い硝子《ガラス》の窓に守られ、天鵞絨《ビロード》の台座に据えられた私を、硝子ごしにのぞいて通る人の目の中に、諦めや怒りや尊大な強がりや、そういうものが浮ぶのを見るのに飽きて、私はいつか勇敢な泥棒の目ばかりを待ちこがれるようになったんだわ。

緑川夫人　ああ、そういう意味。そんなら雨宮さんなんか、たしかにあなたを盗むだけの目をしていてよ。
早苗　本当？　おばさま。
緑川夫人　本当ですとも。
（ドア、ノックさる）
どうぞ。（ト立上る）
（雨宮潤一、きちんとした服装で入ってくる）
こちら雨宮潤一さん。こちら岩瀬早苗さん。
雨宮　はじめまして。
早苗　はじめまして。
緑川夫人　じっと目を見交わして立っているのね。それがいいわ。言葉なんか要らないのよ。あなた方が黙っていられるように、私が喋りつづけていてあげる。（二人向い合って坐る。夫人立上って、窓のほうへ歩く）若くてきれいな人たちは、黙っているほうが私は好き。どうせ口を出る言葉は平凡で、折角の若さも美しさも台なしにするような言葉に決っているから。あなたたちは着物を着ているのだって余計なの。着物は醜くなった体を人目に隠すためのものだもの。恋のためにひらいた唇と同じほど、恋のためにひらいた一つ一つの毛穴と、ほのかな産毛《うぶげ》は美しい筈。そうじゃなくて？　恥かしさに紅く染った顔が美しいなら、嬉しい恥かしさで真赤になった体のほうがもっときれいな筈。……夜だわ。私たちの時刻が近づいて来る。平凡な人たちの夜の外側に、切り立っている崖のような私たちの夜。家庭の団欒の夜のまわりを、怖ろしい森のように取り囲んでいる私たちの夜。（窓から見下ろし、煙草にライターで火をつけ、ライターの火を窓ぎわに大きく廻しながら）自動車が待っているわ。ホテルの玄関の灯《ひ》あかりから遠く、美しい重い荷物を待って。（なおライターの火を小さく廻しながら）準備はもうすっかり整った。運転手は油断なく目を配って、ごまかしと嘘の出発が油の上を辷《すべ》るようになめらかに滑りだすのを待っている。一寸力を入れて歯車を外せばいいんだわ。そのとたんに悪といつわりの機械が愉しそうに廻りだし、廻りだしたらもうとめどがないんだわ。（ライターをしまい、ふりむいて）雨宮さん、あなた早苗さんにあれをお目にかけたら？

雨宮　あれって？

緑川夫人　きのう骨董屋で見つけたって自慢していらした古いきれいな花嫁の人形よ。

雨宮　だってあんな大きなものを。

緑川夫人　持って来なくたっていいんだわ。早苗さんと一緒にお部屋へ行くわ。ねえ、早苗さん。

早苗　……ええ。

緑川夫人　私と一緒なら平気でしょう。あれはぜひ一見の価値があるわ。すばらしいお人形なの。娘らしくて、顔がよく出来ていて、そうだわ、まるで早苗さんをモデルにしたみたい。

雨宮　待って下さい。今すぐいらっしゃるんですか？

緑川夫人　ええ、いけないの？

雨宮　いや、独り者の旅の部屋で、ひどく散らかしているもんだから。じゃあ、こうしましょう。いそいで片附けて来て、片附いたらお呼びしますから。

緑川夫人　そうなさったらいいわ。早く呼んで下さいね。

雨宮　ええ、じゃあ、すぐ。

（ト早苗に挨拶して去る。上手のC室にすぐ現われ、あかりをともし、早速、ひげをつけて仮装をはじめ、ハンカチを出して、エーテルをしませ、ハンカチをうしろ手に忍ばせて、部屋をスタンドだけの暗いあかりにして、ドアのかたわらに身をひそめる。この間、B室では……）

緑川夫人　どう？　あの青年。

早苗　はじめて会ったわ、あんな方に。
緑川夫人　私の言ったとおりでしょう。
早苗　とてもおどおどして、つつしみ深くて、そのくせ目だけは大胆にきらきらして……
緑川夫人　謎のようなところがあって。その実やり手の事業家なのに。
早苗　私、何も話さなくて悪かったかしら。
緑川夫人　あの人も何も喋らなかったわ。喋っていたのは私だけ。
早苗　あら、おばさまは喋っていらした？
緑川夫人　耳にも入らなかったっていうわけなのね。
早苗　いや……。
緑川夫人　あなたは可愛いわ。本当に可愛い人。（うしろから首に手をまわして）こうやって殺してしまいたいくらい。
早苗　（手をふりはらって）宝石商の娘、退屈なお見合、ホテルぐらし、……そんなものがみんななくなって、私何だか自分が銀いろの独楽《こま》になって、すばらしい迅《はや》さで廻っているような気がする。
緑川夫人　私の手にかかったらそうなるのよ。

早苗　あなたを信じるわ、おばさま。

緑川夫人　信じて頂戴。私を信じてくれる人の目を見ると、私はうっとりするの。

（電話鳴る。夫人、受話器をとる）

はい。……はい。……ええ、今すぐ。（早苗に）さあ行きましょう。新らしい世界があなたの目の前にひらけるのよ。（ト早苗を促して部屋を出る）

（これと共にB室の灯火消ゆ）

第二場

（C室ノックされる。早苗入ってくる。暗い人気《ひとけ》のない部屋を見まわして一瞬ためらう。夫人うしろ手にドアをしめる。雨宮、とび出して、うしろから早苗を羽交締めにして、ハンカチを顔にあてる。早苗、失神する。夫人と雨宮、その衣服を脱がし、トランクの蓋《ふた》をあけ、早苗をこれに押し入れる。夫人、早苗の衣服に着かえる。雨宮これを手つだう。夫人の変装おわるや、雨宮、受話器をとり）

雨宮　もしもし、こちら524号室の山川健作だ。今チェック・アウトするから、トランクを取りに来て下さい。

（早苗に化けた夫人は、かねて用意の風呂敷包を持って部屋を出てゆく。C室暗くなる）

第三場

（緑川夫人、B室へ入ってくる。B室明るくなる。A室へ入り、B室との境のドアを閉め、小さなスタンドだけをつけ、ベルを押す。やがてB室ノックさる。夫人、「どうぞ」と作り声でいう。ボオイB室へ入ってくる）

ボオイ　お呼びでございましたか。

緑川夫人　（ドアを薄目にあけ、顔はかげに、着物だけがA室の明りに照らされるような姿勢で、早苗の作り声で）ええ、下のバアに父がいる筈なの。もうおやすみになりませんか、って呼んで下さらない？

ボオイ　はい。畏《かしこ》まりました。

（ボオイ去る。夫人、洋服を脱ぎかけ、思い直し、奥の洋服ダンスから、ネグリジェを出し、又、洋服を脱ぎかけ、ネグリジェに着かえんとする恰好《かっこう》で待つ）

岩瀬　（酔って入ってくる。ドアの戸口で明智小五郎に別れるこなし）いや、いやどうもありがとう。御苦労さん。どうぞお引取り下さい。今夜は大いに愉快でした。じゃあおやすみ。……（ドアの鍵をしめる）お前一人だったのかい。緑川さんの奥さんと一緒じゃなかったのかい。

（トＡ室へ行きかけ、娘の脱衣のさまをのぞいて、Ｂ室へ引きかえし、居間の安楽椅子に腰かける）

緑川夫人　（作り声で）ええ、私、気分が悪くなったんで、帰っていただいたの。私もうやすみますわ。お父様もおやすみにならない？

岩瀬　困るねえ、お前にも。一人ぼっちになっちゃいけないって、あれほど云いきかしてあるじゃないか。もしものことがあったらどうするんだ。

緑川夫人　だからお呼びしたんだわ。

岩瀬　そりゃそうだ。（ト立って、水入れよりコップに水をそそぎ、一杯呑み、さらに一杯注いで、そのコップを持ったままＡ室へ入る。緑川夫人は、うしろ向きに寝ている。岩瀬、コップの水で、ナイト・テーブルの上の睡眠薬を呑み、パジャマに着かえながら）早苗、どうだい、気分は。

緑川夫人　ええ、いいのよ。もういいのよ。私ねむいんだから……。

岩瀬　ははは、へんだね。見合が気に入らなくて、まだすねてるんだな。（ト、ベッドに入り、天井を見ながら）ねむたかったら、返事をしなくていいんだよ。……私はだな、大事な店の秘蔵の百十三カラットのあのダイヤ「エヂプトの星」よりも、もっとお前が大事なんだよ。かりにもお前を誘拐しようなんて気を起す人間がいるのはだな、もとよりダイヤがほしいにちがいない。だからお父さんは月百万円もお手当を出して、明智小五郎を雇っている。なあ、そうだろう? それで世の中の何もかも揃うというもんだ。日本一の娘と……、日本一のダイヤと……、日本一の探偵と……。この一つが欠けても、実はお父さんは満足じゃない。早苗や、なあ、宝石には不安がつきものだ。不安が宝石を美しくする。あのへんな脅迫状が来たおかげで、お前も本当の宝石になったのだ。……あーあ。(ト欠伸《あくび》をして)しめた。眠たくなって来たぞ。しかし眠たいと思っちゃいかん。下手にそう思うと眠れなくなる。お父さんは眠くないぞ! 眠くないぞ! 眠くないぞ!……これでよしと。……人間は眠る。宝石は眠らない。町がみんな寝静まったあとでも、信託銀行の金庫のなかで、錠の下りた宝石箱の中で、宝石たちはぱっちりと目をひらいておる。宝石は絶対に夢を見ないのだ。ダイヤモンドのシンジケートが、値打ちをちゃんと保証してくれているから、没落することもない。正確に自分の値打ち相応に生きてる者が、どうして夢なんか見る必要があるだろう。あーあ。(ト欠伸をして)なあ、そうだろう、早苗? 夢の代りに不安がある。これはダイヤモンドの持ってる優雅な病気だ。病気が重いほど値が上る。値が上るほど病気も重《おも》る。しかもダイヤは決して死ぬことができんのだ。……あーあ。宝石はみんな病気だ。お父さんは病気を売りつけるのだ。澄んだ、光った、純粋な小さな病気を。透明な病気、青い病気、緋《ひ》いろの病気、紫いろの病気。……あーあ、お父さんはもっとお金を儲《もう》けたい。十万ヶの鯛焼き、百万串の焼鳥。アメリカじゃあ赤ん坊さえ売っているそうだ。……あーあ。二十万人の黒い赤ん坊。一千万匹の金魚。……あーあ。三千万本の電気飴《でんきあめ》。……あーあ。世界一の縁日。お父さんのもの。……あーあ。……あーあ。……ああ。

（岩瀬ついに眠る。――間。やがて緑川夫人、そっと首をもたげる。少しずつ起き上る。起きると、さっきネグリジェに着かえたと見せて、実は早苗の服のままである。ベッドの下から風呂敷包を出し、薄暗がりで早苗の首の人形をとり出し、枕にもたせ、寝姿を巧みに作って、そっとA室をすりぬけ、B室から立去る）

第四場

（舞台暗黒。上方の大時計のみ照らし出される。時計の針八時四十分から動き出し、十時をさして止る）

（舞台B室明るくなる。突然はげしいノックの音。ノックしばらくつづく。A室より、岩瀬もぞもぞと起き出し、B室へ行き、ドアをあけて、あくびをする）

明智　（入ってくる）電報が来たんです、怪しい電報が。

岩瀬 何だ。明智さんか。え？ 電報？（ト半分寝ぼけながら、受け取る）

明智（又引ったくって読む）「コンヤジュウニジヲチュウイセヨ」

岩瀬 今夜、……十二時……？

明智 例の誘拐の脅迫がいよいよ時間を区切って来たんです。

岩瀬 あーあ、畜生、又いたずらですよ。ちぇっ、人の寝入りばなに。

明智 お嬢さん、別状ありませんか。

岩瀬 大丈夫、大丈夫、ちゃんと私の隣に寝ています。（トよろよろA室をのぞきに行って戻ってくる）ま、起さんでおきましょう。気分がすぐれないと言っておったし、折角すやすや寝てるんだから。

明智 寝室の窓は大丈夫でしょうね。

岩瀬 昼間からちゃんと掛け金がかけてありますよ。（トA室へ入りかけながら）明智さん、恐縮だが、入り口をしめて、鍵はあんたが預っておいて下さらんか。

明智 いや、それよりも、僕がしばらくこの部屋にいましょう。寝室のドアはあけたままにしておいて下さい。（岩瀬うなずいて、ドアをあけたまま、ベッドにもぐり込む）

（明智、B室をゆっくりと歩き廻り、ドアに鍵をかけ、それを抜きとり、左のポケットに入れ、やがて椅子に腰を下ろして、煙草に火をつけて、寝室のほうを監視する）

第五場

(B室のドアにノック。しばらく止む。明智、右のポケットからピストルを出して構える。又ノック)

明智　どなたです。

緑川夫人　私よ。

(明智、ピストルをしまう。立って行って鍵をさし込んであけ、左のポケットへ又鍵をしまう。緑川夫人、艶麗《えんれい》な和服姿で入ってくる)

明智　ああ、緑川さん。

緑川夫人　あなた、ここにいらしたの。へんな電報が来たせいね。

明智　よく御存知ですね。

緑川夫人　ここのホテルのボオイはおしゃべりなんですのよ。……早苗さんはよくおやすみ?

明智　ええ。

緑川夫人　お父様も?

明智　ええ。

緑川夫人 それでここであなたが見張っていらっしゃれば、天下に怖いものなしね。
明智 まあ、そういうことです。
緑川夫人 ずいぶん退屈なお仕事でしょうけれど……。
明智 危機というものは退屈の中にしかありません。退屈の白い紙の中から、突然焙《あぶ》り出《だ》しの文字が浮び上る。僕はそれを待っているんです。……それよりあなたは、他人の心配事などに首をつっこまずに、さっさとおやすみになったらどうです。
緑川夫人 まあ御挨拶ね。岩瀬家とのお附合はあなたよりもいくらか古い私よ。私だって心配で眠れやしないわ。
明智 それではどうぞ御随意に。
緑川夫人 ここでお相手をさせていただくわ、問題の十二時まで。
明智 恐縮ですね。
（夫人、向い合って坐って、煙草をとりだす）
緑川夫人 火をいただけて？
明智 どうぞ。
（ト、ライターで火をつけてやる）
緑川夫人 （あたりを見廻して）きょうはいつもの夜とちがうようだわ。夜がひしめいて息を凝らしているわ。精巧な寄木細工《よせぎざいく》のような夜。こういう晩には、却《かえ》って体が熱くほてって、いきいきとするような気がするわ。

明智　犯罪が近づくと夜は生き物になるのです。僕はこういう夜を沢山知っています。夜が急に脈を打ちはじめ、温かい体温に充ち、……とどのつまりは、その夜が犯罪を迎え入れ、犯罪と一緒に寝るんです。時には血を流して……。

緑川夫人　そういう場所を沢山くぐり抜けていらしたあなたなのね。犯罪とあなたとは、きっと今では写真の陰画と陽画のようになっていて、あなたの目は犯人と同じものを見、あなたの心は犯人と同じことを思い浮べるようになっているのね。

明智　僕もそこまで行ければなあ！

緑川夫人　まあ、自信がなさそうな仰言《おっしゃ》り方！

明智　いや、犯人が黒い色で考えるところを僕が白い色で考えて、一枚の写真のように、ぴったり絵柄が合うところまで行ければね。なかなかそうは行きません。これだけ沢山の事件をくぐって来たのに、犯罪というものには、僕にどうしてもわからない部分が必ずある。或る難事件が起るたびに、僕は自分が犯人であったらなあと思いますよ。僕が犯人なら何でも知っていて、解けない謎はない筈ですから。だから僕は一心に犯人をまねる。犯人の考えたように考え、行《おこな》ったように行おうとして精魂を傾ける。

……しかしもう一歩のところで、惜しいかな、僕は犯人になりきれない。何かが心の中で僕の邪魔をして……。

緑川夫人　あなたの心の中の良心、世間のどこでも、真昼の町角でも、裁判所でも、ゴルフ場でも、肩で風を切って罷《まか》り通るあなたの良心が邪魔するわけね。

明智　なかなか仰言るなあ。しかしそんな単純なことじゃありません。犯罪というものには、何か或る資格が要るのです。いいですか。犯人自身にもしかとつかめない或る資格が。

緑川夫人　資格って。

明智　それはこういうことです。たとえばここに一人の女がいる。人から薔薇の花束をもらう。彼女は薔薇の花が好きだ。そこで頬を寄せて香りをかぐ。すると彼女は突然、花びらのかげに忌わしい虫の姿を発見する。彼女は、かたわらの燃えている煖炉の中へ、悲鳴と共に、花束を放り込んでしまう。こういう女は犯罪を犯しません。

緑川夫人　まあ何故ですの？

明智　それはあとから説明しましょう。さて第二の女がいる。これも薔薇が好きだ。そして花びらのかげに虫を発見する。彼女は冷静に虫をつまんで、燃えさかる炎の中へ捨て、きれいになった花束の香りを改めてかぐのです。さらに第三の女がいる。第三の女はどうするかというと、虫も殺したくないし、花束も焼きたくない。彼女はもともとやさしい心の持主だからです。思いあまった末に、いいですか、彼女は花束をくれた男のうしろへ廻って、可哀想な男の背を突きとばして、煖炉の中へつんのめらせて、……つまり彼の顔を真黒に焼いてしまうのです。

緑川夫人　まあ！

明智　いいですか。それというのも第三の女は、あまりにやさしい心、感じやすい神経の持主だからです。第一の女は、多少の残酷さを、咄嗟《とっさ》の場合に無意識に発揮して、花と虫を火に投げ込んで、自分を救い、又世間を、世間の秩序を救います。第二の女は、意識的に多少の残酷さを発揮して、ごく合理的に、虫のいのちと、薔薇の花と、世間の秩序道徳とのあいだに、くっきりした段階をつけてみせます。さて第三の女は、自分のやさしい魂に忠実なあまり、世間の秩序と道徳を一切根こそぎに引っくりかえす。……ごらんなさい。三人のうちでは、第三の女が一等残酷さが少ないのです。しかもまぎれもなく、彼女は犯罪者の資格を持っています。

緑川夫人　すばらしいお説だわ。私まだあなたみたいな探偵に会ったことがありません。こんなに心底《しんそこ》から犯罪を愛し、犯罪にロマンチックな憧れを寄せている探偵に。

明智　そうですとも。たしかにあらゆる犯罪には、絹のような、レエスのような或る優雅なものがあります。そしていくらか古くさい、大袈裟《おおげさ》なところがあります。旧弊な伯母さんの話をきくような。

緑川夫人　自動車強盗でもそうですの？　それから汚職でも？　むさくるしい大男の強力犯《ごうりきはん》でも？

明智　ええ、そういえるでしょうね。どんな卑俗な犯罪にも、一種の夢想がつきまとっているからです。われわれの近代社会は法律で固められています。こいつはまあ硝子《ガラス》と鉄とコンクリートでできていて、とても歯の立つ代物じゃありません。レエスと絹と血の花束とは、そいつの外側に優雅に漂っているのです。どんな兇器でも、兇器と名のつく以上、無害な電気洗濯器よりも優雅な形をしています。非実用的な情緒を帯びています。そうじゃありませんか？

緑川夫人　私が賛成したからってどうなります。

明智　まあ、たとえばこいつをごらんなさい。（ト右ポケットからピストルをとり出す）別にあなたを射つためじゃありません。むこうの寝室の窓から、何かが現われたら、こいつの銃口が火を吹くんです。（ト窓を狙う）しかしね、ごらんなさい。窓の外には真黒な夜空と星が見えるだけだ。このピストルは夜というもの、この厖大な、予測不可能な、春のはじめの冷たい空気に充ちた、夜の全体へ向けられているのです。今発射したところで、射的の人形のように忽《たちま》ち夜が倒れて、そのむこうから朝の太陽が顔を出す筈もありません。このピストルはただ夢み、常識を逸脱し、一つのことを待っているのです。一つのこと、つまり、夜がはっきり脈を打ち、体温を帯び、徐々に動物特有の匂いを得て、一人の人間の姿に固まって現われる瞬間を。

緑川夫人　それでそれがあらわれたら、あなたは法律の名において発射なさる……。

明智　いいえ。（ト、ピストルをしまい）夢想の名において。われわれ私立探偵の役割が刑事とちがうのはそこなんです。夢想で夢想を罰する。犯罪の持っている夢の要素を、僕の理智のえがく夢で罰する。それ以外に何の生甲斐があるでしょう。

緑川夫人　それは冷たい生甲斐ですわね。

明智　職業的な冷たさと仰言るんですか。

緑川夫人　いいえ、人間ばなれのした冷たさ。だって法律が犯人を罰するのは、いわば人間が人間を罰するのでしょう。でもあなたのやり方は、人間の夢のむこう側にいて、そこで網を張って待ち構えていらっしゃるんだわ。それが夢で夢を罰するということかしら。いいえ、あなたは御自分を宿命の立場に置いて、宿命で裁こうとなさるんだわ。あなたの傲慢なきれいな白い額、世間しらずの少年の額みたいな……。

明智　そう、あなたは謙虚な目つきをしていらっしゃる、とでも褒め返したらいいんでしょうか。

緑川夫人　何とでも仰言るがいいわ。ただ私はあなたの冷たい目に、充たされない望みが、臆病なつつましい恋心が、光っているのを見るような気がするの。要するにあなたは報いられない恋をしてらっしゃる。犯罪に対する恋を。そうじゃなくて？

明智　これはまたひどく詩的な表現ですね。

緑川夫人　あなたの恋が叶えられたと思う瞬間に、もう犯罪はあなたの手からするりと抜け出して、警察や裁判所のむつかしい手続の森の中へ逃げ込んでしまうんですものね。

明智　でも己惚《うぬぼ》れかもしれないが、僕はこう思うこともありますよ。僕は犯罪から恋されているんだと。犯罪のほうでも僕に対して、報いられない恋心を隠しているんだと。

緑川夫人　うぶで図々しい恋人同士ね。

明智　そうです。うぶで、心がときめいて、自分で自分にはむかって、その結果、裏切りばかりに熱中する不幸な恋人同士。

緑川夫人　口惜《くや》しいけれど、あなたはたしかに犯罪から見て性的魅力があるようにお見受けするわ。

明智　へえ、あなたの目からもそう見えますか？

緑川夫人　いいえ、それはとても特殊な魅力で、私のような素人の女には、猫に小判とでもいうのでしょうね。

明智　ははは。……ところで時間つぶしのいい方法はないもんでしょうか。まさかこんな際にお酒も呑めず……。

緑川夫人　ああ、どこかにトランプがあった筈だわ。トランプはいかが？

明智　結構ですね。

緑川夫人　（立って明智のかたわらを通り、ピストルをすり取るこなし。棚からトランプをとる）丁度いいわ。二組あるから。（二組のトランプを持ってかえってくる）アメリカン・ピノックルをやりましょう。

明智　ええ。

緑川夫人　（カードの中から、すべてのＡ《エース》、キング、クイン、ジャック、十、九、を抜き取りつつ）何を賭けましょう？

明智　賭けてもいいけど、あなたとちがって僕は貧乏ですよ。

緑川夫人　私は持っている宝石をみんな賭けるわ。

明智　ずいぶん気前がいいんですね。そして僕は……。

緑川夫人　（つと手をのばして男の手を握り）あなたにぜひ賭けていただきたいものがある

の。

明智　おどかさないで下さいよ。

緑川夫人　あなたの……（トじっと顔をみつめる）

明智　え？

緑川夫人　探偵という職業を賭けてほしいの。

明智　（じっと見返して、しばし沈黙。やがて、あっさりと）いいですとも、賭けましょう。

緑川夫人　まあ嬉しい！（トはしゃいで）ほら、エース、十、キング、クイン、ジャック、そして九、六枚ずつ二組で四十八枚、その中から十二枚とって、あなたに六枚、私に六枚。（ト札を渡す。さらに残りを山札として伏せて積み、その上の一枚をめくって、上向けて横におく）これが切り札よ。

（二人はだまって勝負をはじめる。お互いに一枚ずつ、伏せたまま場に出し、しかるのちカードをあけて、そのカードの階級によって一回一回勝負をつけるのである。勝負の出来るのは同じ種類の札に限られ、またお互に同位同点の札が出たら、それは先に出した方のものが勝ちになる。

さて勝った方のものは、その札をとって自分の手札と合せ、役が出来るかどうか調べ、もし出来ていれば得点とする）

明智　勝った！
緑川夫人　役が出来て？
明智　（しらべてみて）いや。
（ゲームを続行する）
緑川夫人　勝ったわ！
明智　それで？
緑川夫人　（札をそろえて）ほら、普通結婚！
明智　おやおや、二十点とられた。
（ゲームは続行される）
明智　勝った！
緑川夫人　揃って？
明智　……多分。
緑川夫人　……まさか……。
明智　ごらんなさい。皇族結婚だ。
緑川夫人　四十点とられたわ。二十点の差ね。
（ゲーム続行される。明智、腕時計を見る）

明智　(急にカードを散らかし)もう止めましょう。
緑川夫人　ずるいわ。まだ勝負が決らないのに。
明智　だってもう十二時まで一分たらずしかありませんよ。
(一文字の時計照らし出される。十二時一分前を斥《さ》す)
緑川夫人　ゆっくりトランプをしていましょうよ。何事も起らないじゃありませんか。
明智　しかし一分のちには何か……
緑川夫人　ずいぶん犯人を信用していらっしゃるのね。
明智　犯人にも体面がある筈ですから。
緑川夫人　あなたがそんな風に仰言ると、私まで心配になるじゃありませんか。この真夜中の音と云っては近くの部屋の下水管の水音がするばかり、それでも額縁が少しかしいだり、家具が干割《ひわ》れたりするくらいのことはあるでしょう。それならすべてが動かないまま、眠ったままで、たとえば富士山の絵の額が突然裸の女の絵に変ったり、お風呂場のヘア・トニックがきれいな色の毒薬に変ったり、壁の木目《もくめ》の一つの節《ふし》が血走った人間の目に変ったり、そんなことだってないとは限りませんものね。私何だか怖くなったわ。トランプは又にしましょうね。
明智　今丁度十二時です。

（十二点鐘鳴る）

緑川夫人　やっぱり何も起りませんでしたわね。

明智　賭けは僕の勝ちでしょうか。

緑川夫人　さあ、どうだか。ともかく私たちは、冷たい谷川の急流に素足をひたしているように、時間の流れに足をひたしているんですね。どうでしょう！　私たちの足の甲を流れる時間のこの透明な冷たい水！　部屋も流れています。ホテル全体も流れだした。鉄橋も、船も、深夜の明るい停車場《ていしゃば》も、眠っている人たちも、信託銀行の金庫のなかの宝石も、何もかも時間の冷たい急流に姿を変えた。きこえるでしょう、あの轟々《ごうごう》という時間の音が。犯人の予告の時間は、王様のお出ましの時間よりも正確で、掃き清められた道の上を進むんですわ。

明智　さあ、僕にはそんな音はきこえませんね。犯人の時計はこわれているんじゃないでしょうか。いよいよ犯罪が近づくというときは、僕にも憶えがあるが、こんな具合じゃない。まず部屋の空気の密度がぱっと高まる。窓のカーテンの襞《ひだ》は凍った滝のようになり、シャンデリヤの切子硝子はぶつかり合う歯のような音を立てる。そのとき犯罪が見えない姿で、すっと部屋に入ってくるのです。

緑川夫人　そんな兆候が何もないなら……、明智さん、怖いわ。私たちはそれに慣れてしまって、部屋の中にもう犯罪がちゃんと立っているのに、その姿に気がつかないんじゃないかしら。

明智　とおっしゃると?

緑川夫人　これはただの危惧なのよ。いわば私の妄想なのよ。でも何だか、早苗さんはもうとっくに……

明智　誘拐されていると仰言るんですか。

緑川夫人　何故だか、私には、そんないやな直感が働らくの。

明智　でも早苗さんは……。

緑川夫人　おとなりの寝室で、お父さまのそばですやすやとおやすみでしょう。それはそうにちがいない。それはそうですけど……

明智　あなたは何を言おうとなさるんです。

緑川夫人　私はただ……。

（明智、身をひるがえしてA室へ駈け込み、岩瀬をゆすり起す）

岩瀬　（ねぼけて）何です。何ですよ。藪から棒に。

明智　お嬢さんを見て下さい。そこにやすんでおられるのは、たしかにお嬢さんですね。

岩瀬　何を仰言る。娘ですよ。あれが娘でなくて一体誰が……。

（岩瀬ハッとしてはね起き、早苗のベッドへ向って）

早苗！　早苗！

（返事がない。岩瀬立ってそのベッドへ行き、早苗をゆすり起そうとする。明智、部屋のあかりをパッとつける）

ああ！

（岩瀬、早苗の顔を模した人形の首を高く掲げる。その首の柄にネグリジェが結びつけてある）

（A室の戸口に、明智と緑川夫人は佇立する）

（岩瀬はその二人を押しのけてB室へゆく。二人そのあとを追う。岩瀬の携える首からはネグリジェが床に垂れて引かれる。岩瀬うなだれて、やがて首を床に落す。夫人これをひろって、しげしげとながめる。岩瀬ぐったりと椅子に腰かける。急に立上って、再びA室へ駈け入り、ベッドをかきまわし、毛布をはねのけ、バス・ルームをあけ、又閉め、洋服箪笥《だんす》をあけ、その中をかきまわす。急に怒りにかられて、A室とB室の堺に立ったまま）

明智さん、こりゃどうしてくれるんだ。あんたにお願いしておいた娘が、このとおり盗まれてしまった。日本一の探偵か。聞いて呆れる。月百万円のお手当の結果がこれかい。

明智　月百万円と仰言いますが、それには助手の給料から調査費まで全部入っております。僕の純粋な取分は、御心配な程の額じゃありませんよ。

緑川夫人　(笑い出して)ずいぶんはっきり仰言るのね。でも人形の首の番をするだけなら、私だって勤まるわ。ねえ、岩瀬さん。

岩瀬　その通り。(はじめて気がついて)ああ、あんたもここにおられたのか。

緑川夫人　ここには人間が三人と、(首を示して)これが一ついたわけですわ。

岩瀬　こりゃまたどうしたことだ。われわれは喫茶店で喋るような具合に喋っている。

緑川夫人　屍体がないからいいんですよ。血も流れないし、消えてなくなっただけだから。……私たちは日常生活の真只中にいるんですわ。

明智　そう、僕にとっての日常生活はこれですね。俄《にわ》かにらくらくと息がつけるようになりましたよ。

岩瀬　私かあんた方かどっちかが頭がへんなのだ。

緑川夫人　(首をかかげて、しげしげと見ながら)犯人は思ったより大物らしいわ。こんな子供だましで私たちをらくらくと引っかけた。こんな人形の首のまわりを、大の大人が三人もうろうろしていたんだわ。

明智　(夫人より注視を離さず)あなたの指紋で大事な証拠をそういじりまわされちゃ迷惑

ですな。

緑川夫人　（わが指を見て）私の指紋で？　だってあなたは別にお止めにならなかったわ。

明智　僕は美しい指紋には寛大なんですよ。

緑川夫人　ぞろっぺえな探偵さんね。（ト人形の首を卓上に置く）

岩瀬　（急に目ざめたように）あんた方は一体何を喋ってるんだ、こんな場合に。早苗がいなくなった！　可愛い早苗が。（ト泣く）私はもう生きてる甲斐がない。

緑川夫人　そう絶望なさることはないわ。

明智　「まだ宝石があるから」と仰言りたいんでしょう。

緑川夫人　まあ先を越されたわ。私の気持がよくおわかりね。

明智　そりゃああんまり筋道の通った慰め方というもんですよ。

岩瀬　（人形の首を抱いて）ああ、早苗や！　早苗や！　生きていておくれ。お前は私の一生の夢、一生の宝だったんだ。私は十五の年、栃木県の石切場の人夫をしていて、ふと接触変成岩のかけらの中に、緑いろに光るものを見つけたんだ。こっそりそれをポケットに入れて、村役場へ持って行って鑑定してもらった。村役場には知ったかぶりがいて、そいつはエメラルドだと言い張った。かえり道、私は夢のようだった。丁度村に祭があって、縁日の賑《にぎ》やかな市が立ち、売っている風車《かざぐるま》も金魚も電気飴も鯛焼きも、宝石箱をぶちまけたように光っていた。そこを通るとき、私は思ったものだ。私が金持になったら、かわいいわが娘の手を引いて、この縁日へ連れて来て、縁日ぐるみ買い取ってやろうとね。それが私の立志伝の最初のページのエピソードだよ。早苗や！　早苗や！　その手を引かれた夢の娘がお前だった。どうか生きていておくれ。お父さんのために。

緑川夫人　（そら涙）まあ、同情してしまった、私。

明智　そら涙はおよしなさい。正直なあなたに似合いませんよ。

緑川夫人　あら、あなた同情なさらないの。

明智　同情すべきときは同情します。しかし別段同情する理由はないのです。僕の理智がそう感じるのです。

岩瀬　そらごらん。そういう奴だ。血も涙もない奴だ。奥さん、こんな陋劣《ろうれつ》な男を見たことがありますか。私は人を見る目がなかった。こんな悪党にだまされるなんて。いいよ。明智、お前も一緒に牢へほうり込んでやったら、少しは目がさめるだろう。はじめから警察にたよればよかったんだ。第一警察は只なんだ。金を沢山とる奴ほど効き目があると思っていたのは、宝石商として千慮の一失だった。ああ、宝石と人間はこんなにちがう。警察を呼ぼう、警察を。

明智　(ト電話へ行きかかるを)まあお待ちなさい。(ト引止める)

岩瀬　なんであんたが引止めるんだ。そんな資格があると思うのか。この悪党。

明智　今さわぎ立てたところで、犯人がつかまると思いますか。僕の推理では、誘拐は少くとも二時間以前、電報の来る前に行われたんです。あれは犯罪の予告じゃなくて、すでに行われた犯罪をこれから起るもののように見せかけて、十二時までわれわれの注意を、この部屋に集めておくことにあったんです。その間に犯人は夙《と》うに高飛びしているでしょう。

(岩瀬不承々々腰かける)

緑川夫人　(笑い出して)その二時間のあいだ名探偵が、人形の首の番をしていたわけね。

(ト又笑う。岩瀬はじめて夫人に敵意の目を向ける。長い沈黙。岩瀬又急に立上って、明智がとめるのを振り切って、電話器のところへゆく。そのときたまたま電話が鳴る。岩瀬受話器をとる)

岩瀬　え? なに? 明智さん。あんたに電話だ。

明智　は? (ト立って行って受話器をうけとる)ああ。……ああ。……そうか。十分? それじゃおそい。五分で駈けつけたまえ。五分しか待たないよ。いいか。

岩瀬　(皮肉な丁重さ)御用がすんだら、ついでに警察を呼び出すように言って下さらんか。
明智　警察に報告するのは、そんなに急ぐことはありません。それよりも、少し僕に考えさせて下さい。
岩瀬　早苗のことのほかに、あんたの考えるべきことが何がある。実にけしからん。あれほど固く引受けておきながら。
緑川夫人　岩瀬さん、そんなことを仰言ってもむだですわ。明智さんは賭のことで頭が一杯なんですから。
岩瀬　賭?
緑川夫人　ええ、私は持っている宝石全部、この方は探偵という職業を賭けたんです。とうとう負けときまって、お気の毒に、廃業を考えていらっしゃるんだわ。
明智　いや、そうじゃありません。奥さん。僕がうなだれているのは、あなたをお気の毒に思ったからです。
緑川夫人　まあ、どうして?
明智　(ゆっくりと)それはね、賭に負けたのは僕ではなくて、奥さん、あなただからです。

緑川夫人　まあ、あんな負け惜しみ。

明智　負け惜しみでしょうか？

緑川夫人　ええ、負け惜しみですとも、犯人をつかまえもしないで、そんな……。

明智　ああ、じゃ奥さんは、僕が犯人を逃がしてしまったとでも思ってらっしゃる。そうですか。僕はちゃんとその犯人をつかまえましたよ。

緑川夫人　あなた夢を見ていらっしゃるの？　そのきれいな澄んだ目で。

明智　ええ、やっと夢をつかまえたんです。それは多少入りくんだ夢でしてね。どこからお話していいか……。そう、あなたのお友達の山川健作氏が、このホテルを出てどこへ行かれたか、その行先も僕は知ってる。

緑川夫人　え？

明智　もちろん夢の中でですよ。山川氏が名古屋までの切符を買いながら、どうして途中下車したか。九時二十分の上り列車に乗りながら、次の駅で下りてしまった。そこから又御苦労様にも、トランクと一緒に自動車に乗って、大阪へ引っかえし、今度はMホテルに乗りつける。そこの上等の部屋をとって、明日あなたとそこで落合うことになっていた。それから山川氏の大型トランクの中に何が入っていたか。あなたはよく御存知ですね。

緑川夫人　…………。

明智　失礼ですが、僕も知っています。僕の三人の部下というのは、尾行の達人で忠実無類、シェパードのような若者たちですよ。そいつらがいつ電話をかけてくるか、僕はさっきからじりじりして待っていた。正直のところこの焦躁をうまく隠すのは骨でしたよ。……さあ、奥さん、宝石はみんないただきましょう。そうすれば岩瀬さんの給料をあてにしないでも喰べて行けますからね。

緑川夫人　まあ、それで山川さんは？

明智　あの髭《ひげ》の紳士は、残念ながら、見事に逃亡なさいました。

岩瀬　じゃあ、犯人は？　あんたのつかまえたという。

明智　ここにいますよ。

岩瀬　だって、あんたと私のほかには……

明智　もう一人きれいな御婦人がいらっしゃいます。御紹介しましょうか。この方が「黒蜥蜴《くろとかげ》」というめずらしい女賊です。早苗さんの誘拐の張本人です。

緑川夫人　ひどい言いがかりね。岩瀬さん、何とか言って下さいまし。この探偵は冗談を並べた末に、人にとんでもない迷惑を……。

明智　言い訳は何とでも仰言って下さい。（このとき、ドア、ノックさる。明智、手にした鍵をさしこみ、ドアをあける。鍵はさし込まれたままである）ここに証人がいますから、その前で。

（ドアから、明智の部下堺、木津、岐阜、その一人の肩にもたれてぐったりしているガウン姿の早苗、制服の警官A、B、が入ってくる）

岩瀬　あ！　早苗！　（ト抱きつく）よかった！　よかった！　夢のようだ！　（ト早苗を椅子に坐らせ）よかったね！　よかったね！　明智さん、あんたは本当に悪党だ。来月から百五十万円に割増しましょう。

明智　それはどうも、そのお話はあとでゆっくりするとして……。さあ、警官、この女をお引渡しします。これが今度の誘拐団の主犯です。

（警官、夫人に近づく）

緑川夫人　明智さん、右のポケットをさわってごらんになって？

明智　（さわってみて）あ！

緑川夫人　（ピストルを出して構える）さっき拝借しといたの。こんなこともあるかと思って。さあ、皆さん、手をあげて頂戴。ラジオ体操のように元気よく。（一同手をあげる）

（夫人、さっとすばやくドアへかけより、あいている左手をうしろに廻して、鍵を抜きとり）

明智さん、これがあなたの第二の失敗よ。ほら。

（ト、キラキラと鍵を顔の前で振ってみせる。ドアをあけ、片足を廊下にふみ出しながら）

それから、早苗さん。あなたは本当に可哀想だと思うけど、日本一の宝石屋の娘さんに生れついたのが不運とあきらめてね。それにあなたは、あんまり美しすぎたのよ。私は宝石も御執心だけれど、宝石よりもあなたの体がほしくなった。決して断念しないわ。ねえ、明智さん、早苗さんは改めていただきに上りますから。（ト身はドアのかげにしりぞきつつ、まくった白い二の腕とピストルのみをつき出す。その二の腕にあざやかな黒蜥蜴の刺青《いれずみ》がある）これをおぼえていて頂戴ね。指紋よりたしかなもの。私の紋章。このやさしい二の腕の黒蜥蜴を。

（腕も去る。ドア閉まる。外から鍵の閉められる音。――一同右往左往。明智、電話をとりあげる）

明智　もしもし、僕は明智、わかったね。大急ぎだよ。ホテルの出口という出口に見張りをさせてくれたまえ。そして緑川夫人、緑川夫人だよ。あの人が今外出するから、つかまえるんだ。重大犯人だ。どんなことがあっても逃がしちゃいけない。早く、支配人やみんなにそう言ってくれたまえ。いいかい。ああ、もしもし、それからね、ボオイにね、岩瀬さんの部屋へ合鍵を持ってくるように言ってくれたまえ。これも大急ぎだよ。

（この電話のあいだにＢ室徐々に暗くなり、「これも大急ぎだよ」で全く暗くなる）

第六場

（Ｂ室全く暗くなると同時に、Ｃ室徐々に明るくなる。部屋の中央に外套を手にしてソフト帽をかぶった一人の青年紳士、実は男装した黒蜥蜴が、気取ったポーズで立っている。横目で鏡を見ながら）

緑川夫人　これなら大丈夫逃げられるわ。誰も私とわかりやしない。そもそも本当の私なんてないんだから。（鏡に）ねえ、鏡のなかの若い紳士。明智ってすばらしいと思わない？　そこらに沢山いる男とちがって、あの男だけが私にふさわしい。でもこれが恋だとしたら、明智に恋している私はどの私なの？　返事をしないのね。それならいいわ。又あした別の鏡に映る別の私に訊くとしましょう。じゃ、さようなら。

（ト帽子を脱いで鏡に別れの挨拶をし、いそいでドアをあけて去る）

――幕――

第二幕

（装置註

第一場の岩瀬邸台所が中央から裂け左右がそれぞれ廻転して、第二場の上手の明智事務所と下手の黒蜥蜴《くろとかげ》の隠れ家になり、この道具が左右に引かれて第三場の東京タワーになり、更に書割が下りて来て第四場の橋畔になる）

第一場　岩瀬邸台所

（前幕の約半月後。桜のころ）

（東京渋谷猿楽町《さるがくちょう》の岩瀬邸台所。窓は悉《ことごと》く鉄格子をはめる。上手が廊下へのドア。下手が厨口《くりやぐち》。すべて巨大にして豪華なる台所。上手のドアのそばにインターフォーンのスピーカアがある。幕あくと、下手奥で犬の数匹吠える声。下手厨口で老家政婦ひなと御用聞き五郎が話

している。中央にうしろむきで、用心棒原口、富山、大川が椅子にかけて黙々と食事をしている）

老家政婦ひな　……ええと、それからね、豚肉の（ト声をひそめ）なるたけ安いところを三キロ。

御用聞き五郎　（メモをつけながら、おどろいて）三キロですって？

老家政婦ひな　三キロなのよ。（目で用心棒たちの食事をさし示しつつ）ごらんよ、あのとおりなんだから。

（このとき若い女中夢子、上手よりそそくさと現われ）

女中夢子　あら、みなさんお食事中？　（のぞき込んで）可哀想ね。あんまりお菜《かず》がないのね。（原口に）原口さん、私に委《まか》しといて。

用心棒原口　いやあ……

女中夢子　コンビーフどう？　（ト戸棚からコンビーフの缶詰三つを出し、手早くあけつつ）原口さん、これみなさんに分けてあげて。

用心棒原口　いやあ、これはどうも。

老家政婦ひな　（五郎に小声で）どうでしょう、御主人の物を。

（スピーカーより夫人の声きこゆ）

岩瀬夫人の声　夢さん、夢さん、早く来て頂戴。勝手に行かれちゃ困るじゃないの、忙しいときに。

女中夢子　はい。はい。ああ、ほんとに私には自由も平和もないんだわ。（ト上手へ駈け去る）

御用聞き五郎　（メモをとりつつ）じゃあ、卵二十ヶに豚肉三キロ、それから、ええと、犬用のコマギレ肉一キロ、これだけですね。

老家政婦ひな　はい、それだけです。どうも御苦労さま。

御用聞き五郎　毎度ありい。（ト行きかけて行かぬ）ねえ、ひなさん、その後全然大丈夫なんですか。例の大阪のKホテルの事件が新聞にデカデカ出てから、もう半月でしょう。

老家政婦ひな　そうですね。かれこれ半月になるわね。あのころはまだ薄ら寒かったのに、もう桜が咲きかけてるんだから。

御用聞き五郎　よく黒蜥蜴は大人しくしてるもんですね。

老家政婦ひな　いくら黒蜥蜴だって手も足も出ますまいよ。このとおり窓という窓は鉄格子、お庭はそこらじゅう犬だらけ、二十四時間交代勤務の門番が表門と裏門にいて、その上家の中には、こうして（ト、食事中の男たちのうしろ姿を目でさして）立派な用心棒が三人もいるんですもの。

御用聞き五郎　われわれだってたまりませんや。（ト、ポケットから証明書を出し）このとおり写真入りの証明書をいちいち門番に見せてとおるんだから。

老家政婦ひな　どれ見せてごらん。（ト手にとり）まあ前科のありそうな顔をしてるわ。

御用聞き五郎　いやだなあ、ひなさん。……それはそうと、肝腎のお嬢さんはどうしてるんですか。このごろさっぱりお見かけしないけど。

老家政婦ひな　（泣き出し）お可哀想に、お若い身空で、座敷牢に入れられていなさるんだよ。気が変になりなすったわけでもないのに、そんな毎日だから……

御用聞き五郎　あれ以来ずっとですか？

老家政婦ひな　ええ、例の事件のあと大阪から護衛つきで帰っていらして、それからずっとそんな毎日だろう。人が変ったようになりなすった。お気の毒でお顔もまじまじ見られないの。あんな陽気なお嬢さんだったのに、このごろじゃろくに口もおききにならず、食事もあんまり進まれず、そりゃそうだろう、お庭の散歩にだって護衛が三人もついて歩くんだから。

御用聞き五郎　われらの名探偵明智小五郎は一体何をしてるんですか？

老家政婦ひな　警察も明智先生も黒蜥蜴探しで大変なのよ。そりゃ先生は日に一度は顔をお出しになるけれどね。

御用聞き五郎　いつまでつづくんです、こんな状態が。

老家政婦ひな　誰にわかるもんかね。

（又犬《また》吠え出す）

洗濯屋　（下手より入ってくる）ちょっ、いやだなあ、やたらに吠えやがって。こんちは。

老家政婦ひな　ああ、洗濯屋さんか。はい、これだけ。（ト山ほどの洗濯物を出す）

洗濯屋　はい。毎度ありがとうございます。（ト帖面につけだす）

御用聞き五郎　大変ですねえ。ほんとに。

老家政婦ひな　これも何かの因果だろうよ。ここのお家《うち》にはまだまだ何かが起りそうな気がするよ。何だかそんな匂いがするんだ。……うちの旦那様は一代でこれまでになりなすったえらい方だけど、どんなお家にも栄枯盛衰というのはあるもんだ。ほんのつまらないきっかけから、あとは下り坂を毬《まり》をころがすような始末になる。うちの家政婦会から前に派遣されたお宅でもこんなのがあったよ。えらい政治家のお宅だった。あるとき、奥さまが、これが立派なつつましい家庭的な奥さまだったけれどね、台所で擂鉢《すりばち》で胡麻《ごま》をすっていらしたら、そこへいきなり、いたずらな末の坊ちゃんがお父さまの手袋を投げ込んだんで、おどろくじゃないか、手袋の胡麻和《ごまあ》えができてしまったんだよ。奥さまが大へん怒られて、それから手袋を念入りに洗って干しておきになった。そうしたら干してある手袋の下をとおった植木屋の頭へ、風で手袋がぱったり落ちかかって、それをよけようとして首を曲げた拍子に、その植木屋が卒中を起して死んじまったのさ。……それからというもの、そのお宅じゃ悪いことつづきだった。病気、落選、破産、みんなちりぢりばらばらになっちゃったのさ。

御用聞き五郎　(ききほれていて)へえ。……さあ大変だ。帰らなくちゃ。毎度ありい。

洗濯屋　毎度ありい。(ト二人去る)

老家政婦ひな　御苦労さま。

用心棒原口　(やっと喰いおわって)ひなさんはいろいろ面白い話を知ってるんだな。

老家政婦ひな　あんたは夢さんをからかってりゃいいの。

用心棒富山　ばあさんいっぱしにやきもちをやくじゃないか。

用心棒大川　ああ鱈腹《たらふく》たべた。……うん、さっきの話だな。

用心棒富山　なんだ、飯の前の話のつづきか。

用心棒大川　うん。俺は写真機を持ち歩くのが面倒なんで、あそこの喫茶店へあずけたんだ。そうしたら店のおやじが出て来て……

用心棒富山　そこはもうきいたよ。

用心棒原口　それはそうと、ひなさん、こういう金持のお嬢さんは、どうしてわれわれの腕力に守られながら、われわれの腕力をまるで無視するような顔をしてるんだろう。

老家政婦ひな　そりゃあお金で買われた腕力だからさ。

用心棒原口　だがね、われわれの腕力はそこらによくある奴とはちがうぜ。剣道四段、柔道五段、唐手三段、あわせて十二段、その上ボクシングの心得まである。ところがわれわれの強さを本当に崇拝してくれるのは、そこらの洟垂《はなた》れ小僧ばかりと来てる。

老家政婦ひな　あんた方は生れる時をまちがえたのね。時代物の世の中にでも生れてれば……。

用心棒富山　そうだよ、俺だって、三好清海入道ぐらいにはなってたろうな。

老家政婦ひな　そうなれないわけを教えてあげようか。

用心棒原口　えらそうに言うね。言ってみな。

老家政婦ひな　それはあんた方が折角の腕力をいいことのために使ってるからなんだよ。ところで今の世の中じゃ、善《い》いことというのはみんな多少汚れてらあね。だからあんた方は汚れた善いことの味方だから、いつまでもぱっとしないんだよ。そこへ行くと明智先生はちがうわね。あの先生はこの世の中で成り立たないような善と正義の味方らしいわ。

用心棒原口　へえ、どうして？　あの先生だって報酬をとるじゃないか。

老家政婦ひな　宝石についてる値段は、宝石御本人の知ったことじゃないのさ。

用心棒大川　……そこでだよ、写真機をあの店へあずけたんだ。貴重品をあずかるのはいやだなんてぶつぶつ言う。そのうちに奥のドアから……

用心棒富山　店のおやじが現われたんだろ。

用心棒大川　よく知ってるな、お前。お前は全く頭がいいよ。

（そのとき上手奥よりピアノの音きこゆ）

老家政婦ひな　おや、めずらしいこともあればあるもんだ。うちでピアノをお弾きになるのは……

用心棒原口　お嬢さんしかない。そうだろう？

老家政婦ひな　ここ半月来はじめてだわ。今日はよっぽど気分がよくていらっしゃるんだろう。（耳をすまして）まあ、お上手だこと。ちっとも腕がなまっていらっしゃらない。

（三人じっとピアノをきく。上手ドア突然ひらき、女中、夢子、愛子、色江、登場）

女中夢子　おききなさいよ、あのピアノの音。

老家政婦ひな　きいてるよ、一体どうしたの？

女中愛子　きょうはばかに風向きがいいんですよ。奥様だけはあいかわらずヒスだけど。

女中色江　旦那様はいい御機嫌。お客間の家具がそろったからでしょう。

女中夢子　でも今度の家具のセット、豪華だわね。あれだけの椅子やテエブル見たことがないわ。

用心棒原口　それとピアノとどういう関係があるんです。

女中夢子　旦那様がね、客間の新調の家具を見せたら、早苗のいい気分転換になるだろう、なんて、つまり御自分が見せたくて仕様がないのね。さんざん奥様と口喧嘩をなさった末、奥さまは又偏頭痛がして、お部屋にとじこもって、いつものとおり私たちに、やれ氷、やれ足を揉《も》め、でしょう。そのうちすやすやおやすみになったから、みんなで客間へ家具を見に行ったら、旦那様がにこにこして、お嬢さまをお部屋から、

……

老家政婦ひな　つまり座敷牢からね。

女中夢子　そう物事をみんな陰惨にしなくてもいいでしょう。あんなホテルみたいな座敷牢なら、私だって入りたいわ。

老家政婦ひな　まあそれはいいから、そうして？

女中夢子　お部屋から客間へ、お嬢さんを引張っていらしたの。このアーム・チェアはいいだろう、この長椅子の立派なことどうだい、なんて。

女中愛子　私たちも、まあ立派でございますねえ、なんて合槌《あいづち》をさんざん打って……。
女中色江　どうだい、この椅子貼りはみんな西陣織だぜ、小切《こぎれ》をネクタイにしたって二千円はする……
老家政婦ひな　すぐお金のことを仰言《おっしゃ》らなきゃいい方《かた》なんだがね。
女中夢子　お嬢さまもあちこちの椅子に坐ってみて、めずらしくにっこりなさったわ。
用心棒原口　へえ、あれでにっこりしたらさぞきれいだろうな。
女中夢子　えらそうに言うもんじゃないわ。あなたなんかには高根の花よ。
女中愛子　それでめずらしくピアノのそばへお寄りになって……
老家政婦ひな　弾いてらっしゃるわけ？　そりゃあ本当に何よりだ。
女中色江　旦那様もそばでにこにこしてきいていらっしゃる。あの親子恋人みたいね。
（みなみな、なおピアノに耳傾ける。突然スピーカー鳴る）
岩瀬の声　これから急用で店のほうへ出かけるから。
女中夢子　ほら、旦那様だ。
岩瀬の声　原口と富山と大川は、私の留守中、客間のドアの前の廊下で立番していてくれ。早苗が気が散るから、客間の中へは入らぬように。立番中は一秒間でも部署を離れないこと。

用心棒一同　はい。

（ト上手より出てゆく。ピアノなおつづく）

女中夢子　さあお見送りに出なくっちゃ。

老家政婦ひな　廊下で立番してりゃ絶対大丈夫ね。お客間は突き当りだし、窓はみんな鉄格子だし、窓の外には犬がいるし、……

女中色江　大丈夫に決ってるわ。黴菌《ばいきん》だって入れやしないわ。

老家政婦ひな　下らないことを言ってないで。さあさあ、早く御見送りに……

（一同ザワザワと上手へ去る。ピアノの音つづく。ひなこの音に耳をすます。それからあたりをうかがいながら、卓上電話をとりダイヤルをまわす）

老家政婦ひな　（電話で）美しい空は夕焼けで紫いろになりました。猿たちが牛の背中に蠟燭を飾り、朱肉のような吐息を洩らします。絹の自動車。小人ばかりの内閣。男の頸《くび》からは女が生れ、女の耳からは海老が生れたのです。山の中で人が燃え、人の中で海が燃える。ええ、……柘榴《ざくろ》の帽子が硝子《ガラス》のように粉々になりました。ええ、……ええ。それだけ。

（ト電話を切る。なおピアノの音つづく。上手に自動車の音。ややあって、三人の女中帰ってくる）

女中愛子　おかしいったらないわ、あのドアの前に三人の大の男が立ってる恰好《かっこう》。

女中夢子　やっぱり原口さんが一等色男だわ。

女中色江　あんたの目はどうかしてるんだよ。

老家政婦ひな　あの用心棒が来てからというもの、ここのお次の人たちはすっかり堕落したんだね。（このころピアノの音絶ゆ）

女中夢子　ひなさんだって新らしいくせに、昔のことなんか知らないじゃないの。ここのお宅は万事体裁本位で、裏がわでは私たちは好きなことをやってきたのよ。奥様は一度だって台所へいらしたことがない。台所は私たちのお城なの。ここでは久しく、野菜や肉や調味料と一緒に、お鍋の中で男の噂が煮立っていたのよ。今さらあんたが目を光らすことなんかないんだわ。

老家政婦ひな　何とでも言うがいいわ。ただ私は昔気質《むかしかたぎ》で、きちんと秩序のととのったお台所が好きなんだよ。一度お台所が乱れると、そこの家にはよくないことが起る。見てごらんな、ここのお宅の事件だってそうなんだ。すみからすみまで注意が行き届き、お塩はお塩の罎《びん》、お砂糖はお砂糖入れに、きちんと納まって一目瞭然、整った皿数が郊外の風に鳴っている高圧線の碍子《がいし》みたいに、さわやかに重なっている台所、食慾と色気とがごっちゃになったりすることのない台所では、決してこんなことは起りはしないのさ。そこではしずかに、小川の流れのように生活のそよ風が吹いてるんだ。ここの台所はいつも嵐だ。こんな調子じゃお店のルビーやダイヤを、シチューと一緒に煮込んじゃったってわかりはしない。

女中夢子　しいっ。……ピアノの音が止んだようじゃない？

（一同沈黙）

老家政婦ひな　本当に。……何かかわるいことが起らなきゃいいが。

女中愛子　おどかさないでよ。私見て来よう。

（ト上手へ出てゆく。一同待つ。すぐ帰ってくる）

女中愛子　あの男たち本当に融通がきかないのね。部屋に入らないようにっていう命令だから入らないって。きっとうたたねでもしてらっしゃるんだわ。中で。

（一同沈黙）

女中夢子　私見て来よう。

（ト出てゆく。ややあって、悲鳴きこえ、男たちのドヤドヤと入る音。愛子、色江あわてて出てゆく。ふしぎな酔漢の怒声。「奥様！　奥様！」と叫ぶ夢子の声）

女中色江　（駈け込んで来て）ひなさん、大変よ。大変よ。お嬢さまが見えなくなった。

老家政婦ひな　え？

女中色江　どこからも逃げ場がないのに、影も形もないのよ。その代りどこから忍び込んだんだか、髭《ひげ》もじゃの酔っぱらいが、新らしい長椅子の上で、ぐうぐういびきをかいてたの。それにまあ汚ないこと、あの立派な長椅子が泥だらけ、その男の戻したもので折角の西陣織も台なしなの。奥様はもうヒスで大変。

（スピーカー鳴る）

岩瀬夫人の声　（ひどくヒステリックに）早く！　早く！　こんな汚ならしい椅子は置いとけないわ。すぐ貼りかえさすんです。家具屋を呼びなさい。すぐ取りに来いって。すぐですよ！

老家政婦ひな　私が電話をかけよう。

女中色江　たのむわよ。（ト去る）

（ひな電話の受話器をとりあげかけてやめる。下手をうかがう。色江又入ってくる）

女中色江　どうなったの、家具屋。

老家政婦ひな　すぐ来るって。幸い御近所に来てたの。そこへ連絡してくれたからすぐ来るわ。

女中色江　よかった。奥様のヒスはもう手のつけようがないんだから。

老家政婦ひな　そうだ。あんたちょっと裏門の門衛に連絡して来てくれない。家具屋さんが来たとき、うるさいことを言われると困るから。
女中色江　うん。（ト草履をはきかける）
老家政婦ひな　ああ、四人来るって。男ばっかり四人ですって。
女中色江　はいはい。
（ト下手厨口より去る）
女中夢子　（入ってきて）色江さんはどうして？
老家政婦ひな　今ちょっと裏門まで。
女中夢子　かえったらすぐ来るようにって奥様が。
老家政婦ひな　はいはい。
（夢子去る。入れちがいに下手より色江かえる）
女中色江　言って来たわ。
老家政婦ひな　どうも御苦労様。それから奥さまがお呼びだって。
女中色江　あーあ。（ト上手へ去ろうとする）
老家政婦ひな　それで色江さん、さっきのその髭男はどうしたの。
女中色江　原口さんと富山さんが二人で警察へ引張ってったわ、表から。
老家政婦ひな　何ということだろう。何という。お可哀想に。あのお嬢さまが煙のように消えてなくなるなんて……。

（色江上手へ去る。ややあって、下手に家具屋四人があらわれる）

家具屋Ａ　ごめん下さい。山本家具店でございます。

（ひなの態度突然変る。家具屋四人厨口より上る。ひなと目じらせする。ひな無言で上手を指さす。家具屋四人上手へ去る）

老家政婦ひな　（電話をかける）黄いろい獅子、黄いろい獅子、夜の鬣《たてがみ》と朝の尻尾の。

（ト電話を切る。ややあって、上手より反吐《へど》と泥に汚れた長椅子が四人の家具屋に荘重な様子でゆっくり運び出されてくる。ひな、これに添うて共に下手厨口より去る。――間）

女中夢子　（入ってきて）あら、ひなさんはどうしたんだろう。

女中愛子　（入ってきて）仕様がないわね。不用心じゃないの。ふだんえらそうなことを言ってるくせに。

女中夢子　ああ、あたし、気が動顛《どうてん》して変になりそうだ。

女中愛子　明智先生は一体どうしたんだろう。

（このあいだ玄関のベル鳴っている。スピーカーも鳴る）

岩瀬夫人の声　誰もいないんですか。玄関のベルが鳴ってるのに。明智先生がいらしたんじゃないの！

（女中二人あわてて上手に去る。以下スピーカーは切るのを忘れて、客間での対話がきこえる想定。しばらく雑音が入り、客間のドアのあく音、人々のざわざわ話す声などしたのち……）

岩瀬夫人の声　だって明智さん……

明智小五郎の声　「だって」ですって？　奥さん。長椅子を職人に引渡したって？　ばかな！　どこからですって？　台所から？　行ってみましょう。あなたはゆっくりそこで休んでいて下さい。こんな場合、騒ぐだけ邪魔になりますから。

（ややあって、上手より明智小五郎、三人の輩下、女中夢子と共に登場。あたりを見まわして）

明智　ちょっ、遅かったか。（電話を見て）家具屋の番号は？

女中夢子　ここにあります。（ト早見表をさし出す）

明智　（ダイヤルを廻して）もしもし、山本家具店ですか？　こちらは岩瀬の邸です。さいぜん長椅子を取りによこしてくれたんだが、あれはもう君のほうへ着きましたか？……うん。うん。……えッ？　なんだって？　まだ職人を出してない？　これから取りに来るんだって？

（一同唖然とする。犬さわがしく鳴き出す。舞台暗くなる）

(この道具中央より裂け、左右がそれぞれ廻転して、道具納まり)

第二場 {明智事務所 黒蜥蜴の隠れ家

(となる。上手の明智事務所は、道具替りには人はいず、簡素なる事務机、書類戸棚など。下手の黒蜥蜴の隠れ家は、せまい窓のない陰気な部屋。豪華な椅子に部屋着の黒蜥蜴が煙草を吹かしてくつろいでおり、その足もとに侏儒《しゅじゅ》二人。素顔の雨宮が佇立《ちょりつ》している。この四人を乗せたまま道具が廻って来て納まる。第一場の明る日の午後)

(A)　黒蜥蜴の隠れ家

黒蜥蜴　ひな夫人を呼びなさい。

雨宮　畏《かしこ》まりました。

(下下手へ呼びに入り、前場と同じ扮装のひなを伴いて来る)

ひな夫人　お呼びでございますか。

黒蜥蜴　ひな夫人、お前さんは立派だったわ。早くから岩瀬家へ住み込んで、忍びがたい苦労をつづけたあげく、ついに大業を成就しました。きのうの成功の本当の花形はお前さんです。縁の下の力持の役目を果して、物事を軌道に乗せたのは、お前さんでなくちゃできないことだった。

ひな夫人　おそれ入ります。

黒蜥蜴　よってお前さんに特に爬虫類の位をさずけ、年功に応じて、これから「青い亀」という由緒のある名で呼ぶことにします。

ひな夫人　ありがとうございます。黒蜥蜴さま。この御恩は決して忘れません。

黒蜥蜴　暗号の電話も実に適宜な処置でした。御褒美として五カラットの純良のサファイヤをあげましょう。

（ト雨宮に目じらせする）

（侏儒、宝石の小筥《こばこ》をさし出し、黒蜥蜴その蓋《ふた》をあけて、ひなに与える）

ひな夫人　まあ、こんなものをいただいて、どう御礼を申し上げてよいやら。

黒蜥蜴　私がほしい感謝はただ一つ、次の機会にもお前さんがはげんでくれる忠勤だけですよ、青い亀。

ひな夫人　それはもう仰言るまでもございません。でもこのサファイヤは可愛い甥《おい》っ子にやってもよございましょう。私のたった一人の身寄りで、南千住にお煎餅《せんべい》屋をひらきたがっているんでございますよ。

黒蜥蜴　うまく現金に換えてやるならいいでしょう。サファイヤがお煎餅に化けたりするのは、悪いことじゃありません。じゃ退《さが》っていいよ、青い亀。

ひな夫人　失礼いたしました。（ト退場）

黒蜥蜴　家具屋の役をやった男たちを呼びなさい。

雨宮　畏まりました。

（ト呼びにゆき、前場の家具屋四人を伴い来る）

黒蜥蜴　お前さんたちは今度の成功の輝やかしい担い手です。勇気、胆力、機敏な行動、すべて模範的だったと言っていいでしょう。でもそれは念入りなお膳立てができていたからこそで、お前さんたちに爬虫類の位を上げるのは早すぎます。いつかその位にふさわしい者になるように、一そうの努力と研鑽を祈っています。御褒美には見事な土耳古玉《トルコだま》をあげましょう。

（ト侏儒に目じらせする。侏儒、土耳古玉四ヶを納めた箱をささげる。黒蜥蜴一人に一個ずつ渡す。おのおの礼をしてうけとる）

さあ、もう退ってよろしい。

（四人はうやうやしく礼をして退場）

これで論功行賞もすんだわ。早苗さんはちゃんと閉じこめてあるでしょうね。

雨宮　万事遺漏はありません。食欲があまりなく、一切口をきこうとしないほかは、健康は上乗のようです。

黒蜥蜴　早苗さんに顔を合わすときは、お前さんは必ず髭もじゃの船員の姿でいなくちゃいけない。そうしているでしょうね。

雨宮　そうしています。しかしあなたのおそばにいるときは……

黒蜥蜴　素顔でいたいんでしょう。よござんす。私は人の己惚《うぬぼ》れには寛大なほうなんだから。

雨宮　一体僕はいつになったら爬虫類になれるんですか。

黒蜥蜴　お黙り。大阪であんなドジを踏んでおいて、厚かましい。

雨宮　申訳ありません。

黒蜥蜴　でも今度は本当にうまく行ったわね。トリックはなるたけ大胆で子供らしくて莫迦《ばか》げていたほうがいいんだわ。大人の小股をすくうには子供の知恵が必要なんだ。犯罪の天才は、子供の天真爛漫なところをわがものにしていなくちゃいけない。そうじゃなくて？

雨宮　たしかにそうです。

黒蜥蜴　お前にきいちゃいません。（侏儒に）お前たちどう思う。（高らかな笑い）ああ、お前たちは立派な大人だったんだわね。……私は子供の知恵と子供の残酷さで、どんな大人の裏をかくこともできるのよ。犯罪というのはすてきな玩具箱《おもちゃばこ》だわ。その中では自動車が逆様になり、人形たちが屍体のように目を閉じ、積木の家はばらばらになり、獣物《けだもの》たちはひっそりと折を窺《うかが》っている。世間の秩序で考えようとする人は、決して私の心に立入ることはできないの。……でも、……でも、あの明智小五郎だけは……

（黒蜥蜴の隠れ家暗くなる）

（B）　明智小五郎の事務所

（明るくなると、明智を中心に、部下堺、木津、岐阜の三人が坐っている）

明智　（卓上電話で）え？　やっぱり来ましたか、岩瀬さん。それで、何と書いてあります、その脅迫状に。ええ、かまいません、電話口で読んで下さい。部下に速記させますから。おい、堺。（ト受話器を堺に渡す）

堺　（受話器をとり）代りました。はい、どうぞ。（ト受話器を耳にあてたまま、速記をとりはじめる）

明智　（木津と岐阜に）やっぱり脅迫状が来たそうだ。目的は「エヂプトの星」に決っている。君らあのダイヤを見たことがあるか。

木津
岐阜｝いや。

明智　前に大京デパートの宝石展覧会に出品されたことがある。それで目をつけられたんだな。あのときは大変だったよ。ピストルを構えた警官が、会期中毎日ケースのそばにつきっきりで、お客はみんなこわごわ遠巻きにして眺めていた。日本にあれだけのダイヤはないだろう。百十三カラットの、毛ほどの瑕《きず》もない完璧なやつなんだ。南アフリカ産のブリリアント型で、かつてはエジプト王族の持ち物だったのが、廻りまわって岩瀬氏の手に入ったんだ。時価一億五千万円だといわれてる。……おい、もう速記はとれたか？

堺　はい。……はい。……終りました。（ト受話器を明智に渡す）

明智　（受話器をうけとって）代りました。明智です。速記はとり終りました。これから検討して、対策はあとで又お電話します。じゃあ、のちほど。（ト電話を切る。堺に）読んでみたまえ。

堺　はい。（ト読み出す）

「昨日はお騒がせして恐縮。お嬢さんはたしかにお預りしました。警察の捜索からは絶対に安全な場所に、おかくまいしてあります。

お嬢さんを私からお買い戻しになるお気持はありませんか。もしそのお気持があるのでしたら、左の条件によって商談に応じてもよいと考えます。

（代金）御所蔵『エヂプトの星』一ケ」

明智　そうら来た。

堺　「（支払期日）明四月四日正午後六時。（支払場所）東京タワー展望台。（支払方法）岩瀬庄兵衛氏単身にて右時間までに東京タワー展望台へ現品を持参すること。

右の条件に少しでも違背したる場合、またはこのことを警察に告げ知らせたる場合、または現品授受ののち私を捕縛させようとしたる場合は、令嬢の死を以《もっ》てこれにむくいること。

右の条件が正確に履行された上は、即夜お嬢さんをお宅まで送り届けます。右貴意を得たし。御返事には及びません。明日所定の時間、所定の場所へ御出でなき限りは、この商談不成立と認め、ただちに予定の行動に移ります。

黒蜥蜴

四月三日

岩瀬庄兵衛様」

明智　うーむ。そうか。（ト永き沈黙、やがて電話をかける）もしもし、岩瀬さんですか。脅迫状の文面はよくわかりました。それで伺いたいのはあなたのお気持ですが。……

はあ。……はあ。……はあ。……はあ。……手離す？　残念ですなあ。それほどのものを手離すことはありませんよ。脅迫状なんか黙殺したって……え？……はあ。……はあ。……はあ。……それほどの御決心なら、僕はお止めしません。一応敵のたくらみにかかったと見せかけて、宝石をお渡しになるのも一策でしょう。僕の探偵技術からいえば、むしろそのほうが便利なんです。しかし岩瀬さん、決して御心配なさることはありませんよ。これだけははっきりお約束しておきます。お嬢さんも宝石も、必ず取り返してお目にかけますよ。……はあ。……はあ。そうです。ただちょっとの間、あいつにぬか喜びをさせてやるだけなんです。

（明智事務所暗くなる）

(C)　黒蜥蜴の隠れ家

（明るくなると、(A)の結末と同じ形で黒蜥蜴、雨宮、侏儒ら並ぶ）

黒蜥蜴　（侏儒に）香水をふりかけておくれ。窓のない部屋にいると、すぐ空気がこもってしまう。

（侏儒、香水吹きで黒蜥蜴に香水をかける）

雨宮　ああ、この匂い、あのときを思い出す。僕が一等幸福だったあのとき……

黒蜥蜴　お前は五月の夜、公園のベンチに一人で腰かけていた。若い身空で、頭のなかは死ぬことでいっぱいで……

雨宮　世の中がつまらなくて、貧乏で、一人ぼっちで、僕はあの晩、公園のベンチにかけて、どうやったら死ねるだろうと考えていた。そのときすばらしい車が止って、あなたが下りて来た。そこらを散歩している。やがて立ち止って僕のほうを見た。あなたは黒ずくめの洋服を着ていた。その美しさに僕はびくっとした。そうしてその香水の匂いがしずかに近づいて来たんだ。

黒蜥蜴　あのときのお前は美しかったよ。おそらくお前の人生のあとにもさきにも、お前があんなに美しく見える瞬間はないだろう。真白なスウェータアを着て、あおむき加減の顔が街灯の光りを受けて、あたりには青葉の香りがむせるよう、お前は絵に描《か》いたような「悩める若者」だった。つややかな髪も、澄んだまなざしも、内側からの死の影のおかげで、水彩画みたいなはかなさを持っていた。その瞬間、私はこの青年を自分の人形にしようと思ったんだわ。

雨宮　あなたは僕に頬笑みかけた。僕はその瞬間にとりこになった。あなたが僕のベンチのそばに坐った。二言三言の会話。……僕は夢見心地になった。思わずあなたに接吻した。するとあなたが笑って僕の唇をハンカチで拭いてくれた。そのときから、僕は何もわからなくなった。

黒蜥蜴　クロロフォルムのハンカチ。あんなロマンチックなハンカチはないわ。あのハンカチは劇場の幕のように、この世の一等幸福な瞬間に、するすると下りて来て世界を隠してしまうんだわ。……子分たちがお前の体を隠れ家に運んだ。その夜のうちに、お前は私の人形になる筈だった。……でも、どうでしょう。気がついてからのお前の暴れよう、哀訴嘆願、あの涙……

雨宮　それを言わないで……

黒蜥蜴　お前の美しさは粉みじんに崩れてしまった。死ぬつもりでいたお前は美しかったのに、生きたい一心のお前は醜くかった。……お前の命を助けたのは情《じょう》に負けたんじゃないわ。命を助けてくれれば一生奴隷になると言ったお前の誓いに呆れたからだわ。

雨宮　それ以来このとおり僕は忠実な奴隷です。一度でもあなたを裏切ったことがありますか？

黒蜥蜴　裏切りはしないけど、ドジの踏みつづけじゃないの。まあいいわ。私の手下の中でお前だけは私も一度美しいと思ったことがあるんだから。……でも、もし、どんな些《さ》細《さい》なことでも私を裏切ったら、……いいね、お前は今度こそ物を言わない人形に

なるんだよ。(侏儒おそれて椅子の下へ這い入る)

雨宮　(電光に打たれた如く)はい。……

(隠れ家暗くなる)

(D)　明智小五郎の事務所

(明るくなると、明智は窓外の夕映えを見て、観客に背を向けている。部下三人、机に向って仕事している)

明智　今日も何事もなく日が沈む。この大都会、白蟻に蝕《むしば》まれたように数しれない犯罪に蝕まれたこの大都会に日が沈むんだ。殺人、強盗、誘拐、強姦……、言葉にしてみれば他愛もないいんだが、みんなその一つ一つに人間の知恵と精力と、怒りと嫉妬と、欲望と情熱がせめぎ合っている。その一つ一つが狂おしい道に外《はず》れた人間の、それでも全身的な表現なのだ。こいつのどこから手をつけたらいい？　依頼主《いらいぬし》か。こりゃあ自分のことしか考えない。犯罪の本質にいつも向き合って、その焔の中の一等純粋なものを身に浴びなければならないのは僕なのだ。僕には犯罪の全体が見える。それはたえず営々孜々《えいえいしし》とはげんでいる世界一の大工場《だいこうじょう》みたいなものだ。ほとんど無数の工員。昼夜兼帯の作業。あの夕映えを見ていると、その工場《こうば》のものすごく巨大な熔鉱炉のあかりみたいな気がする。……今ごろ黒蜥蜴はどうしているだろうか？

堺　ありゃあ全く、ばかげた、時代おくれのロマンチストですね。汚職だの暗殺だのの渦巻いている今の世の中に、こんな装飾だらけの夜会服みたいな犯罪をたくらむとは。彼女は自分の美しさに惚《ほ》れ込みすぎてるんじゃありませんか？

明智　そこが又僕の道楽気をそそるんだ。今の時代はどんな大事件でも、われわれの隣りの部屋で起るような具合に起る。どんな惨鼻な事件にしろ、一般に犯罪の背丈が低くなったことはたしかだからね。犯罪の着ている着物がわれわれの着物の寸法と同じになった。黒蜥蜴にはこれが我慢ならないんだ。女でさえブルー・ジンズを穿《は》く世の中に、彼女は犯罪だけはきらびやかな裳《も》裾《すそ》を五米《メートル》も引きずっているべきだと信じている。……そういう考えは、僕にも分らんことはないよ。

木津　先生ほど退屈に弱い方もありませんね。黒蜥蜴はその先生の退屈を救ったんじゃありませんか？

明智　そうもいえる。正直な話、今度の事件に限って、僕は早急な電光石火の解決が怖いんだ。もし最後的な解決があったら、そのとき僕の生甲斐の風船も、たちまち空気が抜けてしぼんでしまいそうな気がする。……一番怖れていることはね、今度の事件が片附いたら、僕はしばらくぼんやりしたあげく、結婚でもしてしまいそうな気がす

ることだ。度々言ったとおり、探偵ほど結婚生活に不似合な職業はない筈だ。だから
この年まで、僕は極力それを避けて来たんだが……
（部下三人顔を見合わせてニヤニヤする）
岐阜　何をニヤニヤしている。言ってみろ、岐阜。
明智　そりゃちょっと言えません。今朝も三人で話していたことなんですが……
岐阜　僕が仕事以外のことで一度でも怒ったことがあるかね。
明智　じゃ、言いますけど、……やっぱり具合わるいなあ。
堺　そんなら堺、言ってみろ。
いやね。先生はどうやら黒蜥蜴に惚れていらっしゃるようだ、って話していたんで
すよ。
明智　ふん。……そういう気味もないとは言えん。（一同笑う）しかしだよ、僕の惚れ方
は相手の手も握らずに、相手をぎりぎりの破局まで追いつめることしかない。これほ
ど清潔でこれほど残酷な恋人はないだろう。僕のやさしさは、相手を破滅させるやさ
しさで、……これがつまり、あらゆる恋愛の鑑《かがみ》なのさ。さあ、諸君、晩飯でも喰って
来たまえ。僕はここでもう少し仕事をしている。
（明智事務所暗くなる）

(E)　黒蜥蜴の隠れ家

黒蜥蜴　そんなに怖がることはないわ。まだお前の感情は自由だもの。

雨宮　それはどういう意味です。

黒蜥蜴　今から私の言うことに、お前がどう思おうと自由だと言ってるの。私が明智小五郎に恋している、と言ったらどう思って？

雨宮　（嫉妬で真蒼《まっさお》になる）…………。

黒蜥蜴　安心おし。ためしに言ってみただけよ。そう言ったからって、お前が嫉妬から明智を殺しても、それは裏切り行為にはならないわ。むしろ爬虫類の勲章ものだわ。……それは別問題よ。

雨宮　まさかあなたが……

黒蜥蜴　私だって女ですよ。誰が好きになろうと勝手だわ。（相手の苦痛をたのしみながら）大阪のホテルではじめて会ったあの晩から、私ときどき明智の夢を見るの。己惚れの強い、芝居気《しばいけ》たっぷりの、いやみな男。夜の中にあの男の顔が浮んで来ると、私にはひどくそれが邪魔になる。今まで男の顔が頭の中で邪魔になったことなんか一度もなかった。あいつのものわかった様子、あいつの何でも知っているという顔つき、あいつの額！　あいつの唇！　(ト地団太を踏む。侏儒おそれる)……あいつは私の夢の前に立ちふさがり、私の夢の形をなぞり、ゆくゆくは私の夢に成り変ろうとしているんだわ！　(雨宮に)私を一人にしておくれ。早く！　早く！　いろいろと考え事があるんだから。(侏儒に)さあ、お前たちも。

(雨宮と侏儒退場)

(F)　{明智の事務所
　　　黒蜥蜴の隠れ家

(明智の事務所明るくなる。明智一人机にむかって思いにふけっている。窓外は夕闇)

明智　この部屋にひろがる黒い闇のように

黒蜥蜴　あいつの影が私を包む。あいつが私をとらえようとすれば、

明智　あいつは逃げてゆく、夜の遠くへ。しかし汽車の赤い尾灯のように

黒蜥蜴　あいつの光りがいつまでも目に残る。追われているつもりで追っているのか

明智　追っているつもりで追われているのか

黒蜥蜴　そんなことは私にはわからない。でも夜の忠実な獣たちは、人間の匂いをよく知っている。

明智　人間たちも獣の匂いを知っている。
黒蜥蜴　人間どもが泊った夜の、踏み消した焚火《たきび》のあと、あの靴の足跡が私の中に
明智　いつまでも残るのはふしぎなことだ。
黒蜥蜴　法律が私の恋文になり
明智　牢屋が私の贈物になる。
黒蜥蜴
明智　｝そして最後に勝つのはこっちさ。

（舞台暗くなる）

第三場　東京タワー展望台

（正面ガラス張りの展望室。この窓に向って、有料望遠鏡二脚。上手にエレヴェーター。中央に菓子等を商う売店。ここに造花の桜など飾る）

（ガラスの外は落日の残光）

（エレヴェーターひらき、大ぜいの客出て来て、下手へ移動し、望遠鏡などをのぞいて、上手奥へ徐々に去る）

（すると窓に寄って、美しい和服の黒蜥蜴が一人佇《たたず》む姿が残される。腕時計を見ながら、人

を待つが、決して窓辺を離れない）
（ふたたびエレヴェーターのドアひらき、前回より数少ない見物人出てくる。この中に岩瀬庄兵衛もいる。見物人、前のように窓ぞいに上手奥へ移行し、岩瀬と黒蜥蜴のみ残される。二人しばらく沈黙のまま対峙する）

黒蜥蜴　持って来て下さいまして？

岩瀬　（怒りにぶるぶるふるえて）あんたとは口をききたくない。……娘のことは間違いがないだろうな。

黒蜥蜴　お元気でらっしゃいますわ。

（岩瀬、乱暴に小筥をさし出す。黒蜥蜴あけてみる。しばらく陶然とながめる）

たしかに。……これで私のほうもまちがいなくお約束を守れます。……じゃあ、お先にお引取りを。私、一ト足あとから帰らせていただきます。

岩瀬　一緒にエレヴェーターに乗って行ったらいいじゃないか。

黒蜥蜴　（微笑して）さあ……。

岩瀬　尾行が怖い。そうだね？　そんな怖がりのあんたに、ここでもし私が危害を加えたら、どうするつもりだったんだ。

黒蜥蜴　（帯のあいだから赤いハンカチを出し）これを窓へ向って振ればいいんですわ。そうしたらすぐに私の危害が伝わって、早苗さんのお命がなくなる仕掛なんです。私がさっきから窓のそばを離れないのはそのためなんですわ。（ト赤いハンカチをしまう）

岩瀬　（あわてて望遠鏡に小銭を入れてのぞく）どこにその合図をうけとる男がいるんだ？

黒蜥蜴　たんとおのぞきなさいまし。東京の街はひろいんですわ。屋上にも物干しにも窓にも事欠きはしませんわ。

岩瀬　（望遠鏡を離れて）ふん。（ト額の汗を拭う）

黒蜥蜴　さあ、お引取り下さったほうが……

岩瀬　約束は大丈夫だろうな。

黒蜥蜴　今晩中に必ず……。

（岩瀬あとずさりにエレヴェーターへゆき、これに乗って退場）

（黒蜥蜴不安げにあたりを見廻す。窓外に暮色迫る）

（黒蜥蜴売店のところへゆく）

黒蜥蜴　あの、一寸《ちょっと》お願いがあるんですけど。

（売店のショウケースの裏にしゃがんでいた夫婦が立ち上る）

売店の亭主　何をさしあげます。

黒蜥蜴　いいえ、買物じゃないの。折入ってお願いがあるんです。さっきあそこで話していたあの男の人、おそろしい悪党なの。あの人に脅迫されて、私、ひどい目に遭いそうなところなんです。

売店のおかみさん　（興味を持って）そりゃあまあお困りでしょう。

黒蜥蜴　あなた方、助けて下さらない？　さっきはうまく言って先へ帰しましたけれど、あいつはまだタワーの下で待伏せしています。お願いだから、しばらくの間、あなた、私の替玉になって……

売店の亭主　お前がこんなきれいな御婦人の替玉だなんて……

売店のおかみさん　いいえ、いいえ、私にできることなら何でもやりますわ、奥さん。

黒蜥蜴　ありがとう。そこで替玉になって、しばらく望遠鏡でものぞくふりをしていて下さらない？　二人が着物のとりかえっこをすればすむことですもの。

売店のおかみさん　まあ！

黒蜥蜴　それから御主人にもおねがいしたいの。すみませんけど、奥さんに化けた私を、下のタクシー乗場まで送って行って下さらない。お礼は十分しますわ。……これが持ち合せのお金の全部ですけど。（ト紙入れより、七枚の千円紙幣をおかみさんの手にむりやり握らせて）……ね、お願いですから。助けると思って。

（夫婦ボソボソ相談している。黒蜥蜴、不安そうにあたりを見廻す。見物人、上手奥より三々五々かえってくる。亭主、黒蜥蜴を売店の中へ引き込む。うしろのドアを指さし、おかみさんと黒蜥蜴をその中へ入れてやる。それから、客に菓子を売っている)
(ドアがあいて、おかみさんの姿に変った黒蜥蜴と、黒蜥蜴の姿に変ったおかみさんが出てくる。亭主その姿を見てびっくりする。おかみさん、黒蜥蜴にマスクを渡す。黒蜥蜴マスクをはめる。びっくりしている亭主を促して売店の外へ出る。亭主ショウケースに鍵をかけてから外へ出る)
(おかみさん、望遠鏡にとりつく。亭主そのうしろ姿に見とれている。黒蜥蜴、亭主を促して、エレヴェーターを待っている群衆の中へ共に加わる)
(エレヴェーターのドアひらき、一同その中へ入って閉まる。舞台は、黒蜥蜴の姿のおかみさん一人をのこして、暗くなる)

第四場　芝浦近傍の橋の袂《たもと》

(道具替りの間、自動車が一台、上手から下手へ走り抜ける感じの音響。ヘッド・ライトの閃光)

(夕闇の中に、運河の木橋があり、公衆電話のボックス。橋の袂に荷揚場の下にもやってある和船が見える)

(道具納まると、上手に車が急停車する音。売店の亭主、実は明智小五郎、現われ、追跡し

て来た相手がどこへ消えたか、と見廻すこなし、トド、橋の袂の和船に目をつけ、上手へ向って、運転手を手招きする）

（運転手あらわれる。明智これに金をにぎらせ、ヒソヒソと何か話す。それから、足下の大きな石を水中へ投げ入れるシグサをし、運転手が悲鳴をあげるシグサをする。そのときヘッド・ライトを和船のほうへ向けて照らす打合せを一切シグサでやる。運転手、頭をかきながら承諾する）

（運転手、上手へ入る。ヘッド・ライト消える。車の向きを変える音）

（明智これをうかがう。大きな石をひろい、河岸の闇に身をひそめる）

（上手より、突如として）

運転手の声　助けてくれえッ、ワーッ、助けてくれえッ！

（ト悲鳴おこる。明智、石を水に投げ込む水音。和船の油障子サッとひらき、黒蜥蜴の顔がのぞくと見るや、ヘッド・ライトがさっと浴びせられ、黒蜥蜴不意に目つぶしを喰い、あわてて障子を閉める）

（明智、そっと立上り、公衆電話のボックスに入り、ダイヤルを廻しはじめるうちに……）

――幕――

第三幕

第一場　怪船の船内

（A）　黒蜥蜴の居室

（ペルシャ絨毯《じゅうたん》を敷きつめ、凝ったシャンデリア、三面鏡、大いなる洋服箪笥、飾り箪笥、丸テーブル、幾つかのアーム・チェア、その中央、洋服箪笥の傍らに巨大な長椅子あり。これだけがほかの家具と模様と様式もちがい、第二幕第一場にあらわれたのと同じ長椅子であることがすぐわかる。カギ裂きの修理のあとなど。窓は丸窓。下手は上甲板へ通ずるドア。――夜）

（黒蜥蜴は、黒のサテンのドレス。耳にも胸にも指にもかがやく宝石装身具）

(幕あくや、黒蜥蜴、三面鏡の前の小椅子にかけ、小筥《こばこ》より出した「エヂプトの星」を胸につけて、鏡に映している)

黒蜥蜴　(鏡と話すごとく)やっと手に入れたわ。永い望みだった。……こんな死んだ冷たい石がほしさにあれだけの苦労と危険。それというのも、私の冷たい肌には死んだ美しい石しか似合わないからだわ。それから死んだ美しいお人形たち。……ああ、生きてるものは、血のかよったものは、みんな信用がならない上にうるさいばかり。警察、金持、犯罪者、前科者、不安の中に生きているこんな連中との、いつまでも尽きないお附合。……宝石だけはちがうわ。宝石だけは信用ができる。この「エヂプトの星」はこうして私の手に渡って、私の胸にかがやいているのに、露ほども私に媚《こび》を売ろうとしない。女王さまの胸につけられてもきっとそうだろう。宝石は自分の輝きだけで充ち足りている透きとおった完全な小さな世界。その中へは誰も入れやしない。……持主の私だって入れやしない。……人間も同じこと。私がすらすらと中へ入ってゆけるような人間は大きらい。ダイヤのように決して私がその中へ入ってゆけない人間。……そんな人間がいるかしら? もしいたら私は恋して、その中へ入って行こうとする。それを防ぐには殺してしまうほかはないの。……でも、もしむこうが私の中へ入って来ようとしたら? ああ、そんなわけはないわ。私の心はダイヤだもの。

……でももしそれでも入って来ようとしたら？　そのときは私自身を殺すほかはないんだわ。私の体までもダイヤのように、決して誰も入って来られない冷たい小さな世界に変えてしまうほかは……

（ドアがノックされる）

雨宮の声　雨宮です。

（黒蜥蜴、ダイヤを小筥にしまい、さらに抽斗《ひきだし》に入れて鍵をかけてから）

黒蜥蜴　おはいり。

雨宮　（髭《ひげ》をつけパーサーの制服で入ってくる）失礼します。

黒蜥蜴　いつごろ着きそう？

雨宮　海上も平穏ですし、只今大仁沖を十五ノットで走っております。朝四時までにはS港に入港できる予定です。幸い海上保安庁の監視船その他には捕捉されておりません。

黒蜥蜴　春の四時なら、そう、日の出一時間前と思っていいわね。何とか暗いうちに着くように言っておくれ。

雨宮　畏《かしこ》まりました。（戸口でもじもじして）……それから……あの……

黒蜥蜴　何です、雨宮。

雨宮　実は申しにくいことなんですが、この船が東京を出てから、船員たちの間にいやな噂が立っているんです。

黒蜥蜴　噂ってどんな。

雨宮　どうも幽霊が出るらしい、という……。

黒蜥蜴　ばかばかしい。誰かその幽霊の姿を見たとでもいうの？

雨宮　いや、姿を見たものはないんですが、声はきこえたそうです。例のお客さんの部屋で。

黒蜥蜴　まあ、早苗さんの部屋で。

雨宮　ええ、船が出ると間もなく、早苗さんの部屋の前を通りかかった北村が、中で低い声がボソボソ呟《つぶや》いているのをきいたそうです。早苗さんは例の猿ぐつわをはめてあるんだから、物を言う筈がない。

黒蜥蜴　猿ぐつわがとれていたんじゃない？　あのお嬢さんがまた、呪《のろ》いの言葉でも呟いていたんじゃない？

雨宮　ところが北村が鍵をとりに行って、戻って来て、ドアをあけてみると、猿ぐつわはちゃんとはめてある、両手を縛った縄もそのまま、むろん部屋の中には早苗さんのほかに誰もいやあしない。それを見たら思わずゾーッとしたそうです。

黒蜥蜴　早苗さんにはもちろん尋ねてみたんだろうね。
雨宮　ええ、猿ぐつわを取ってやって、尋ねてみると、かえって先方がびっくりして、少しも知らないと答えたそうです。
黒蜥蜴　へんな話ね。本当かしら。
（しばらく沈黙。波の音のみきこゆ。あけたままのドアのところに「青い亀」がじっと立っている）
（鋭く）誰？　ああ、青い亀。どうしたの、一体。
青い亀　へんなことがございますんです。何だか炊事室まで幽霊が忍び込んだ様子で、雞《とり》が丸のまま一羽見えなくなってしまいました。
黒蜥蜴　雞って？
青い亀　いいえね、私はお台所はちゃんとするのが好きでございますから、こうしてお委《まか》せいただいている以上、食糧の員数なんか、一度だって足りなかったことはございません。わかっていただけますね。
黒蜥蜴　そりゃわかっています。
青い亀　なくなったのは毛をむしって丸茹《まるゆ》でにした雞なんでございます。夕食のときは、たしか七羽あった筈ですのに、今は六羽だけ、どうしても一羽足りないんです。

黒蜥蜴　いよいよ変だわねえ。雨宮、みんなで手分けをして船の中をしらべてみたら？

雨宮　そうしましょう。それじゃ、早速……

黒蜥蜴　一刻も早いほうがいいわ。

(雨宮、礼をして去る)

青い亀　ああ、それから早苗さんのおことづけがあるんでございますが……

黒蜥蜴　何だって？

青い亀　今しがた食事を持ってまいりまして、縄を解いて猿ぐつわを外してやりますと、どうしたことか、おいしそうに御馳走を平らげてしまいました。そしてもうあばれたり叫んだりしないから、縛らないでくれっていうんです。

黒蜥蜴　(意外そうに)素直にするっていうの？

青い亀　はい、そう申すんです。すっかり考え直したからって、とても朗らかなんでございますよ。昨日まではガラリ変って……

黒蜥蜴　おかしいわね。じゃ、あの人を一度ここへ連れてくるように北村に言ってくれない？

青い亀　畏まりました。

(ト礼をして去る。黒蜥蜴立上り、落着きなくあたりを見廻し、トド例の長椅子に掛ける。)

（そこへ北村に連れられて、やつれ果てた早苗が入ってくる）

黒蜥蜴　お前はドアの外で番をしておいで。

北村　はい。

（ト礼をしてドアを閉めて去る）

黒蜥蜴　（にこやかに）早苗さん、お気分はいかが？　そんな所に立っていないで、ここへお掛けなさいな。

早苗　ええ。（ト二、三歩出て例の長椅子を見て、ギョッとして、あとずさりをする）

黒蜥蜴　ああ、これなの。この椅子が怖いの？　無理もないわ。じゃ、そっちの肱掛椅《ひじかけい》子《す》にするといいわ。

（早苗おずおずと云われた椅子に掛ける）

早苗　あんなに、あばれたりなんかして、すみませんでした。もうこれから、何でもおっしゃる通りにいたしますわ。ごめんなさい。

黒蜥蜴　とうとう観念なすったのね。それがいいわ。もうこうなったら、素直にしているほうがおためですよ。……でもふしぎねえ。昨日まであれほど反抗していた早苗さんが、急にこんなにおとなしくなるなんて、何かあるの？　何か訳が。

早苗　いいえ、別に……

黒蜥蜴　北村にきいたんですけどね。あなたの部屋で人の声がしたっていうのよ。誰かあなたの部屋へ入った人があるんじゃない？……本当のことを言ったほうが、おためですよ。

早苗　いいえ、私ちっとも気がつきませんでしたわ。何も聞きませんでしたわ。

黒蜥蜴　（鋭く）早苗さん、嘘を言ってるんじゃない？

早苗　いいえ、決して……

（しばし沈黙。波の音）

あの、この船、どこへ行きますの？

黒蜥蜴　この船？　この船の行先教えて上げましょうか？　もう三、四時間もすると、S港《みなと》に着くわ。S港にはね、私の私設美術館があるのよ。（微笑して）早く見せてあげたいわ、それがどんなにすばらしい美術館だか。……そこへ、あなたと「エヂプトの星」を陳列するために、こうして急いでいるのよ。

早苗　…………。

黒蜥蜴　汽車に乗れば、そりゃあ早いに決ってるけど、あなたという生きたお荷物があっては、あぶなくって、陸路をとることができなかったのよ。遅くても、船なら安全ですもの。……早苗さん、これ私の持ち船なのよ。おどろいたでしょう。私にだって、こんな船の一艘ぐらい自由にする資力はあるのよ。
早苗　（強情そうに）……でも、私……。
黒蜥蜴　でも？
早苗　私、そんなところへ行くのはいやです。
黒蜥蜴　そりゃあいやでしょうとも。でも私は連れて行くのよ。
早苗　いいえ、私、行きません、決して……
黒蜥蜴　まあ、大へん自信がありそうね。この船から逃げ出せるとでも思っているの？
早苗　私、信じていますわ。
黒蜥蜴　信じているって、誰を？
早苗　おわかりになりません？

（――間）

黒蜥蜴　あ！……北村！　北村！　（ト立上る）
北村　（入って来て）はい。
黒蜥蜴　この娘を元通り縛って、猿ぐつわをはめて、あの部屋へとじこめておしまい。お前も部屋へ入って、内側から鍵をかけて、もういいというまで見張りをしているんだ。ピストルの用意はいいだろうね。どんなことがあっても、逃がしたりしたら承知しないよ。

北村　はい。（ト早苗を引き立てて退場しようとするを）

黒蜥蜴　一寸《ちょっと》お待ち。それからみんなに伝えておくれ。船の隅から隅まで、しらみつぶしに探すように、って。幽霊の正体がわかった、それは明智小五郎だ、って。

北村　えッ？

黒蜥蜴　さあ、いいから早く！

（北村、早苗と共に去る。黒蜥蜴、おそろしい瞑想に沈む。機関の響き。波音。――黒蜥蜴すっと立上り、坐っていた長椅子を仔細に点検する。又《また》坐る。――長椅子が脈打ち、鼓動を打っている。又立って、不安げにまた坐る。――ついに我慢できなくなって立上り、長椅子のクッションをコツコツ叩きながら）

黒蜥蜴　明智さん……明智さん……。

（返事がなかなか来ない）

明智さん。

明智の声　（長椅子の中から）僕は影法師のように君の身辺をはなれないんだよ。君の作ったからくり仕掛が大へん役に立ったぜ。

黒蜥蜴　（声が思わずふるえて）明智さん、怖くないの？　ここは私の味方ばかりですよ。

警察の手のとどかない海の上ですよ。怖くはないの？

明智の声　（きみのわるい笑い）怖がっているのは君のほうじゃないのかい？

黒蜥蜴　怖くはないけど、感心してるのよ。どうしてこの船があなたにわかって？

明智の声　船は知らなかったけど、君のそばにくっついていたら、自然とここへ来ることになったんだよ。

黒蜥蜴　私のそばに？

明智の声　東京タワーから君に尾行することのできた男は、たった一人しかいなかった筈だぜ。

黒蜥蜴　ああ、あの売店の……（と唇を嚙む）

明智の声　うん、まあね。化かすつもりで化かされていた君の様子は、なかなか魅力があったよ。

（黒蜥蜴、壁により、呼鈴を押す）

黒蜥蜴　それじゃ橋の袂《たもと》で妙な叫び声を立てたり、水音をさせたりしたのも……

明智の声　お察しの通りだよ。（この間、黒蜥蜴、そばのテーブルの上の紙に鉛筆で何かを書いている）あのとき君が油障子から顔を出しさえしなければ、こんなことにはならなかったかもしれないぜ。

黒蜥蜴　やっぱりそうだったの。で、それからどうやって尾行したの？

明智の声　自転車を借りてね。（このとき侏儒《しゅじゅ》二人入ってくる。黒蜥蜴、唇に指をあてて合図した上、手招きして、紙を渡す。侏儒去る）君の船を見失わぬように、河岸《かし》から河岸と陸上を尾行して行ったのさ。それから小舟をたのんで本船に漕ぎつけ、夕闇の中で曲芸のような真似をして、やっと甲板の上まで登りついたんだよ。

黒蜥蜴　（ドアのほうを気にしながら、長椅子に腰かける）でも甲板には見張りがいたでしょう。

明智の声　いたよ。だから船室へ降りるのにひどく手間取った。それから、早苗さんの監禁されている部屋を見つけるのが大へんだった。やっと見つかったと思うと、（笑う）ざまを見ろ、船はもう出帆していたんだ。

黒蜥蜴　どうして早く逃げ出さなかったの？　こんなところに隠れていたら、見つかるにきまっているじゃないの。

明智の声　この寒さに水の中はごめんだ。僕はそんなに泳ぎがうまくないんだ。それよりこの暖かいクッションの下に寝ころんでいたほうがどれだけ楽か。

黒蜥蜴　…………。

明智の声　ねえ……。

黒蜥蜴 え？

明智の声 僕は夕食からずっとここに寝ているんで、あきあきしたよ。それに君のきれいな顔も見たくなった。ここから出てもいいかい？

黒蜥蜴 （狼狽《ろうばい》して）しッ、いけません。そこを出ちゃいけません。男たちに見つかったら、あなたの命がありません。もう少しじっとしていらっしゃい。

明智の声 へえ、君は僕をかばってくれるのかい。

黒蜥蜴 ええ、好敵手を失いたくないのよ。

（このとき雨宮潤一を先頭に、五人の船員が長いロープを持って、音を立てぬように注意しながら入って来る。黒蜥蜴目じらせする。男たち、長椅子の端からそっと縄を巻きはじめる。黒蜥蜴ニヤリとして椅子から立上る）

明智の声 おい、どうしたんだ、誰か来たのかい。

黒蜥蜴 ええ、今ロープを巻いているのよ。

（ロープ巻きおわる）

明智の声 ロープだって？

黒蜥蜴 えええそうよ。日本一の名探偵を簀巻《すまき》にしているところよ。

（ト笑い、男たちに目じらせして、去らせ、自らドアを閉め、長椅子のところへ戻る）

（長椅子に耳をすます。軽い呻《うめ》きがきこえ、声はない）

（黒蜥蜴、落着きなく立上り、三面鏡の前へゆく。鏡を眺めて、溜息《ためいき》をつく。ややあって、長椅子へ向い）

黒蜥蜴　明智さん、これでお別れよ、寒い春の海の底のほうに、長椅子の形をしたあなたのお墓ができるんだわ。（応答がない）え？　なぜ返事をしないの？　なぜ？　これが私たち二人ですごす最後の時間なのに。……（トじっと長椅子を見つめる。耐えられなくなって、長椅子の傍らへ走り寄り、床《ゆか》にひざまずいて、長椅子をかき抱くようにする）可哀想に！　可哀想に！　恐怖のために口も利けないのね。まあ、このひどい動悸。くねらしている体のうごき。可哀想に！　私の中であなたがあばれているような気がする。手足を突っ張って、出口を求めて、……でも、だめなのよ。あなたの前にあるのは死、それだけだもの。……まあ、こんなに喘《あえ》いで、むだと知りながらこんなに身悶《みもだ》えて、……汗をかいているでしょうね。その汗をすぐ冷たい春の潮《うしお》が冷やすわ。……明智さん、今なら何でも言えるわね、今なら。あなたの耳は逐一聞いても、やがて海の水がその耳に流れ込んで、すべてを洗い流してくれるから。（長椅子に接吻する）私の接吻がわかって？　西陣織の織物ごしの、こんな私のまごころの接吻があなたにはわかって？（長椅子のあちこちに接吻する）どこにもかしこにも接吻するわ。わかって？　わかって？　私の唇が、口から出るのは冷たい言葉ばかりでも、こんなに熱いのがあなたにはわかって？　あなたの体が海の底で冷やされても、あなたの体のそこかしこに、赤い海藻のように私の接吻がまつわっている筈だわ。……今こそ素直に言えるんだわ。明智さん、もう決して返事をしないで！　海へ沈むまで黙っていて！　私、今まであなたみたいな人に会ったことがなかった。はじめて恋をしたんだわ、この黒蜥蜴が。あなたの前へ出ると体がふるえ、何もかもだめになるような気がしたわ。そんな私を、そんな黒蜥蜴を、私はゆるしておけないの。だから殺すの。つまらない誘拐事件の怨《うら》みつらみで殺すのじゃないわ。わかって？　あなたがこれ以上生きていたら、私が私でなくなるのが怖いの。そのためにあなたを殺すの。……好きだから殺すの。好きだから……。

（ト永いこと長椅子に顔を伏せている）

（やがて決意を新たにして立上り、ドアをあけ、下手へ向って叫ぶ）

黒蜥蜴　さあ、水葬礼よ！

（雨宮をはじめ、一同入ってくる）

雨宮　（大喜びで）これで明智小五郎もお陀仏か。

（黒蜥蜴、黙って雨宮の頰を打つ）

（頰を押えて）じゃあ、やっぱり……

黒蜥蜴　お前には私を裏切る勇気もないのね。ただ、私のしたことを喜んで、北叟笑《ほくそえ》んでいるだけだ。明智を殺すのも、別段お前のおかげじゃないわ。ましてお前のためじゃないわ。つまらない己惚《うぬぼ》れはおよし。さあ、早く運んで。

（トきびしく言う。雨宮はじめ一同、棺をかつぎ上げる如く、長椅子をかつぎ上げて、下手へ去る。黒蜥蜴力なくこれに従って退場）

（ややあって、長椅子のうしろの洋服簞笥の扉がギーッとひらく。醜く髭だらけな火夫松吉があたりを窺《うかが》いながら出て来る。三面鏡に顔を映す。一寸附髭を外して附けるので、明智とわかる。あたりを見廻しつつ、そろそろと下手へ去る）

(B)　上甲板

（舞台上手へ廻り、半廻しとなり、一面の上甲板となる。松吉気づかれぬように上手へ一旦去る）

（一同、粛然と並び、長椅子に更にかけたる二本の太いロープで、徐々に長椅子を、欄干のむこうへ下ろす。長椅子全く見えなくなったところで、高い水音起り、ロープは俄《にわ》かに早く、海中へ飛び去る。一同しばし黙然）

黒蜥蜴　（怒声はげしく）さあ、みんな早く行って！　ぐずぐずしてる暇はないのよ！　部署につきなさい、部署に。

（一同おどろいてちりぢりに去る。黒蜥蜴一人欄干に倚《よ》って物思いに耽《ふけ》っている）

（上手から火夫松吉《実は明智》がおずおずと現われる）

黒蜥蜴　（見咎《みとが》めて）松吉じゃないの？

松吉　申訳ありません。

黒蜥蜴　何が？

松吉　船艙でつい寝込んでしまって、非常呼集がきこえなかったもんで……

黒蜥蜴　（にわかにやさしい声になり）そう言えばお前は水葬礼の時はいなかったのね。

松吉　はい、つい寝込んでしまって……。

黒蜥蜴　（感動深げに）お前一人は水葬礼に手を貸さなかった……。

松吉　はい、何とお詫びしたら……

黒蜥蜴　いいんだよ。この船の男で、お前だけが私の本当の味方だわ。

松吉　（おどろいて）え？

黒蜥蜴　私の命令で水葬礼に手を貸した男たちは、どんなに忠実な手下でも、もう永久に私の心の敵になったんだわ。本当にお前だけよ。お前の莫迦《ばか》さ加減が、お前を救い、ほんの少しでも私を救った。これから目をかけてやるよ。

松吉　(ドギマギして)へえ、どうもありがとうございます。

黒蜥蜴　それにお前の醜さが、その汚ならしさが、愚かさが、……今の私にはうれしいんだよ。こっちへおいで。

松吉　へえ。

黒蜥蜴　私の涙がお前に見える？

松吉　(のぞき込んで)へえ。

黒蜥蜴　誰のための涙かわかって？

(松吉、首を振る)

黒蜥蜴　私が誰よりも好きだった男、もうこの世にいない男のためだわ。誰だかわかって？

松吉　…………。(首を振る)

黒蜥蜴　お前にはわからないのね。お前は感心な男だわ。北極星みたいに、空の片隅にいつまでも燦《きら》めいているその名前が、お前には読めない。これから先、私の頭の中にいつまでも血のしみのように消えないその名前が、お前には読めない。私には読める。はっきりと読める。……だからお前とはこうして話し合うことができるのね。

松吉　はあ。
黒蜥蜴　海をごらん。暗いだろう。
松吉　(のぞき込んで)はあ。
黒蜥蜴　夜光虫があんなに光っている。
松吉　………。
黒蜥蜴　この世界には二度と奇蹟が起らないようになったんだよ。

第二場　港の廃工場

(前の場が暗くなると、広大な廃工場の内部をえがいた道具幕が下りる。吹き抜けの天井にいたる沢山の窓のガラスは、みな破れ落ちて、満足なのは一つもない。こわれた機械類、さびたシャフト、動輪、ちぎれたベルトなどの間には蜘蛛《くも》の巣が張っている。高窓の一つに有明の月)

(下手から、手に手に懐中電灯を持った一行が登場。先頭にマントを着た黒蜥蜴。うしろ手に縛られた早苗の縄尻を持った雨宮。「青い亀」。火夫松吉。北村。五人の船員。二人の侏儒。その他。五人の船員らはいろいろな荷を担いでいる)

(汽笛の声がここが港の近くであることを知らせる)

黒蜥蜴　(よきところに立止り)月がまだあんなに明るいわ。夜あけ前に着いたのは仕合せだった。海の潮もまだ私を護っていてくれるんだ。

青い亀　なぜ「まだ」なんて仰言《おっしゃ》います。あなたのようなお情深い方を、海も私たちも、未来永劫お護りするつもりでおりますのに。

黒蜥蜴　そうかしら。私はそうは思わない。あの月がやがて朝雲に白く紛れてしまうように、私も何だか遠からず消えてゆくような気がする。……（笑う）気の弱いことを言い出したもんだわね、黒蜥蜴にも似合わない。（気をかえて）ねえ、早苗さん、ここはどこだかわかって？

早苗　（首を振る）………。

黒蜥蜴　港の小さな入江に船が着いて、艀《はしけ》に乗ってここまで来て、やっとあなたのお家《うち》に着いたわけ。ここがあなたの永遠の棲家《すみか》なのよ。いつか大阪のKホテルで、あなたに新らしい世界を見せてあげるって約束したわね。ここがそうなのよ。よく見てごらん。あの高い天井の鉄骨に、破れた硝子《ガラス》からさし入る月の光りが、うっすらとさし入っているあたりに、蝙蝠《こうもり》が巣を作って、黒い突っ張った羽根をひろげて、飛び交わしているあの姿を。……ここの工場が廃工場になる前は、よく工員たちが旋盤にはさまれて、大事な指を落したもんだわ。百本指が集まったら、百の指環の台座になるわ。ダイヤの、ルビーの、サファイヤの。生きているうちには宝石の指環なんかに縁もなかった若い無骨な指が、死んでからはこの世で類のない優雅な指になるんだわ。旋盤だのパチンコの機械だの、お風呂屋の札だの質札だの、うす汚ない女の子の手だのをいじっていた指が、何もしない高貴な蒼《あお》ざめた指になるわ。宝石をはめられて退屈しきった美しい指になるわ。……

早苗　やめて！　もうやめて！

（ト叫んで逃げようとする。雨宮じっと押えつける。そのはずみに、雨宮の顔と接する。雨宮思わず接吻する）

黒蜥蜴　（冷たく）その真似は一体何。さあ、行きましょう、早苗さん。私の美術館を見せてあげる約束だったわね。

（ト先に立ち、一同上手へ入る）

第三場　恐怖美術館

（道具幕上る。一面の闇。上手の舞台上方に巨大な揚蓋《あげぶた》があって、これが徐々に上り、懐中電灯の光りがその隙間《すきま》からひらめく）

黒蜥蜴の声　階段のあかりを。

雨宮の声　はい。

（すると、その揚蓋から数段下りたところにある広い円形の踊り場と、その踊り場から舞台の床《ゆか》まで曲線をえがいて下りる大階段が明るく照らし出される。舞台のそれ以外の部分は闇である。一行、ゆっくりとその段を下りてくる）

（すると、階段の途中に又、第二の踊り場、展望台のようなものが下手へせり出している。黒蜥蜴スイッチをひねる。とその部分がパッと明るくなる。ここが宝石の展示場であって、そこがあたかも舞台中央の檻《おり》の屋根の部分に当っている。暗い檻がきらびやかな巨大な花冠をいただいたようである。ふしぎな意匠のビロードの花がいっぱい宝石をつけて、四方八方へ向って伸びている。その中央にもっとも豪華な黒ビロードの花が高くそそり立っている。その花のうてなの上にだけは宝石がない）

黒蜥蜴　早苗さん、ごらん、あなたのお父さまの贈物のおかげで、今までどうしても花が咲かなかったこの憂鬱な黒い草が花ひらくのよ。

（ト「エヂプトの星」をとり出して、そのうてなに置く。「エヂプトの星」は燦然《さんぜん》たる光りを放ち、ために まわりの何百何千の宝石の花は俄《にわ》かに色を失ったようである。一同嘆声を上げる）

さあ、まだ見せるものがあるのよ。こっちへいらっしゃい。（従者一同に）お前たちは上の部屋で休んでおいで。北村は外で見張りをしておいで。

（雨宮と早苗をのぞく一同は礼をして、又階段を上って去る。揚蓋閉まる。黒蜥蜴先に立ち、宝石のあかりを消し、三人階段を下りてくる。三人階段を下りきると、階段のあかり消える。黒蜥蜴、懐中電灯のあかりで、舞台中央の檻をちらちら照らしながら、さらに下手へ歩む）
（下手には、豪華なる椅子、テーブルを置いた一劃《いっかく》がある。そこまで来て立止り）

黒蜥蜴　さあ、早苗さん、よく見るのよ。

（ト下手のスイッチを押す。下手奥の壁に、上下二段各々二つずつ、都合四つの龕《がん》が穿《うが》たれている。と、その龕の一つのカーテンがあき、内部が明るくともり、中に節くれ立った腕を組んで仁王立ちになった逞《たく》ましい黒人が全裸で立っている。次いで、第二の龕のカーテンがあいてともり、艶冶《えんや》な姿で足を斜めに坐っている全裸の金髪娘。次いで、第三の龕のカーテンがあいてともり、円盤投げの姿勢で全身の筋肉を隆起させている全裸の日本青年が照らし出される）

どう？　よく出来た生人形でしょう。でも、すこうしよく出来すぎていはしなくって？　もっと近寄ってごらんなさい。（ト早苗の背を押す。早苗、人形に近づく）ほら、この人の体にはこまかい産毛《うぶげ》が生えているでしょう。産毛の生えた人形なんてきいたこともないわね。（早苗、おそろしい事実を察して、愕然とあとずさりする）わかったのね。やっとわかったのね。（ト微笑しながら、スイッチを押す。三つの龕のあかりは消え、それぞれカーテンが閉まり、第四の龕のカーテンがあき、内部がともる。この龕には何も見られない）ごらんなさい。あそこを。（ト第四の龕をさし）あそこに私、ぜひともきれいな日本の娘の、けがれのない体がほしかったの。わかったでしょう、早苗さん、私の言うことをきいてくれるわね。

（早苗、おどろきのあまり佇立《ちょりつ》し、トド、雨宮の隙をうかがい、逃げ出そうとする。雨宮追う）

早く檻へ！　早く！

（宝石の大花冠の下の暗い檻が照らし出される。黒蜥蜴、檻の錠をあける。雨宮、早苗をつかまえて戻り、檻の中へ早苗を入れるふりをして、黒蜥蜴の手から錠を奪い、黒蜥蜴をつきとばして檻の中へ入れ、外から錠をかけ、早苗の手を引いて階段を駈け戻って逃げる。黒蜥蜴檻の中で叫ぶ）

（雨宮と早苗が、階段上方の踊り場に達せんとするとき、揚げ蓋が少しあいて、火夫松吉があらわれ、二人を迎えて、踊り場の上で雨宮を擲《なぐ》り倒して気絶させ、片手に早苗を引立て、片手に気絶した雨宮の体を引きずって、階段を下りて来て、檻の前まで来る）

黒蜥蜴　早くこの鍵を！

（ト檻の間から鍵を渡し、松吉うけとって檻をあける。黒蜥蜴、威ある態度で出て来る。合図によって、松吉、早苗を檻の中へつき入れる）

そいつも入れておしまい。(ト気絶した雨宮を指さし)そいつは私を裏切ったんだ。やっぱり人形にしてやるわ。はじめの計画をかえて、男と女の恋のよろこびの像を作ればいいんだ。夜が明けたら、作業にとりかかりましょう。

(松吉、気絶した雨宮を運び入れ、檻に錠をかける)

黒蜥蜴 (下手へ歩みながら)こっちへおいで。お前は又私を救《たす》けてくれた。この恩は忘れないよ。

(松吉これに従う。二人下手へ歩むにつれ、下手の椅子テーブルの一劃は明るくなり、檻は暗くなる)

黒蜥蜴 ここへお掛け。

松吉 へえ……。

黒蜥蜴 遠慮は要らないのよ。お掛けと云ったらお掛け。

松吉 へえ。

(トおどおど坐る。黒蜥蜴ガウンを脱ぐ。豪華なる衣裳あらわれる。女王の如き威を以《もっ》て椅子に掛ける)

黒蜥蜴 お前の功績は偉大です。今までは卑しい役立たずの火夫にすぎなかったけれど、一足飛びに爬虫類の位を授けましょう。

松吉　え？
黒蜥蜴　おどろかなくてもいいの。お前にはその値打がある。「黄いろい鰐《わに》」の称号を今日から名乗るがいい。御褒美をあげよう。（ト自分の指環の一つを抜き）このダイヤの指環をお前に。
松吉　ダイヤ！
黒蜥蜴　ふるえているのね。安心おし。今日ばかりは私も気前がいい。これが私の形見のような気がするから。
松吉　え？
黒蜥蜴　気にしなくてもいいのよ。黄いろい鰐。（髪に手をやって）こんないやな考えが、いつもに似合わずつぎつぎと頭に浮ぶのは、きっとひどく疲れているんだわ。ほしいものはみんな手に入ったし、気の弛《ゆる》みのせいでこんなに疲れたんだ。見すぎた夢の疲れだわ、きっと。
松吉　どうもありがとうございます。（ト立去ろうとする）
黒蜥蜴　待って！　私が信頼できるのはお前だけだ。誰も信用できない。私の命令で、あいつらは明智を殺した。私は命令を下した。殺したのはあいつらなんだ。
松吉　…………。

黒蜥蜴　わかっておくれ、黄いろい鰐。世界で私は一人ぽっちだわ。あれだけの努力と危険の末に、こうして集めた宝物の只中で、私は一人ぽっちだわ。誰にたよればいい？　何にたよれば？

松吉　（意外にしっかりした口調で）この私にたよって下さい。

黒蜥蜴　（高声《たかごえ》で笑い出し、しばし笑い止まぬ）ああ、面白いことをいうのね、黄いろい鰐。だからお前が好き。お前のその滑稽な言い草、汚ない愚かな顔つきが好き。（しみじみと）お前はしんから私を笑わせてくれたんだものね。……さあ、すこし眠ったほうがいいんだ、ゆうべはほとんど一睡もしなかったんだから。日が昇ったら起しておくれ。わずかの間枕に頭を横たえて、何も考えずにいたら気分も直るわ。罪のない子供のように眠ったら。

（ト立上り手を打つ。舞台上方から、二本の縄につかまって二人の侏儒、飛来し、黒蜥蜴の前に着陸して、礼をなす）

いつものように私の足を揉《も》んでおくれ。眠っている髪がもつれたら、髪の中へお前たちの息を吹き入れておくれ。いい夢が見られるように。眠っている私が後悔の歯ぎしりをしたら、香水にひたしたお前たちの指を、そっと嚙ましておくれ。あの固い後悔を柔らかに嚙みこなせるように。……さあ、おいで。

（黒蜥蜴、二人の侏儒を従えて、下手のドアをひらいて寝室へ去る）

（松吉深く礼をしてこれを見送る。それから上手へ立去りかかり、立止り、ポケットから新聞を出して、あれこれと置場所を考え、寝室のドアの前へ落しておき、さて、上手大階段を昇って退場）

（松吉の退場と共に、檻の部分明るくなる）

（早苗、気絶している雨宮をゆすり起している。雨宮は上着を脱がされ、シャツ一枚になっている）

早苗　雨宮さん！　雨宮さん！

（トなおも介抱する。雨宮ようやく目をあく）

あ、気がついたのね。

雨宮　僕は……どこにいるんだ。

早苗　どこでもないわ。檻の中だわ。

雨宮　檻だって？　（トあたりを見廻す）

早苗　さっき松吉があなたを殴り倒した。そうしてここへ引きずり込んだの。

雨宮　（まだぼんやりと）なぜ僕がこの檻に君と二人でいるんだ。

早苗　あなたも私と一緒に殺されるんだわ。

雨宮　え？
早苗　さっき黒蜥蜴が言ってたわ。あなたも私も人形にしてしまうって。男と女の恋のよろこびの像を作るんだって。夜が明ければもうその作業が……
雨宮　（突然歓喜に打たれ、早苗の襟をつかんで）おい、君、それは本当か？　黒蜥蜴がそう言ったのか？
早苗　言ったわ。あの人は言ったとおりにするわ。
雨宮　（深き歓喜を押し隠して）……そうか。……
早苗　あなたも悪い人だけど、今ではあなたに済まない気もしているの。私を助けようとしたおかげで、こんな羽目になったんだもの。……そんなに私が好きだったの？
雨宮　（なお陶然と）……そうか。……
早苗　そんなに好きだったの？　自分の命を捨ててまで助けてくれる気だったの？
雨宮　そうだよ。（ト立上り）僕の顔をよく見てごらん。僕だって君を助ける値打のある人間だ。
（ト変装の髭をことごとくむしり取る）
早苗　まあ！
（ト呆然と見とれる。永き間《ま》）

雨宮　思い出したろう、僕を。

早苗　思い出したって？

雨宮　そんなにじろじろ見れば……

早苗　髭の下にそんなにすばらしい顔が隠れていたとは思わなかったんだもの。雨宮さん、あなたが本当の雨宮さんだったのね。

雨宮　忘れっぽいんだな、君は。

早苗　だって、髭をとったあなたの顔ははじめてだもの。

雨宮　（不審の面持で考えている。急に）……それじゃあ……

早苗　なに？

雨宮　髭のない僕に会うのは本当にはじめてなんだね。

早苗　そうよ。

雨宮　そうか。じゃあそのつもりで話そう。……さっき君は言ったね、命を捨ててまで君を助けようとした、それほど僕は君が好きだ、と。

早苗　言ったわ。だってほかに考えようがないじゃないの。

雨宮　ところが僕は、早苗さん、あんたに惚《ほ》れて助けたわけじゃない。僕はもともと君のようなつまらないブゥルジョア娘はきらいだ。

早苗　じゃあ、なぜ？
雨宮　なぜかはあとで言おう。だが君に惚れてるわけじゃないことだけは、はっきりさせておいたほうがいい。どうせ先の短かい命だもの。
早苗　私のどこがきらいなの？
雨宮　金持の宝石商の、甘やかされた一人娘で、自分のことを宝石だと思い込み、誰にでもやすやすと軽蔑の目を向ける、そういう俗悪な確信でいっぱいな、君の目つきがきらい、様子ぶった態度がきらい、……大体僕は君のような人種が虫が好かないんだ。僕は貧乏に苦しんできた。こんな稼業に身を沈めたのも、東京の大都会の底のほうで、うごめいてすごしていた自分の若さが、可哀想になったからなんだ。
早苗　（希望に目をかがやかせ）本当？　それ本当？　私がブゥルジョア娘だからきらいなのね。岩瀬庄兵衛の娘だからきらいなのね。それだけの理由なのね。
雨宮　そうだよ。
早苗　……それなら……（トあたりを見廻し）言ってしまうわ。死ぬまで言わない約束だったんだけど言ってしまうわ。どうせ約束した明智先生は死んでしまったし、私を助けに来てくれる見込みもなくなったんだし……。
雨宮　そうだ。もう誰も君を助けやしない。

早苗　雨宮さん。

雨宮　え？

早苗　私、早苗じゃないのよ。

雨宮　へえ。

早苗　おどろいたでしょう、替玉なの。おそろしいほど早苗さんに似ている。私、自分だって、はじめて早苗さんに会ったときは、目を疑ったほどだったわ。……男に捨てられて、貧乏して、自殺しようとしたところを、明智先生の部下に救われたの。部下は東京中を手分けして、早苗さんの替玉を探していたのよ。危険な仕事だときいたけれど、報酬もとてもよかったし、どうせ一度捨てた命なんだし、私、二つ返事で引受けた。一週間がかりで早苗さんの真似をする訓練をうけ、ある晩岩瀬さんの家へ連れて行かれて、本物のお嬢さんと入れかわったの。それから間もなくだったわ、あの長椅子に詰め込まれて、黒蜥蜴に誘拐されたのは……

雨宮　そうか……。

早苗　私も貧乏な娘なのよ。一度死のうと思いつめたから、二度死ぬのは大した苦労じゃないわ。おどろいたでしょう、雨宮さん。もう私をきらう理由はないわ。……どうしてそんなつまらなそうな顔をしているの？……あなたにきらわれる理由はないわ。

だって私、早苗さんじゃないんだもの。

雨宮　(冷然と)そんなことはわかっていたよ。さっき僕が髭をとったとき、君がおどろかなかったんで、すぐわかった。本物の早苗さんは、絶対に忘れられない状況で、僕の顔を前に見てるんだからね。君が贋物《にせもの》だということを、僕はただ、君の口から言わせたかっただけなんだ。

早苗　まあ！

雨宮　いいか、しかし君が贋物だという秘密は死ぬまで守れ。僕にはどうしても君が本物であることが必要なんだ。

早苗　ひどい人。私を羂《わな》にかけた。やっぱり本物のブゥルジョア娘が好きなんだわ。

雨宮　本物も贋物もどっちもごめんだ。本物だろうと贋物だろうと、君なんかにはもともと興味がないんだ。

早苗　じゃどうして助けたの？

雨宮　君は死ぬまで本物の早苗であることが必要なんだ。さっき君を助けようとした僕を、どうして黒蜥蜴がこの檻に放り込んだか。考えてみろ。わかるか。すばらしいじゃないか！　それは黒蜥蜴が僕に嫉妬したからなんだ。……本物の早苗であればこそ、黒蜥蜴は僕に嫉妬する。僕に何より大切なのはその嫉妬なんだ。

早苗　私が替玉とわかったら、あの人はあなたに嫉妬しないというの？
雨宮　そりゃあたしかだ。
早苗　（しばらく考えていて）……わかったわ。まだあなたの命を救う方法があるんだわ。私、ここで叫ぶわ。私は替玉です。贋物の早苗です、って、そうしたらあなたの命は少くとも助かるわ。そうでしょう？　私、あなたが好き！　あなたが殺されるのを見るのはいやなの。私叫ぶわ！　よくって？　私……

（雨宮、あわててその口を押える）

雨宮　いいか。つまらん考えを起すな。お前は死ぬまで本物の早苗でなくちゃいけないんだ。僕のために。
早苗　あなたのために？
雨宮　そうしなくちゃ、僕の恋は成就しないんだ。
早苗　あなたの恋？
雨宮　そうだ。……はじめてあの人が僕に嫉妬してくれたんだ。
早苗　じゃあ黒蜥蜴に。
雨宮　はじめてあの人を見たときから、僕はたえず嫉妬に苦しめられた。あの人は僕に残酷だった。僕を生かしておいてくれたのは、ただ僕を苦しめるためだったとしか思えない。僕はあの人の奴隷になった。心の中は充たされないで、いつも空っぽな風が吹いた。僕はあの人の愛するあらゆるものに嫉妬した。早苗、君にもだよ。

早苗　まあ！

雨宮　あの剝製《はくせい》の人形たち。あいつらにも僕はひどく嫉妬した。黒蜥蜴がたびたびあの人形たちに、そっと接吻しているのを見たときからだ。僕が一等ひどく嫉妬に苦しんだのは、あの人が明智に恋しているとわかったときだ。……その明智も今は死んだ。僕が殺した。わかるか。殺したときの僕の喜びが。……しかしその瞬間から、ますますあの人は僕に冷たくなった。僕は決心したんだ。……僕の最後の望みはもう一つしかない。自分があの剝製の人形になってときどきあの人の愛撫をうけること。……そのためには、……わかるだろう、方法は一つしかない。君を脱走させるまねをして、僕があの人を裏切ってみせること。……あの人の目の中に、たった一度でもいいから、僕に対する嫉妬の小さな火を燃え立たせること。……

早苗　(心冷えて)そのためだったのね。そのためだったのね。あなたはただ自分ののぞむ死に方をするために、一時《いっとき》私を利用して……

雨宮　やっとわかったか。

早苗　……わかったわ。

雨宮　だからどうしても、お前は本物の早苗であることが必要なんだ。
早苗　私が今さらあなたの命を助けるいわれもないのね。
雨宮　僕の好きなように死なせてくれればいいんだ。
早苗　好きなようにさせてあげるわ。どうとでも好きなように。……もうあなたを裏切るほど好きでもないけど、望みを叶えてあげたいと思うほどには、まだ少し好きだから……
雨宮　(早苗を抱き)よく言ってくれたね。はじめて君が可愛いいよ。……僕たちは贋物の恋人だ。君は贋物の早苗。
早苗　あなたは贋物の奴隷ね。
雨宮　僕たちは贋物の愛で結ばれて、贋物の情死をする。ちっとも愛し合っていないのに、同じ朝、同じ時に殺されるんだ。
早苗　そうして私たちは剝製にされて……
雨宮　永久に抱き合って暮すんだ。
早苗　私たちの贋物の愛が、
雨宮　男と女の不朽のよろこびの像になるんだ。
早苗　本当の愛のよろこびの、

雨宮　誰の目から見たって疑いようのない、本物の愛の形をえがく！

早苗　雨宮さん、私たち、本当は愛し合っているんじゃないかしら？

雨宮　錯覚だよ。ばからしい錯覚だよ。生きているあいだ、僕らは決して愛し合うことなんかないんだ。しかし死んでのちは……

早苗　そうだわ！　もうちょっとすれば、私たちは愛し合うようになるんだわ！

（下手の寝室のドア、ギーッとひらく。

檻たちまち暗くなる。

寝室より侏儒二人登場。足もとの新聞につまずき、これを、折しも出てきた黒蜥蜴に捧げる）

黒蜥蜴　朝の戸口に新聞が来ているなんて、まるで娑婆《しゃば》の人間の家に暮しているようだ。（ひろげてみて）おや、こりゃあきのうの新聞じゃないの。何だって？「明智名探偵の勝利――岩瀬早苗嬢無事に帰る――宝石王一家二重の喜び――早苗嬢、早川財閥御曹子と婚約成立――」……まあ、写真まで！……新聞がこんな嘘を……いいえ、嘘のわけはない。……じゃあ、檻の中の早苗は……

（と檻へ近づかんとするとき、階段上方の揚げ蓋ひらきて、船員五人及び青い亀、どやどやと松吉を引き立てて下りてくる）

青い亀　黒蜥蜴さま、この松吉がとんでもない喰わせものでございます。見張りの北村が縛られてころがされているので、きいてみましたら、松吉の仕業だと申しました。ですから、どうかじきじきに御詮議を……

黒蜥蜴　松吉、お前は……

松吉　みんなで罪をなすりつけたのでございます。どうか、どうか……

黒蜥蜴　（涙ぐんで）お前まで私を裏切るの？

松吉　いいえ、とんでもない。ただ人形が心配で……

黒蜥蜴　人形ですって？

青い亀　いい加減な言いのがれをするんでございますよ。

（黒蜥蜴、ピストルを構えたまま、あとずさりをして、下手のスイッチを悉《ことごと》く押す。四つの龕、明るくなる。龕の中にはすでに人形はいず、この一つ一つに刑事が立っていてピストルを向けている。一同アッとおどろく。松吉、身をすりぬけて、下りてくる刑事を背に身構える。船員五人と青い亀は手をあげる。黒蜥蜴、松吉を射つ。カチッと音がするだけである）

黒蜥蜴　畜生！　弾丸《たま》を抜いたのね。

松吉　檻の鍵をお渡しなさい。

（黒蜥蜴、憎しみの眼差《まなざし》で鍵を渡す。一人の刑事スイッチを押し、舞台全部明るくなる。刑

事ら、黒蜥蜴と手下共をとりまく。侏儒はふるえている。松吉、檻の鍵をあけ、雨宮と早苗を出してやる)

松吉 (早苗に)やあ、御苦労様、約束どおり助けに来たよ。

早苗 まあ! まさか……

松吉 そうして君たちは……

早苗
雨宮 }(相擁して)私たちは愛し合っているんです。

松吉 そんなことだろうと思った。さあ、どこへでも行きたまえ。(早苗に)君の恋人に自首させることを忘れてはいけないよ。

(二人喜々として下手の龕の一つへ駈け上り、そこで抱擁のポーズをとったのち、すでに刑事たちが破った龕の壁のかなたへ消える)

(松吉、黒蜥蜴に近づき、仮装の髭をむしり取る。明智小五郎である)

黒蜥蜴 生きていたのね。

明智 可哀想な身代りの松吉は、長椅子ごと君たちに殺されてしまったよ。

黒蜥蜴 生きていたのね。

明智 観念したまえ。

黒蜥蜴　(いとしげに)憎らしい人。

(身をかわして、指環の蓋をあけ、毒を仰ぐ。一同おどろく。青い亀、嘆きの叫びをあげて、倒れる黒蜥蜴を抱き起す)

明智　君は……

黒蜥蜴　捕まったから死ぬのではないわ。

明智　わかっている。

黒蜥蜴　あなたに何もかもきかれたから……

明智　真実を聴くのは一等辛《つら》かった。僕はそういうことに馴れていない。

黒蜥蜴　男の中で一等卑劣なあなた、これ以上みごとに女の心を踏みにじることはできないわ。

明智　すまなかった。……しかし仕方がない。あんたは女賊で、僕は探偵だ。

黒蜥蜴　でも心の世界では、あなたが泥棒で、私が探偵だったわ。あなたはとっくに盗んでいた。私はあなたの心を探したわ。探して探して探しぬいたわ。でも今やっとつかまえてみれば、冷たい石ころのようなものだとわかったの。

明智　僕にはわかったよ、君の心は本物の宝石、本物のダイヤだ、と。

黒蜥蜴　あなたのずるい盗み聴きで、それがわかったのね。でもそれを知られたら、私はおしまいだわ。

明智　しかし僕も……

黒蜥蜴　言わないで。あなたの本物の心を見ないで死にたいから。……でもうれしいわ。

明智　何が……

黒蜥蜴　うれしいわ、あなたが生きていて。

（黒蜥蜴死ぬ。青い亀、泣いてとりすがる。刑事たち、船員五人と侏儒を寝室へとじこめる。明智黙念と立っている）

（突然、階段上の揚蓋が大きくひらき、朝の光りが大幅にさし入る。岩瀬庄兵衛、同夫人、早苗、早苗の許婚《いいなずけ》が登場して、上方の踊り場に居並ぶ）

岩瀬　いや、明智さん、お見事、お見事、これで万事大勝利、万事結着がついたわけだ。あんたの手腕には敬服のほかはない。早苗もこのとおり壮健だし、紹介しよう、早苗のいいなずけの早川君だ。

明智　そこの宝石の花の中から、「エヂプトの星」をお持ち下さい。

岩瀬　どれどれ。（下下りて「エヂプトの星」をとる）いや、たしかにまちがいがない。（下家族のところへ立戻る）

明智　あなたのものはみんなあなたの手に戻りました。僕の役目はこれでおしまいです。

岩瀬　一家の幸福と繁栄は、みんな明智さん、あんたのおかげだ。この御恩は永く忘れません。

明智　忘れて下さって結構です。あなたの御一家はますます栄え、次から次へと、贋物の宝石を売り買いして、この世の春を謳歌なさるでしょう。それで結構です。そのために私は働らいたのです。

岩瀬　え？　贋物の宝石だと？

明智　ええ、本物の宝石は、（ト黒蜥蜴の屍《しかばね》を見下ろして）もう死んでしまったからです。

――幕――

――一九五六、七、一五――

喜びの琴

時

近い未来の或る年の一月

第一幕第一場　一月十八日朝

　第二場　一月十九日午後

第二幕第一場　一月廿一日朝

　第二場　一月廿二日朝

第三幕第一場　一月廿二日夜

　第二場　一月廿三日朝

所

都内某区本町《ほんまち》警察署の二階一室

人

警察署長

公安係長　山田

公安係巡査部長　松村

　巡査　片桐

　巡査　瀬戸

　巡査　末黒《すぐろ》

公安係巡査　南

　巡査　森

　巡査　木村

外事係巡査　野津

　巡査　堀

　巡査　山本

保安係巡査　金沢

　巡査　桑原

交通係巡査　川添

売店係巡査　大川

柔道助教巡査　兵頭《ひょうどう》

剣道助教巡査　朝倉

掃除婦　まさ

協力者　佐渡

学生　新井

　増田

雑誌記者

警官A、B、C

第一幕

1

（一月十八日午前八時半の都内某区本町警察署。二階の公安係室。古びた殺風景な事務室。上手《かみて》に斜めに係長室。デスク、戸棚、金庫等がうかがわれ、下手《しもて》には斜めに廊下、引戸の上に「公安」の札を下げ、さらに下手引戸の上に「保安」の札が見える。

中央の部屋は、十のデスクを五ずつ向いあわせに配置し、それぞれに椅子。係長室との間は開放され、下手廊下との間の引戸は閉ざされている。

係長室との堺の鴨居に、電気時計。ラウドスピーカア。堺壁下部に洋服ブラシ、靴ブラシ、はたき、傘などを掛ける場所。

それぞれのデスクの上には、鉛筆削り、ファイルなどをきちんと載せ、電話の受話器は、係長のデスクに一個、大部屋の十のデスクに二個。

正面奥は東むきの窓。朝日さし込み、窓からは、下手寄りのS大学のビルと、上手寄りの商店街の裏手、窓ぎわの数本の冬木が見える。

窓のあいだの壁には、上手から、黒板、貧乏ストーヴ、カレンダー等)

(幕あくと、下手寄りの椅子に佐渡、外套のまま腰かけ、新聞を読んでいる。掃除婦のまさ、ストーヴをかきまわしている)

佐渡 (新聞を読みながら)今朝は特別の点検ですな。

まさ はい。ずいぶん冷えますですね。

佐渡 (なお第一面を読みつつ)月に一ぺんの例の特別のやつでしょう、今朝の点検は。

まさ はい。それから署長様の訓示が長いですから。……とてもいい署長様ですね。

佐渡 うん。冷えるだろうな。屋上で長い訓示じゃ。

まさ 署長様はきちんとしたことがお好きで。

佐渡 だから、公安係にまで、今朝だけは制服を着せるんでしょう。みんなこぼしてましたよ。仮装行列みたいだって。

まさ はい。そうですね。公安さんが制服で出たんじゃ、商売になりませんものね。

佐渡 他の署でもこんなことやってるんだろうか。

まさ さあ。どうですかね。他の署なんて、知りませんね。……やっとゴウーッって言

ってきた。なかなかつかないんです、これ。（ストーヴ火の音を立てはじめる）……じゃ、ごゆっくり。（ト去る）

佐渡　（新聞に戻って）は、はい、ありがとう。

（やがて目をあげて、半ば癖で鋭く前後左右を見廻して、又《また》新聞に目を戻す）

（トどやどやと下手に足音がし、制服の巡査大ぜい屋上より下りて来て、廊下で一部は「保安」の部屋に入り、のこり十一人は「公安」の部屋へ入ってくる）

（佐渡立上って軽く挨拶する。皆と顔見知りの体《てい》）

（山田係長と松村巡査部長は、上手係長室で何ごとか話し、若い片桐と瀬戸は舞台前面の椅子で話し、のこり七人はストーヴを囲む。みんなはとりたてて佐渡に注意を払わない。佐渡ふたたび新聞を読みはじめる）

瀬戸　長い訓示だったな。うう、寒かった。おい、一服くれや。片桐。

片桐　（九州訛《なまり》）ほい。（ト煙草をわたし）しかしいい訓示だった。署長さんも気合がかかって来たな。例の言論統制法問題以来。

佐渡　（新聞から顔を上げ）へえ、あんた方まで、言論統制法なんて新聞用語を使うんですか。ちゃんと本格的に「国家機密保持に関する言論等規正法」って言ったほうが、人ぎきがいいんじゃないか。新憲法違反のおそれもなしね。

片桐　(無視して)おい、瀬戸、こうして久々に制服を着ると、警察学校のころを思い出すなあ。
瀬戸　(校歌を口吟《くちずさ》む)千代田の森の深みどり、堀に浮べて幾星霜、か。
片桐　(おなじく)歴史を秘むる古城址に、都の守り身にかけて、か。
瀬戸　昔はよかったな。
片桐　年寄みたいなことを言うな。まだ卒業して一年半じゃないか。
佐渡　緋縅《ひおどし》の若武者ってとこですか。(二人答えず。佐渡、一向相手にされないので、ストーヴに背を向けて当っている老巡査末黒に)ねえ、末黒さん、今度の言論統制法は大へんですな。新聞はさわぐし、デモはだんだんひどくなるし、ひょっとすると安保以上の騒ぎになるかも……
末黒　昔ならな。一トひねりだけどもよ。今はうまくねえな。まったく、今はうまくねえな。
佐渡　末黒さんはこの署じゃただ一人の、特高の生き残りでしょう。
末黒　しかし昔と今はちがうからねえ。時代がちがうんだから。……むかしは非番の日には、女房子を連れて盆栽を買いに行くのがたのしみだったよ。俺はひねくれたのなんかより、直幹《ちょっかん》の株立ちが好きでね。檜《ひのき》の一株立ちなんか、市《いち》へ行くと、いいのがあったよ。今じゃね。盆栽の市なんか立ちゃしねえ。どこにあるんかよ、そんなものが。こっちは金もないし、暇もなしよ。

山田係長　(遠くから)おい、森君、木村君!

森、木村　はい! (ストーヴの傍を離れて、近づく)

山田　森君は今日から岡村晋五郎氏のボディ・ガードに、木村君は山川昇氏のボディ・ガードに任命されている。これから早速部署についてもらうんだが、森君はともかく、木村君は苦労するかもしれんよ。

松村　(そばから)どうしてあんな陣笠のところまで脅迫状が行ったかなあ。

山田　岡村氏は与党の代議士のなかじゃ、今度の法律に反対してる唯一人の人物だからけしからん、というのが脅迫状の内容だがね、岡村氏は何か変ったことを言って売り出そうとしてるだけで、罪のない人なんだがね。家じゅう今度の脅迫状におびえて、岡村氏も防弾チョッキを着込んだりして大変らしいが、ま、森君の警護なら大丈夫だろう。山川昇氏のほうは左派の代議士だから、こりゃ警戒心が強くて大変だ。木村君は毎日何度もまかれそうになる惧《おそ》れがあるが、何もこっちは情報を蒐集するためについてるんじゃなし、山川氏の命を護るためなんだから、遠慮なく追っかけまわして、ぴったり随伴してゆく。いいね。

森、木村　はい。
木村　一つ質問がありますが。
山田　何だね。
木村　山川氏なんかは、山川さんって呼ぶべきでしょうか、山川先生って呼ぶべきでしょうか。
山田　ま、本来は「さん」でいいんだろうがね、議員さんの中には、「先生」って呼ばれないと、つむじを曲げる人が多いらしいから、ま、仕事のやりやすいように呼ぶんだな。
森　しかし、警察官の立場として、「先生」はどうも。
山田　いいんだよ。「さん」でも「先生」でも中味は変りやしない。おだてたほうがやりやすけりゃ、おだてたらいい。こっちは相手が怪我をしてくれなきゃそれでいいんだ。ま、鍋に豆腐を入れて隣の家まで届けるようなもんで、豆腐先生が崩れなきゃいい。
森、木村　はい。
山田　じゃ、すぐ私服に着かえて、部署に着きなさい。
森、木村　はい。（ト敬礼して出てゆく）

（山田、ストーヴの人々へ近づく。佐渡、新聞を読んでいる。松村、舞台前面へ来る）

片桐　お、松村さんが制服の胸にまで、そのタイ留を光らせてるところを、はじめて見ましたよ。

松村　餓鬼のくせに大人をからかうな。

瀬戸　おや、純金じゃないですか。（卜手を出し）いい年増がくれたのとちがいますか。

片桐　しっ。お前何を言うんだ。奥さんの形見じゃないか。

瀬戸　（立上って詫びる）失礼しました。つまらんことを言いまして。

松村　（外して見せつつ）亡くなった女房の形見なんだよ。こんなものは身分に釣り合わないが、女房がお祖母《ばあ》さんからもらったという金の簪《かんざし》があってね、それを潰《つぶ》して俺のタイ留にしてくれたんだよ。病気になってから、急にそんなことを言い出しやがって、やっぱり虫が知らせたんだな。

瀬戸　（しょんぼりして）失礼しました、まったく……

松村　気にするな。気にするな。

片桐　まったく粗忽だよな、お前は。

山田　（電気時計を見て）もう九時半か。それじゃ、俺は署長室の係長会議へ出るから。みんなも早く私服に着かえていなさい。

一同 （口々に）はい。

（山田出てゆく。一同忙しげにあとから出てゆく）

松村 （一人残って佐渡に）君はどうも若い奴らには嫌われてるな。

佐渡 実は一等嫌ってるのは松村さんでしょう。赤と云ったら、赤トンボまで嫌いなんだって、誰か言ってましたぜ。

松村 君みたいな協力者は別さ。

佐渡 協力者もこうやってのこのこ署の公安部へ出入りするまでになっちゃ……

松村 もう協力者の値打はないな。よく君を党で置いとくね。

佐渡 案外むこうも泳がしてるつもりかもしれませんや。物情騒然たるこんな時期だし……。

松村 新年匆々《そうそう》、全く妙な空気だな、こりゃ全く何か起りそうだ。……それはそうと君は何だってこんな朝っぱらから……

佐渡 タレ込みに来て上げたんですがね。一向歓迎を受けないね。

松村 え？　何。

佐渡 現金だなあ、すぐ乗り出して来るんだから、そう言うと。

松村 大《でか》いネタか？

佐渡　大すぎたら？

松村　本庁へ持って行けよ。署にはろくすっぽ予算がないんだ。

佐渡　わかってますよ。何も金が目的じゃない。

松村　何が目的なんだ。

佐渡　さあ、何だろう。……私は、スターリン批判の時からつくづく考えたんですがね、党に柔軟性を持たせるには、ときどき党を裏切ってやる必要があるんじゃないか。党が一軒の家を建てはじめたら、大事な柱を抜き取って、よその家へこっそり持って行ってやる必要があるんじゃないか。ときどきこうして瀉血《しゃけつ》してやらないと、党は唯我独尊と思考停止の動脈硬化で身動きならなくなる。それもこれも、私は共産主義のためにやってることなんです。

松村　それで、ネタは？

佐渡　あの若い巡査、何と云ったかな、そう、九州訛りの、片桐君……

松村　片桐？

佐渡　彼が何か握っています。

松村　握っていりゃすぐ報告する筈だ。

佐渡　自分でもどの程度大きいネタかわかってないから、迷ってるんでしょう。笑われるのはいやだし、もうすこし裏附けがないと……。それはともかく、党じゃ、このネタが洩れたらしいのを重大視してますよ。それだけお知らせしようと思って来たんです。私はそれ以上のことは知りません。

松村　佐渡君……

佐渡　今日はこれで失礼します。沢井工業のストライキを応援に行かなくちゃならんのでね。例のストライキのパト・カアみたいな南さんに、じっくり物をきかれると弱いから。

（このとき卓上の電話鳴る）

松村　はい、公安です。え？

佐渡　じゃ、さようなら。

（松村引き止めようとするが、電話に制せられ、佐渡去る。入れかわりに、私服に着かえた外事係の野津と片桐と瀬戸、かえってくる）

松村　もしもし、外事の野津ですか？　え、今、来ました。野津君、電話だ。今代りますから。

野津　もしもし、野津ですが。外国人登録係ですか？　はあ……はあ。

松村　片桐君。

片桐　はい。
松村　近ごろ何か目星しい情報が入ってるかね。
野津　はあ……はあ、本町一ノ八、中華料理店の林《リン》っていう中国人ですが……はあ。
松村　例のヤサは洗ってるかね。
片桐　ハウスキーパアの女とは接触しました。
松村　まだその話はきいとらんぞ。
片桐　いや、女が妙な数字を書いた紙をひろったと言ってました。
松村　数字？
野津　はあ……一九〇三年生れ、長崎県佐世保から転入したことになってるんですが、……はあ。
片桐　いや、主人が客としょっちゅう麻雀《マージャン》ばっかりやってるんで、麻雀の数字かも知れないんです。
松村　何でも早く報告せにゃいかんじゃないか。
片桐　はあ。あんまり意味のない数字みたいなんで、裏附けをしてからと思いまして……。
松村　それでその数字は？

野津　（書類をめくりながら）はあ、しかしこちらに記録がないもんで……、そちらにもない？……野郎、密入国かな……はあ。
片桐　一二一二四五です。
松村　一二一？
片桐　一二一二四五です。
松村　まちがいないな。（ト、メモをとる）
片桐　私の記憶には少くとも……。
松村　よし、一二一二四五、と。（ト考えている）
野津　はあ……はじめ長崎から照会があったんですが……じゃ、もう一度洗ってみます。はあ……はあ……いや、どうもありがとうございます。今日中に……はあ。じゃ、えと、もう一つのカナダ人の件……あれと一緒に……は、どうも。（ト電話を切り）一寸《ちょっと》出かけてきます。林の身柄を洗ってきますから。
松村　（上の空で）あ、御苦労。
（このとき、同じく外事係の山本、堀、及び、公安係の南、末黒、私服に着かえて入ってくる）
野津　野郎、くさいと思ってた。

山本　林か？

野津　一寸出かけてくる。

堀　ラーメンに一服盛られるなよ。

山本　こいつの体じゃ利かないよ。

野津　よし、毒見に行ってくるか。

（ト、ソソクサと立去る）

松村　（受話器をとりあげ、ダイヤルを廻す）もしもし、警視庁ですか。公安一課第三係ねがいます。……公安一課第三係ですか、内藤さん？　いつもお世話になってます。本町署の松村です。他でもないんですが、アジトから入手した不明の数字がありますんで、はあ……、何か該当の数字があるか、ひとつお調べねがえないでしょうか。……はあ、申し上げます。一二一二四五です。一二一二四五。……はい、よろしくお願いいたします。（ト電話を切り、片桐に）結局早道だよ、本庁で調べてもらうのが……。

片桐　（残念そうに）しかし……。

南　（突然、松村に）さっきの、あれ、佐渡は何しに来たんです、松村さん。

松村　何か不得要領なことを言って帰ったよ。

南　あの野郎、沢井工業のストで動いてやがるでしょう。

松村　自分でそう言っとったよ。君にじっくり物をきかれると弱いって。

南　協力者がのこのこ署に現われたり、又ストを煽動に行ったり、その自分でストを煽動してる会社へ金一封をもらいに行ったり、世も末だね。

松村　（上の空で）ま、そういうことだな。

（ト上手の自分のデスクに坐る。みなみな執務する体）

（そのとき下手階段から制服の保安係、小肥りの面白そうな男、金沢あらわれ、部屋の入口で）

金沢　おい、今、署長がここへ来るぜ。執務状態が悪いってよ。執務中に飴玉《あめだま》なんかしゃぶってる奴がいないか。

山本　へんな難癖つけるなよ。この間のは咳止《せきど》め飴じゃないか。

（下手階段より、署長、制服姿で、雑誌記者を連れて登場。金沢これに礼をして保安の部屋へ消える）

（署長ら、公安係の部屋に入る。一同起立して挨拶）

署長　松村君。（ト呼ぶ。松村下手へゆく）こちらはね、雑誌の「アジア公論」の記者の方だが、「職場の父子《おやこ》」という連載の記事でね、公安警察の仕事に携わるヴェテランの刑事と新人刑事の話をききたいと言われるんだよ。君もまだ若いんだから、父子は可哀想だが、そこの片桐君か瀬戸君とだね、ひとつ、話をしてあげてくれ。
松村　はあ。
署長　むつかしい質問は出ないから、安心したまえ。私生活のほうは、君、一切ノー・コメントでいいから。じゃ、たのむよ。(記者に)会議中ですから、これで。
記者　どうもありがとうございます。
(署長、去る。皆々目礼する)
松村　係長は今いませんから、じゃ、あそこを借りて。
(ト上手係長の椅子にかけ、傍らに記者を坐らせる)
松村　片桐君、瀬戸君。
両人　はい。
(ト上手係長のデスクの前へ椅子をもってくる)
松村　で、どういう?
記者　まず、ざっくばらんに、御経歴と、それから、何か冒険的な思い出や、公安部の警官としての信念ですね、そういうものを。
松村　(多少気取って)出身は千葉県ですが、兵隊に行ってまして、復員してからすぐ警察《く》に入ったのです。昭和二十一年、新宿署でしたが、占領時代で、いや、いろんな口惜《や》しいこともあったね。女づれのＭＰが酔っぱらって来て、サーベルをどうしても欲しいっていうんで、取られそうになった。あのころはまだサーベルを吊ってたわけですよ。

記者　ははあ。（ト、メモをとりつつ）公安へ移られてからの武勇伝と云ったものは？

松村　武勇伝と云われると困るが、昭和二十三年の沈黙の凱旋ですな。例の洗脳されて帰ってきた帰還者大会のときだ。これに同僚と二人で潜入したんだが、いやもう、えらい騒ぎだ。場内はインターの歌声、赤旗の氾濫、私もインターを怒鳴りながら、同僚と腕を組んで潜入した。そこまではよかったんだが、入って人に揉《も》まれているうちに、ひょいと、偶然っておそろしいもんですな、ひょいと、顔見知りの党員に会っちまった。むこうはじっと私の顔を見つめていたが、そしらぬ顔をして向うを向いてしまった。立場を変えて、見のがしてくれたんだ、と私は思った。そのうち群衆のなかから、誰ともなく、「犬がいるぞ！　犬が潜入したぞ！」と叫んだものがある。私はどうもあの党員が煽動したんだと思いますがね。「犬がいるぞ！　犬をつかまえろ！」そういう騒ぎのあいだに、入口では赤旗がふりまわされ、みんなが肩を組んでインターを歌っている。歌っている連中は昂奮してて、この騒ぎに気づかない。「犬がいるぞ！　サツの犬が！」声が耳のうしろでしたと思ったら、いきなり肩先をつかまれた。こりゃいかんと振り切って、人ごみにまぎれ込み、どうです、又大声でインターを歌い出したもんだ。こんな具合に、（ト雑誌記者に抱きつくまねをし）、顔を見せないように歌ってる連中に抱きついて、歌いながら滑り出して逃げだした。……いや、そのときは署に帰るとみんな心配しておって、私ら二人の救出計画を練っていたところだそうだ。

記者　なるほど。先輩のそういう御苦労に対して……

（本舞台正面の卓上電話鳴る。松村あわただしく立上る。末黒電話に出る。松村耳をすます）

末黒　ああ、……末黒です。……へえ、そうかね……ああ……

松村　本庁かね。

末黒　(手をふって否定しつつ)うんうん……それで……はあ……

記者　先輩のそういう御苦労に対してですな、失礼ながらまだ経験の浅い若い後輩として、このお仕事にどういう情熱を、どういう信念を持っていられるか、ひとつ……

松村　瀬戸君、話してみないか。

瀬戸　いやあ、……私は……そのう……いやあ……別に。

記者　何でも遠慮なく言って下さい。

瀬戸　何というか、やっぱり、その、人を疑ってかからなければならん仕事ですから……

末黒 (電話口で)馬鹿野郎……何を言ってるか、今ごろ。……うん、じゃ又。(ト切る)

松村 (あわてて)片桐君、何か。

片桐 今、瀬戸君が言いかけたことですが、それも時折感じないわけではありません。しかし根本の問題は信念だと思うんです。それが、どう云いますか、結局、人を信じるということにつながって行くと思うんです。

記者 具体的に言えば、どういう……

片桐 具体的に言えばですね、具体的に言えば、先輩としての松村さんを絶対に信じるということのほかにないと思うんです。私はその信念を松村さんに教えられたんです。

記者 たとえば、さっきお話のあった左翼対策というような問題については……

片桐 警察官としては、左右両翼いずれの動きにも予断を以《もっ》て当るべきじゃありませんが、公共の秩序を破壊し……

記者 (遮《さえぎ》って)いや、よくわかりました。よくわかりましたが、あなた自身の意見をはっきり言っていただくと、助かるんですが。

片桐 個人的意見ですか?

記者 ええ、ええ、個人的……

（そのとき、係長の卓上電話鳴る。松村とび上って、受話器をつかむ。やがてがっかりする）

松村　はい……はい……公安ですが……はあ、係長は只今席を外してます。は？……南ですか？　南ならおりますが……おい、南君。

南　（立って来て電話に出る）南です。……は、はい。……はい。……はい。……はい。……じゃ、すぐ現場へ行きます。

（ト電話を切り、松村に何か耳打ちして、出てゆく）

記者　その、個人的意見で結構ですが……

片桐　思想問題を抜きにして言います。僕は社会をひっくりかえすために陰険な策謀をめぐらしたり、無辜《むこ》の市民を傷つけるような計画を立てたり、日本の歴史と文化の伝統を破壊しようと企てたり、そのために友を裏切り、恩人を裏切り、目的のためには手段をえらばぬと云った、そういう連中を憎みます、一市民として憎みます。これが僕の信念です。

記者　わかりました。つかぬことをうかがいますが、例の安保闘争のとき、あなた方は？

片桐　警察学校にいました。

記者　あの全学連の人たちを、警察官としてどう感じましたか？　質問が多少逸脱してるかもしれませんが……

瀬戸　あのとき全学連の女の子が、われわれに怒鳴った言葉はこたえたなあ。今でもときどき思い出しますよ。女子学生がですよ、かりにも教養のある女子学生がこう言ったのです。「そんな顔でお嫁が来ると思うか。もっと心を入れかえて勉強しろ。バカ。無智。人殺し」って。（笑う）われわれの親は貧乏で、心を入れかえて勉強しようにも、大学へ進めなかったんですからね。

記者　暗い記憶ですね。

瀬戸　いや、大して暗い記憶でもないです。ときどき思い出して笑いますよ。

片桐　まあ、女子学生にそこまで言わせた、大きな国際的陰謀があるわけですよね。

記者　（とぼけて）国際的陰謀といいますと……

片桐　（松村の目くばせに気づかず）わかり切ってるじゃありませんか。国際共産主義の陰謀ですよ。あいつらは地下にもぐって、世界のいたるところに噴火口を見つけようと窺《うかが》ってるんです。世界中がこの火山脈の上に乗っかってるんです。もしこの恣《ほしいま》まな跳梁《ちょうりょう》をゆるしたら、日本はどうなります。（いよいよ激して）日本国民はどうなります。日本の歴史と伝統と、それから自由な市民生活はどうなります。われわれがガッチリ見張って、奴らの破壊活動を芽のうちに摘み取らなければ、いいですか、いつか日本にも中共と同じ血の粛清の嵐が吹きまくるんです。(卓上の電話鳴る。いらいらして受話器をとりあげ)ちがいます！　(ト怒鳴って切る)地主の両足を二頭の牛に引張らせて股裂きにする。姙娠八ヶ月の女地主の腹を亭主に踏ませて踏ませて殺す。あるいは一人一人自分の穴を掘らせて、生き埋めにする。いいかげんの人民裁判の結果、いいですか、中共では十ヶ月で一千万以上の人が虐殺された。一千万といえば、この東京都の人口だ。それだけの人数が、原爆や水爆のためじゃなくて、一人一人、同胞の手で殺されたのだ。それが共産革命というものの実態です。それが革命というものなんです。こんなことがわれわれの日本に起っていいと思いますか。

(そのとき下手戸口に、立派なカイゼル髭《ひげ》を生やした交通係の名物巡査川添現われる)

川添　諸君！　今日も元気に働こう。寒さにめげず、貧乏にへこたれず。

末黒　又きちがいが来やがった。おい、川添よ、人の仕事の邪魔すんなよ。早く本町交叉点へ行って、蛸踊《たこおど》り一丁踊って来なよ。

(かまわず入って来てストーヴに当り、煙草をつける。記者それまでメモをまとめ)

記者　いや、どうもありがとうございました。若々しい信念をきかせていただいて、実に愉快でした。面白い記事ができると思います。どうもお仕事中をお邪魔して。

松村　いや、話らしい話も……

記者　いいんです。いいんです。このムードが大事なんですから。原稿できたら、署長さんに検閲してもらいますから、御心配なく。じゃ、どうも。

（ト挨拶して立去る。松村ら茫然としている）

川添　このところ朝の早番は強《きつ》いなあ。午後はこれで、ぽかぽかして、あったかい日もあるけんど。

堀　しかし、本町交叉点は一日中混んでるなあ。

山本　デモでも通ったら、お手あげだ。

川添　それが交通のふしぎなとこでよ、やっぱりポカリと空《す》くことがあるからな。ありゃどうしたわけかな。ポカリと、こう、雲のあいだの青空みたいに、まるで車の少くなるときがある。ほんの四、五分だけどな。ありゃどうしたわけかな。

末黒　（煙草をつけて立ってストーヴに当りつつ）何でもそういうもんだよ。のべたらにつづくものはないのさ。怒ったり笑ったり、好きになったり嫌いになったりさ。

川添　車の川にポカリ穴があくな。ありゃいいもんだ。ほっとして、この世の中がその間はまるきり平和でな、白っぽい道の日ざしが澄んでな、うれしいような気持がして来る。うれしいような、気落ちのしたような。そのときだよ。どういうもんだか、そのときだよ。きっとあれがきこえるんだ。

末黒　あれだと？

川添　あれだな。ゴゴー、ガガー、ブーブー、チリンチリン、ギギー、ガー、つう音がいっぱいだったのが、ふっと途切れて、そうすると必ずきこえるんだ。どうしてだか。耳のせいかもしれねえけんど。

末黒　あれがか？

川添　あれだよ。琴の音《ね》だよ。どこからともなく、コロリンシャン、コロリン……、何かこう、まどやかな音つうのか、……

松村　おい、片桐君。（ト舞台前面へ来る）

片桐　は？

松村　俺は一寸考えとるんだが……

川添　風の加減で、きこえなくなったり、又きこえたりする。

末黒　そんなもんさ。何でもきこえっぱなしというものはねえよ。

川添　それも決ってぽかぽかした午後の或る時間なんだな。その琴の音がきこえると、俺は何かうれしいんだな。心が休まるんだな。天のどこかから、きこえてくるような神々しい気持になってな。

堀　そりゃ川添さん、近所のどこかのビルの二階に琴の師匠がいるんだよ。管轄がちがうけど、外事係で調べて上げようか。

川添 (壁時計を見て)お、交代だ。こうしちゃいられない。じゃ諸君、元気に働こう。寒さにめげず、貧乏にへこたれず。

(ト戸口で敬礼して去る。堀、山本笑う)

山本 (腕時計を見て)こっちも時間だな。例の自称アメリカ人の件。そろそろ出かけるか。

堀 松村さん、例の件で日本ホテルへ行って来ます。昼までに帰れると思いますが。

松村 あ、御苦労さん。

(堀、山本出てゆく)

片桐 まずいことしました。つい昂奮して、ブンヤにあんなこと喋っちゃって。

松村 今もそれを考えとったんだが……

片桐 あいつ、ひょっとしたら、赤じゃないでしょうか。署長さんが丸め込まれていて。

松村 そんなこともあるまいと思うが、とにかく内容を署長の耳に入れておこう。活字になる前に、ぜひ署長が目をとおしてくれるように。

(ト立ちかかるとき、すぐ前の卓上の電話鳴る)

は、はい、松村です。は?……は……いや、返事をお待ちしてたところで。……はあ……はあ……え？　……はあ……そうですか。はあ……それじゃ、ひょっとすると……はあ……はあ……はい……まさかとも思いますが。……はい、続行します。そちらもどうぞ。……はい、ありがとうございました。

片桐、瀬戸　何か？

松村　公安一課じゃこう言ってるんだ。総理大臣が一月二十一日に、言論統制法問題で上越方面へ遊説に行く。こりゃ新聞にも出て、みな知ってることだ。表向きは自動車で行くことになっている。しかし総理は長い自動車旅行がきらいなのだ。高崎での第一回の演説ののち、総理は上越線の急行の越路に乗られるのだそうだ。これはまだ極秘になっていて、本庁の公安以外は知らない旅程なんだ。……急行越路が高崎を出発するのは、午後の二時四十五分だ。……さっきの数字は、一二一二四五だったね。それはこう読めるんだ。一月二十一日午後二時四十五分。

（片桐、瀬戸、凝然と松村を見る。末黒もストーヴからふりむいて、松村の顔を見守る）

（暗転）

2

（第一場のあくる日、一月十九日午後のおなじ部屋。幕あくと掃舞台、デモの歌声窓外にき

こえる。下手から制服姿の金沢と桑原入ってくる）

金沢　おや、誰もいないぞ。こりゃ泥棒が入るねえ。

桑原　ちょっと窓ぎわの特等席を拝借して、デモ見物をさせていただきます。（空のデスクに敬礼して）公安係長殿。われわれ保安の軟派は、こんなときには閑《ひま》でありますから。お留守中をまことに失礼いたします。

金沢　（桑原のセリフの間、窓をひらき）おお、来よるわ。来よるわ。仰山来よる。

桑原　（別の窓をあけて奥をのぞきつつ）この時に当って、交叉点の整理は髭の川添巡査か。ほう、役者が揃っとるねえ。

金沢　川添はこのさわぎのなかでもお琴の音をきいとるのかね。

桑原　ありゃあ、ほかの音が途切れてしんとしないときこえないんだそうだ。今日は一日だめだろう。

金沢　あいつはいつも真顔でそんなことを言うが、とぼけた男だからなあ。本当にきこえるのかどうかわかりやしないよ。こっちがかつがれてるのでなけりゃ、あいつが中耳炎なんだ。

桑原　どれもこれも気の利かないプラカードだなあ。言論統制法反対。宮本内閣打倒か。反対と打倒とで世の中を渡れる奴はお気楽だよ。

どうせここらは無事だろう。首相官邸まで行って気勢をあげるんだろう。

金沢　また右翼と激突か。右さんも左さんもよくやってくれるねえ。

桑原　こっちは高見の見物だ。デモで湧き立ってるあいだは、風俗犯罪も少いだろうよ。

金沢　そうは問屋が卸さんよ。きのう日本新聞に出てたじゃないか。政治的な昂奮は、ある場合は性的昂奮をかき立てるし、一方、性的変質者は世間がよそへ気をとられているチャンスを利用するってさ。二、三日前の事件だってそうだ。デモ帰りの女工員がざわざわ帰ってくる途中で痴漢にやられたんだろ。

桑原　あの事件は変だな。誰も犯人の影を見た奴さえないんだから。

金沢　要するに、どさくさまぎれというのはどこにもあるさ。

桑原　(窓を閉めながら)デモは一応管内を通過したね。さあ、もう部屋へかえってるか。

金沢　お迎え車が着くころだな。

桑原　今日はどんなお客さんが来るか。畜生、たまにはズベ公でも上玉が来ないかな。

金沢　この署の調室は、白粉《おしろい》の匂いとは縁なしだな。お客さんはみんな薄汚れた野郎ばかりと来てる。

桑原　調書をとりながら、虱《しらみ》をうつされちゃかなわんね。

金沢　まったく色気のない署だよ。

（ト、出かかるとき、入口で、学生服の新井にぶつかる）

新井　あ、あの兵頭先生はおられますか？

金沢　兵頭さん？　道場のほうだろう。おや、（ト、窓の建物を指さして）お隣りの東都大学の学生さんだね。デモには出ないのかね。

新井　（アッサリ）はあ、僕は柔道をやってますから。

金沢　柔道をやってるとデモに出ないの。

新井　はあ。専門がちがいますから。

桑原　そういえばこの頃署の道場にみんな来てるね。

新井　学校の道場が改築中なんで、その間お世話になってます。

金沢　いやあ、まあ、元気でやりなさい。

（ト、両人去ってゆく。入れかわりに柔道着に黒帯の柔道助教兵頭登場）

兵頭　おお、今日は存分稽古してくれよ。道場は空《あ》いてるから。さ、ストーヴのそばへ来たまえ。（新井もストーヴへ近寄る）わしと二人だけの話って何だね。それでわざわざ、道場を避けてこの部屋へ来てもらったんだが。

新井　いや、重大な御報告に来たんです。実は自治会の連中が、今度の言論自由法……

兵頭　言論統制法だろう。

新井　あ、そうでした、言論統制法反対で昂奮してまして、デモだけで治まらずに、この警察も襲撃しようなんて、不穏なことを言ってるらしいんです。
兵頭　そりゃ容易ならんことだ、ふむ。それで、襲撃って具体的にどんな。
新井　母校の恥をさらけ出すようで具合わるいんですが、やつらが署へ石を投げて、このへんの(ト指さし)窓硝子《まどガラス》をみんな割っちまえ、と相談してるのをきいた者があるんです。やつらは卑怯ですから、襲撃なんて云っても、顔を見られたくないんですね。それで僕らは、いつも署にお世話になっている御恩返しに、自治会の奴らを殴ろうと思うんですが、いかがでしょうか。多少のかすり傷ぐらいさせるかもしれませんが、僕らのまごころというか、志というか、それに免じて、大目に見ていただきたいと、前以てお願いしたかったわけなんです。
兵頭　ふうん、そりゃ大問題だな。……しかし俺の一存じゃどうも。……署長に相談してみよう。
新井　署長はいかんと言うに決ってますよ。
兵頭　そうかな。
新井　そうですよ。
兵頭　そんなら自治会のやつらを道場に引張ってきて訓誡《くんかい》したらどうなんだ。

新井　やつらは道場へなんか来っこありませんよ。

兵頭　それじゃ、君は、どうしてもやるか。

（そこへ下手より山田係長と松村が話しながら入ってくる。二人とも、もちろん私服である）

ああ係長さん、留守中お邪魔をしております。一寸この学生が密談があるちゅうんで。

山田　ほう、密談？

兵頭　隣りの大学の自治会の連中が、この窓に石を投げ込もうと相談しとるんだそうで。

山田　そうですか。そりゃせいぜい気をつけましょう。

兵頭　署長に報告しときましょうか。

山田　いや、いいでしょう。私から言っときましょう。窓には目貼りをしとくかな、空襲中みたいに。

兵頭　用心されたほうがいいですよ。おい、新井君、稽古へ行こう。どうもお邪魔しました。

新井　お邪魔しました。

（ト、二人出てゆく）

山田　困ったもんだ。あんな学生の情報をまともに受けるなんて。

松村　兵頭さんは人がいいからな。

山田　あの人は柔道だけに打込んでくれればいいんだよ。いつかも呑み屋のおかみにたのまれて、息子を警官にしてやると奔走してるうちに、その息子が窃盗で捕まっちまったんだからな。

(ト、二人笑う)

松村　ところで例の数字の情報の問題ですがね。きのう本庁の返事があってから、重大視して、すぐ片桐にヤサ当りをさせたんですが、アジトはもう藻抜けの殻で、トンズラしやがったあとだったんです。

山田　例のスケは？　ハウスキーパーってやつは？

松村　これも行方不明です。

山田　うむ。(ト考えていて)しかしだね、松村君、もしこの数字が君のいうように、総理の乗る列車転覆の大陰謀だったとしてもだ、アカはすでにその数字が洩れたことは感づいてるわけだな。

松村　まちがいはないでしょう。その数字の内容についちゃ何も知らない協力者の佐渡が、わざわざそれをタレ込みに来たんですから。

山田　それならだ。洩れた数字のとおりに、計画をそのまま強行する馬鹿はおらんだろう。その数字が洩れて、しかもアカのアジトから洩れたことがわかっていて、そのとおり危険を冒してやる馬鹿は……

松村　ですからこれは一種の陽動作戦で、わざと洩らしたのかもしれません。注意をこの情報の日時に惹《ひ》いておき、首相の身辺に危険を感じさせて、警察を奔命に疲れさせ、さてそのあげく、パクられても、はじめから麻雀の数字だったと云えばすむことです。何かの手蔓《てづる》で総理の秘密の旅程がわかったら、奴らとしても、いたずらの一つもしてみたくなるでしょう。

山田　佐渡はそのいたずらの手先というわけか。

松村　私はあの男を本当には信用していません。

山田　しかし単なるいたずらだろうか？

松村　そう思うことがもう奴らのワナにかかったことなんです。

山田　よし、単なるいたずらだと片附ければ？

松村　何か起ったときはわれわれの責任になります。係長、アカの手口はいつもこれじゃありませんか。まさか昭和二十四年の頃とはちがって、列車転覆の陰謀なんてありっこないとわれわれは常識上考えます。その考えの盲点を狙って、われわれを飛び上らせ、走り廻らせるのです。その日はもうあさってに迫っている。……まさかそんなことが、まさかそんなことが、……そう思っているうちにそれは本当に起るんです。

山田　総理の旅程を変えるように、われわれから進言すべきじゃないかね。
松村　それは本庁がやるでしょう。いや、すでにやってるかもしれません。
山田　自分のとってきた情報のような顔をしてね。……しかしだね、君、一二一二四五という あの数字は、何かほかの意味にもとれないだろうか。
松村　そりゃ何とでもとれるでしょう。ただ現在の情勢において、情報の出所に関して、ほかの意味にはとれないだけです。しかしそれが高崎の発車時刻だというだけで、列車転覆のどうのというのは、それはわれわれの推理にすぎません。
山田　そりゃそうだ。
松村　ただわれわれにはイヤなカンがあるのです。
山田　そりゃ否定出来んな。
松村　この冬空、デモの歌声、政府への怨《うら》み、政治的危機……こういうものを背景にして考えると、そこに浮んでいる意味のない一片の数字の雲が、嵐を呼ぶ雲になって、忽《たちま》ち頭上をおおうかもしれない、という感じがする。それに問題はあさってに迫っているんですよ。
山田　（考えていて）どうだ、君、これから高崎へ行ってみないか。
松村　はあ。

山田　早速署長に相談してみよう。一緒に来てくれ。
松村　はい。
（二人去ろうとするとき、いずれも私服の堀、山本、野津の帰ってくるのとすれちがい、挨拶を交わす）
（三人席へ着くとき、掃除婦まさ、アルミの大薬缶《おおやかん》を持って入ってくる）
まさ　皆さん、御苦労さん。今日はきのうに比べて、大分寒さがゆるみましたね。お茶がおくれてすみません。
堀　ああ、今かえって来たところだよ。
まさ　さいですか。
（ト三人の茶碗に茶をついで廻り、そのあと薬缶をストーヴにのせる）
山本　まささんは、署へ出入りの時計屋のじいさん、ほら、丹波時計店か、あれに結婚を申し込まれてるって、本当かい。
まさ　いやですね。うそですよ。そんなこと。
野津　赤くなったじゃないか。
まさ　ストーヴがあついからですよ。
堀　きかせろよ、まささんの気持。

まさ　いやですよ。本当にいけすかない。人が親切にしてあげればすぐそんな風に……
（ト、プリプリ怒りながら去る。三人笑う。電話鳴りひびく。野津出る）

野津　はあ、……林は不法入国で逮捕しました。……はあ、その他の容疑は今のところ別にありません。……はあ、カナダ人の件は、只今カナダ大使館へ行って調査して来ましたが……そちらでも、……はあ……そう願えるとありがたいんですが……はあ……ひとつその件お願いいたします。（ト切る）
（そのとき売店係の制服の巡査大川、二、三の袋を提げて登場）

大川　おい、即席ラーメンは要らんかね。

堀　野津君、こっちのラーメンなら毒の心配はないよ。国産愛用に限るぞ。

大川　今日は売店がちっともはやらん。押し売りに来たんだ。

野津　（小銭を出して）仕様がない、一丁置いてけ。……弱ったな。まささん、怒らしちゃったから作ってくれないぞ。
（電話鳴る）はい、……はい。え？　例の林が大陸の組織の一員らしい？　は、は、……例の中央委員の国外逃亡事件にも……はあ……はあ……まだ組織の全貌がつかめない……はあ……はあ……ええ……そうでしょう、そりゃ……じゃ早速。（ト電話を切る）

山本　お前が当ったな。畜生、百円やるよ。
野津　どうだ。大物だったろう。しかし、あの野郎、俺の取調べのときは何も言わねえで……、太え野郎だ。
山本　ほら、百円。
野津　しめしめ、これで巧く行きゃあ、今月中に貯金が予定額へ行くぞ。カメラが買えるよ。セコハンでも、れっきとした私物のカメラがな。
堀　官物でまさかヌードもとれないしな。
山本　（咳をしつつ）また咳が出て来やがった。おい咳止めの飴かなんかないかね。
大川　そんなものはないな。ドロップじゃどうだ。
山本　何でもいい。
大川　待ってくれ、すぐ持ってくる。
（大川退場。野津、立上り）
野津　じゃ俺一寸留置場へ行ってくるから。
（野津退場。入れかわりに、末黒、ジャンパーの若者を連れて入ってくる）
末黒　（見廻して）調室じゃ気づまりだろう。ここでと……そうだ、あそこが空いてる。あそこへ掛けなさい。

（ト若者に瀬戸の椅子をすすめ、自分は片桐の椅子にかける）

（堀、山本に）すまんね、一寸ここで調べをやるから。

堀　どうぞ。……何ですか？

末黒　ビラ貼り。……なあ。（ト若者の膝を叩いて）仰山貼ってくれたな。あっちの電信柱、こっちの電信柱。電信柱は花ざかりだ。「悪法を葬れ！　警察国家の再現をはかる反動勢力の陰謀を叩きのめせ！」か。やってくれたなあ。派手ですなあ。

若者　…………。

末黒　あ、ちょっと定期券を見せてくれんかね。

若者　…………。

末黒　駅で毎日見せてるものじゃないか。

若者　…………。

末黒　いやか。いやなら、まあ、仕方がない。……でもな、ビラ貼りは軽犯罪だしよ、勾留されても仕方がない。勾留されれば身体検査も仕方がない、そうすりゃあ、定期券も当然見られる、そうだろう、そんなら今出しちまいなさい。そのほうがさっぱりする。ね……。

（若者しぶしぶ定期券を出す。末黒その裏を見ようとする。若者、見せまいとする。末黒サ

ッと学生証を引張り出す）

学生証！　学生証！　これが見たかったんだよ。定期券なんか見たって仕様がない。（ト読む）東都大学一年生、なんだ、お隣りさんじゃないか、増田豊彦、二十一歳、……ほう、落第してるね。この写真君のだね。

若者　……ちがう。

末黒　ちがう？　この写真が君のじゃない？　へえ、他人の空似かね。へえ、これが？

若者　ちがう。友達のを借りたんだ。

（ト学生証を引ったくろうとする。末黒、とらせず、学生証を堀と山本に見せる）

末黒　どう？　たしかにこの人の写真だね。え？　そうでしょう。（堀、山本うなずく）な、誰が見てもそうだ。

若者　ちがう。友達のを借りたんだ。

末黒　（やさしく）なめるなよ。大人をあんまりからかうでねえよ。君がピオニール出の筋金入りだということはみんなわかってるんだ。

若者　…………。

末黒　党員なら党員でいいじゃないか。むかしとちがって、非合法でもねえ、そりゃ御自由だよ。党員でいいんだよ。身分さえはっきりさせてくれりゃ、何も引っぱらなくてすむんだよ。こっちもね、むりやり引っぱりたくはねえんだから。

若者　……………。

末黒　黙秘権か。むかしはこんなものはなかったねえ。ちぇッ、むかしはねえ。……俺はね、盆栽が好きでね、むかしから道楽でよく集めたもんだ。貧しい給料のなかから、ポチポチとね。木は素直でええよ。素直で。いい枝ぶりに作ってくれりゃ、そのままになってる。もっとも俺は直幹が好きだがね。

若者　……………。

末黒　今の警察には拷問はないんだよ。いくら頑張ったって、君は英雄にはなれないんだよ。わかっておくれ。こんなつまらんこと、公判にもってくに及ばねえよ。

若者　……………。

(山田係長、片桐、瀬戸と共に入ってくる)

末黒　あ、係長。ここのほうがくつろいで話せると思って、ここで取調べを……

山田　うん。

末黒　じゃ、まあ、調室へ行こう。何だい、早く言っちまえば、ここだけですんだのに。

(山田、上手奥の自分のデスクへゆき、片桐、瀬戸これに従う。入れかわりに、末黒、若者退場。さらに大川入ってくる)

大川　おい、ドロップ、誰だっけかな。
山本　俺だ。いくら?
大川　十円。
山本　(払いながら、山田に)一寸咳が出るもんですから。
山田　気をつけなくちゃいかんな。
大川　(片桐に)おい、ラーメン要らんかね、即席ラーメン。
片桐　今それどころじゃないんだよ。

(大川退場)

山田　……そういうわけで、松村君は高崎へ出張だ。
片桐　あの情報自体は本庁へとられてしまったんですね。
山田　総理大臣の旅程はクルクル変るだろう。ともかくそれについちゃ本庁が点数を稼ぐだろう。松村君は独自の活動をして情報を取ってくるから、君らはそれに協力すればいいんだ。
片桐　しかし僕らは……
山田　今は何の用もない。席について、大人しく執務してるんだ。
片桐　しかし、こんな場合に……

山田　こんな場合もあんな場合もない。君らが体を張る時は、きっと近いうちにあるよ。
片桐　はい。
(片桐、瀬戸、自分の椅子に戻る。——一同しばらく沈黙)
堀　ばかに静かだなあ。言論統制法の嵐吹きまくる只中に、こんな台風の眼みたいな静けさがあるんだな。
山本　これが例の川添巡査の、琴の音のきこえる瞬間さ。
瀬戸　ポロロン、ポロロン、コロリンシャンか。
片桐　よせよ、お前、気が散るじゃないか。
瀬戸　何か考え事でもしてるのか。
片桐　松村さんのことだ。
瀬戸　松村さんがどうした?
片桐　お前、おぼえてるだろう、警察学校の二階の資料室に、二・二六事件の殉職警官の血染めの制服が、ガラスのケースに納まって飾ってあった。
瀬戸　忘れるもんか。入学してはじめてあれを見せられた晩はうなされたぜ。
片桐　その晩、消灯後にお前とひそひそ喋ったこと憶えてるか。
瀬戸　ああ。よく憶えてる。あの殉職者の遺品な。ブローニングの中型拳銃だの、呼笛《よびこ》だの、警察手帳だの、それから血染めの制服や股引が飾ってあった。時間がたつと、血はタールみたいに真黒になるな。制服の白い内側にも、黒いタールみたいなのが、一杯こびりついていた。……あの晩、俺はつくづく考えたよ。一体彼は誰のために死んだんだって。彼が命を賭けて護った伯爵はうまく逃げのびて永生きした。

片桐　総監の弔辞があったな。まだおぼえてるよ。「諸士は各々職司を守って、挺身勇奮、敢然として之《これ》に抗し、奮闘数合、力尽き肉裂けて、遂にその職に斃《たお》る。悲壮惨烈、いずくんぞ痛悼にたえんや」

瀬戸　軍人は国のために堂々と死ぬのだからいい。しかしわれわれは……

片桐　たしかにお前はそう言ったな、俺もそのときはたしかにそう思ったよ。……しかし、今となっちゃ、考えがちがってきた。それは松村さんに会ってからだよ。

瀬戸　どうして？

片桐　松村さんに会ってから、俺はこの人こそ、血染めの制服をガラスのケースに残すことのできる人だと思ったんだ。何故ってあの人は、職務のためには火の玉のようになる人だ。どんな下らない職務のためにも。……考えてもみろよ、二・二六の将校は英雄になったが、彼らに射たれて死んだ警官は名前も忘れられ、ただガラスのケースの中の英雄になった。俺たちは永遠の脇役で、権力と叛逆者の板ばさみになって、つまらない人間のためにも身を捨てるんだ。そのとき残るものは何だと思う。同じ立場の俺たちの間の信頼だけだ。……いつか松村さんが、一杯呑んだときにこう言ってたよ。「俺を信じて、ついて来いよ。俺はバカだから、俺のやるとおりやってれば、お前も立派に一人前のバカになれる」って。

瀬戸　松村さんらしい言い方だな。……しかしお前もほんとに、血の気が多いんだな。すぐ体を張るの、命を賭けるのと考える。警察官も一つの職業だよ。人を疑うのが商売で、それに徹すりゃいいんだ。疑ってるうちに、カンも発達してくる。そうすりゃ、疑わないでいいことと、疑うべきこととの区別がついてくる。善良な市民に迷惑をかけるおそれもなくなる。実績も上ってくる。そうなるための第一歩は、まず何でも疑ってかかることだ。人を見れば泥棒と思え、さ。まずそこからはじめるんだ。そうして疑う技術を洗煉するんだ。人を信じるだの信頼するだのって、耳や目が遠くなってからでもゆっくりできるぜ。

片桐　それでお前淋しくないのか。

瀬戸　淋しいもへチマもあるもんか。俺は俺一人さ。生きるも死ぬも俺一人さ。

片桐　松村さんがこれを聞いたら嘆くだろうな。お前は友達も信じないのか。

瀬戸　さあ、そう言われると一寸困るが、いくら信じたって、死ぬときは別々だよ。

片桐　じゃ友達も疑うのか？
瀬戸　さあ、それがわれわれの宿命だろ。
片桐　信頼だけが生甲斐だと思わないか。
瀬戸　さあ、人にはいろいろ生甲斐があるさ、末黒さんには盆栽……
堀　俺には女、か。
山本　おいおい、討論会はやめて、せめて仕事をするふりでもしろよ。
（しばらく間）
片桐　（突然）係長、おねがいがあります。
山田　え？
片桐　私をあさっての、越路に乗せていただけないでしょうか？
山田　何だって？
片桐　高崎発午後二時四十五分発の越路の機関室に。
山田　乗ってどうするんだ。もし転覆すれば君も助からんぞ。
片桐　自分の蒐《あつ》めた情報にギリギリまで責任を持ちたいんです。機関室から線路を見張って、転覆の一瞬前に、つかめるだけのものをつかんでやります。たとえ重傷を負っても、証人台に立ちたいんです。見るだけのものを見て、目撃者として、最後まで戦います。私は死にません。絶対に死にません。

（一同沈黙。柔道着の兵頭と新井、手拭で汗を拭き拭き入ってくる）

兵頭　やあ、係長さん、ちょっとお邪魔します。

新井　（正面下手寄りの窓に近寄り）あそこの窓が自治会です。（ト学校のビルを指さす）

兵頭　（窓ごしにのぞいて）まだ不穏な形勢は見えないようだな。

新井　はあ。

兵頭　ありゃ何だ。君の大学じゃ、トレーニング・パンツを窓に干すのか。

新井　はあ、お恥かしいです。

兵頭　灰いろのトレ・パンがぶらぶら揺れとるわ。風が出て来たようだな。

新井　はあ。風ですか？

――幕――

第二幕

1

（一月二十一日朝。窓外に小雪）
（幕あくと、地図をかこんで、山田、松村、片桐、瀬戸が話している。他は末黒《すぐろ》一人だけで、ストーヴに当って、本を読んでいる）

山田　松村巡査部長が得た情報をくりかえすと、こういうことになる。松村君は高崎方面の右翼団体高志会の会員と知り合って、思いがけない情報を得た。松村君は本庁側が左翼情報に集中している穴を狙って、右翼へ探りを入れたわけだ。そして高志会の一部尖鋭分子が、未確認の指令、某政党の上層部の指令らしい、と彼らは言っているが、この指令に従って、動きはじめていることを知った。かれらは、武器、すなわち、拳銃、手榴弾《てりゅうだん》各数十ヶの受取のために、（地図をさして）ここに集合することになっている。高崎市から北方三キロの赤土附近の、この小さな丘陵にある廃屋だ。木立にかこまれた古い小さな百姓家で、農具置場に使われているらしい。そしてだ、この秘密の集会と列車転覆の陰謀とのつながりはまだわからぬ。いいか、つながりはまだわからぬ。明らかに関聯性をみとめれば、本庁へ報告すべきだが、わからぬのだから、本件は、あくまで本署の独自の情報活動に基くものとして、独自に処理する。（一同顔を見合わせて微笑する）

強いていえば、二つの関聯性がある。一つは、その集合時間が、本日一月二十一日の午後二時半から三時半までの間ということで、急行越路の通過時間がそれに含まれることだ。もう一つは、小屋の位置から、多分、上越線の線路が見下ろされることだ。これだけだ。いいかね。これでは関聯性がみとめられたとは言い難い。（一同又《また》顔を見合わせて微笑する）従って、本庁へ報告する必要をみとめない。

しかしながらだ、本町署はそのために多くの署員をここへ派遣することはできない。一名だけ派遣して、高崎警察署の援助を得て、五、六名の一隊を作って現場へ張り込ませることにした。さあ、松村君、指名したまえ。

松村　（永き間《ま》ののち）片桐君、行って来い。

片桐　(感動して)はい!

松村　ひょっとすると生命の危険がある。もちろん拳銃は携行する。

片桐　はい!

山田　成果が挙ったら、ただちに本庁へも俺から報告する。その時は金鵄勲章《きんしくんしょう》ものだ。

松村　男子一生に一度あるかないかの機会だぞ。それから、現場で集合した奴らの逮捕を完了したら、直ちに現場をよく調査する。いいか、怪しい小屋だから、どんな仕掛があるかわからん。この調査は綿密にやれ。

片桐　はい。逮捕完了後は、現場の調査は綿密にやります。

松村　よし。

瀬戸　おい、片桐、しっかりやれよ。

片桐　ああ、頑張るぜ。

山田　この地図は持ってゆけ。

松村　あわてずに悠々とやれよ。骨は拾ってやるから安心しろ。

片桐　はい。

松村　あ、係長さん、例の協力者の佐渡を待たせてあるんですが、もし何か関係情報を持って来ていたら、片桐君の出発前に会っておいたほうがいいと思うんですが……

山田　そうだな。……うん、……よかろう。みんな本件については、佐渡に気取《けど》られないように。片桐もしらん顔をして出ろよ。

片桐　はい。

（松村、下手へゆき、階段の上から佐渡を呼ぶ。佐渡上って来る。二人で本舞台へ来る）

松村　何の話だ。

佐渡　いや。一身上のことでお願いが。

松村　うるさいな。人の女房でも盗んだのか。そこまで面倒を見きれないよ。

佐渡　そうじゃないんですが……

松村　全然一身上のことだね。

佐渡　ええ。

松村　よし。（ト考えていて）じゃ、片桐君、出かけたまえ。

片桐　はあ。（トさりげなく行きかかる）

松村　（呼びとめて）あ、一寸《ちょっと》待て。（ト金のネクタイ留をとって、片桐に渡そうとする）これを持ってけ。

片桐　え？　これを？　こんな貴重なものを。

松村　いいんだ。持ってゆけ。（ト下手ずから片桐のネクタイに留めてやる）

（これを佐渡じっと見ている。その見ている佐渡の姿を、末黒が本から目をあげてじっと見る。佐渡ふりむいて末黒と目をあわせ、あわてて目を伏せる）

片桐 （感激に涙ぐんで）ありがとうございます。行ってまいります。

松村 やあ、待たせたね。何だい、一身上の話って？

佐渡 いや、それがね、私にも似合わずドジを踏んで、タレ込みが党にバレちゃったらしいんです。このまま行ったらリンチをくらって、半死半生の目に会わされる。半死半生ならまだしもひょっとすると……

山田 （近づいて）だからどうだというんだね。

佐渡 おねがいですから、私にボディ・ガードをつけて下さい。二、三日の間でいいんです。二、三日つけて下されば、その間に身のまわりの整理をして、高飛びする当てもあるんですから。

山田 ………。

佐渡 いいじゃないですか。私だって、ボディ・ガードをつけるには、本庁の指令が要ることはわかってますよ。しかしここは非公式に、二、三日だけ、ね、おねがいですから。女房のおびえ方も可哀想なほどなんです。今私の身に何かあったら……。

山田 何かあったら、って、除名処分程度ですむんじゃないか。お宅の党には、裏切り者はめずらしくないだろう。

佐渡　そんな冷たいこと言わないで、係長さん。大ぜいいる中の一人じゃありませんか、二、三日私にかかりきりになったって。

山田　うちはみんな手がふさがっているんだよ。

佐渡　ひどいなあ。私が今まで協力者として、どれだけ情報を提供してきたか、思い出して下さいよ。

山田　とにかくうちにはそんな閑《ひま》な人間はいませんよ。

松村　係長さんがああ言われるんだから、諦めろよ。いいことを教えてやろう。あんたがストをやらせてる会社の重役からは、いつも金一封をもらってるんだろう。その重役のところへ頼み込んで、スト破りの暴力団をつけてもらえばいいじゃないか。そうすりゃ、スト破りに護られながらストを煽動することになって、一石二鳥じゃないか。

佐渡　そんな無茶な。

松村　無茶なって今更無茶におどろく君じゃなかろう。

佐渡　ねえ、係長さん、おねがいだから。

山田　うるさい！　とっとと出てけ！　お前のような虫けらは、半殺しになろうとこっちの知ったことじゃないんだ。お前なんかにつけてやれば、警察官の名前がけがれる。

佐渡　へえ。じゃ、今まで私をさんざん利用してきたのは、警察の名誉なんですか。

山田　うるさい！　黙れ！　とっとと出てけ！

（ト佐渡の肩に手をやり、押し出す。佐渡逃げ去る）

（松村に）もうあんな奴は署に入れるな。あいつの歩いたあとは、クレゾール消毒でもしてやりたくなる。

松村　党に用のなくなったやつは、こっちにも用はありませんよ。

山田　さて、これから署長に報告に行くか。

松村　はい。お供します。

山田　瀬戸君、電話じゃ埒《らち》があかんから、君、これから本庁へ行って、今日の事件の予想について新情報があったら、貰ってきてくれ。

瀬戸　はい。

山田　昼までには帰って来いよ。今日の午後は、高崎にいる片桐君の動静を、みんなでこの部屋からじっと見守るんだ。

（三人それぞれ出てゆく。入れかわりに、まさ入ってくる）

まさ　おはようございます。

末黒　おはよう。

まさ　今朝は皆さんばかにお早いんですねえ。

末黒　ああ、何か事件があるんだろう。

まさ　本当にこんな雪の朝、御苦労様ですねえ。頭が下りますわ。

末黒　俺には頭が下らんだろ。ストーヴにへばりついて、たまにちっぽけな仕事をする。ビラ貼り学生を取調べる。……あとは、何も見ない。何もきかない。つんぼ桟敷《さじき》で、きこえるわけもない。

まさ　まあ、そんな。（茶を出し）はい、お茶が入りました。末黒さんなんか、むかし苦労なすったから、今は楽隠居でいいんですよ。

末黒　むかし苦労か。むかしはなあ、アカを引張ってくると、一匹は調室の机の下へ蹴込んでおいてさ、一匹は外に置いといてねっちりねっちりやったもんさ。あとで、机の下から引張り出して訊問すりゃ、こりゃもう楽だよ。白切《しら》るわけに行かねえよ。てめえの耳で、仲間が泥吐いたのをきいてんだから。前の奴は前の奴でよ、まさかお前、机の下に仲間がちぢこまってるとは知らねえから、何でもペラペラ、うっふっふ、うっふっふ。（ト茶にむせて笑う）

まさ　（背を叩いてやりながら）誰でもさかんな時がありますからねえ。誰でも一生に一度はそういう時があるもんだって言いますねえ。

末黒　あのころに比べると、今の法律はわからんことだらけでなあ。こうやってよ、警察学校の小僧ッ子の教科書を勉強してるけどよ。

まさ　えらいもんですねえ。なかなか出来ないこってすよ。……こりゃ積りそうもないですね。

末黒　え？

まさ　雪がね。積りそうもないですわね。

末黒　この質疑応答を見てごらん。（ト頁を繰りつつ）うん、ここだ。「三十歳位の男が」だよ。

まさ　へえ、三十歳位の男が。どんな風采の？　優男なんですか？

末黒　そりゃ書いてないがね。「今この先で、小型四輪車がこれを落して行きました」と言って、即席ラーメンを派出所へ届けて来た。いいかね。すると、そのラーメンは半分は土がついて汚れており、喰べられるのは半分だけという状況であった、と。いいかね。これは派出所で適宜処分してもよいかどうか、ちゅうんだ。

まさ　だって、あなた、そんな土がついて汚れたもの。喰べられやしないでしょう。

末黒　だから、あんたが派出所のお巡りさんだったら、どうする？

まさ　ごみ箱に捨てちまいますね。

末黒　それがいけない。警察署に差出さなくちゃいけない。それは何故かというに、ラーメンは、警視庁遺失物取扱規程第九条の派出所取扱制限物件にいわゆる「毀損《きそん》のおそれある飲食物」であるから、たとえラーメンの半分が土に汚れとって、従って商品価値がなく、公売に附しても買受人がないような場合であっても、遺失物法第二条第一項の規定によって、これが廃棄処分の権限は、ただ警察署長にのみ与えられとるんだな。だから、半分土に汚れたラーメンは、派出所で処分してはいけない。洗って食べてもいけない。ごみ箱に捨ててもいけない。

まさ　へえ、ややっこしいもんですわねえ。

末黒　わかったかね。

まさ　わかりませんね、さっぱり。でも男の方の仕事って大変なもんですねえ。私なんぞ、お掃除して、お茶入れてりゃいいんですからねえ。

末黒　男の仕事はねえ、まあ、そりゃあ大変だ。

まさ　汚れたラーメンまでねえ。

末黒　署にいるとさ、汚れたラーメンやら、汚れた人間やら、いろいろやってくるよ。薄汚れてるのは俺ばっかりじゃねえよ。むかしはねえ、俺も正義のかたまりだったけんど、おしまいにはどんな正義も、この机一つの大きさしかないことがわかってくらあな。

まさ　大した寸法じゃありませんね。

末黒　まささんのお尻《けつ》ぐらいの寸法さ。

まさ　ひどいわね、末黒さんまで。私のお尻のどこが大きいんです。ほんとうに承知しませんよ。みんなで私をからかうんだから。

（そのとき、ドヤドヤと、剣道助教朝倉を先頭に、南、堀、山本、野津、皆剣道の稽古着姿で竹刀を持って入ってくる）

朝倉　汗が引くと寒くなるぞ。気をつけろよ。

南　今日の寒稽古は、はじめのうちは手足が凍えたな。

堀　いい当りで、スポッと寒さを忘れた。どうでした、今日の？　朝倉先生。

朝倉　ありゃ、たしかにいただいたな。今度は十倍にしてお返ししよう。

まさ　皆さん御苦労様。雪の日に本当に大へんですね。今、お茶を出しますから。

朝倉　来月の対署試合も、この調子だとどうなるかわからんね。

末黒　わからん、わからん。

朝倉　全くわからんね。デモはひどくなるし、何かえらいことになりそうだ。

山本　われわれ外事係も、今日は昼からデモの警備に狩り出されるんです。
朝倉　(竹刀をとって)やっぱりこの要領だよ。竹刀の代りに警棒を手にしてもだな、うんと間合を詰めた稽古と同じ、こう撃ってゆく。相手が昂奮すればするほど、隙《すき》だらけだ。(竹刀をふるって)腹背に敵を受けても、その敵が五人であっても、十人であっても、……
(このとき第一幕で、保守党代議士のボディ・ガードとなった森が入ってくる)
森　おや、係長は?
末黒　おう、森君か、どうした。係長は今、署長室だよ。すぐ帰るだろう。
堀　おや、お前、かえってきたのか、職務怠慢だぞ。(などと皆がガヤガヤ言う)
森　いや、御本尊がゆうべから風邪で寝込んだんだよ。八度以上の熱で、今日一日は大丈夫起き上れないよ。おかげで、こっちはボディ・ガード休業だ。拳銃の代りに、目下のところ、(ト机上の鉛筆で注射する手ぶりで)注射器が護ってくれてるよ。
山本　そりゃ御苦労さん。
南　どうだ、ボディ・ガードは?　何か余徳があったか?　きれいな娘さんでもいて。
森　余徳どころか、護衛の最初の晩から、家には宴会だと嘘をついて、二号さんの家へ連れて行かれたのにはおどろいたよ。それが又チャチなアパートでね。差向いで晩酌がはじまると、俺のいるところがありやしない。仕方がないからアパートの中庭をうろうろして待ちながら、出入口を見張ってたんだが、こっちは体が凍えてかちかちさ。それで出て来て、大将、たった一言「御苦労」と来るんだから。……それが又、うれしくてたまらないらしいんだ。女の手前、護衛つきでやってきたのが、得意なんで、「どうだ。大臣級だろう」なんて威張ってた。（話のあいだ、みなみな笑う）ひょっとすると、その晩も、俺を見せにわざわざ妾宅《しょうたく》へ出かけたのかもしれないんだ。もっと疑えば、ボディ・ガードが欲しさに、脅迫状を偽造したんじゃないのかな。

南　防弾チョッキは着てるのかい？

森　これも何だか、虱《しらみ》のたかった千人針みたいのを肌身離さず……

堀　怖がってはいるんだろう？

森　どこまで芝居だか、何が何だか、さっぱりわからねえな。俺にむかって、「君もわしも一朝事あるときには、お国のために命を捨てる覚悟の要る仕事だ。男子の本懐というべきだな」なんて大言壮語する。

山本　奥さんはどうなんだ。

森　奥さんはほんとにびくびくしてるよ。びくびくはしてるけど、俺が行ってもお茶一つ出さないところは徹底してるな。

朝倉　（義憤に耐えかねて竹刀をふりまわし）そんな代議士がいるから国が危なくなるんだ。そんな穀《ごく》つぶしは叩ッ切ってしまえ！　右も左もあるもんか。腐った奴はぶった切るんだ！　（ト竹刀をふりまわしつつ出てゆく）

野津　それはそうと、君はまだ知らんだろう。今日の午後、上越線の高崎附近で、列車転覆の大事件が起るかもしれないんだ。

森　へえ。そんなことが前以《もっ》てわかるのかい。

野津　わかるのが妙なところなんだ。それにこの列車には総理大臣が乗車する筈になっている。

森　それだけわかってりゃ総理が乗るわけはないだろう。

野津　まず乗るわけはないだろう。

森　乗らなけりゃ列車を転覆させてもつまらんだろう。つまりそんなことは起きっこないよ。

野津　それがそうは行かんところが奇妙なんだよ。

森　一体誰の陰謀なんだ。

野津　国際共産主義の陰謀としか考えようがないね。

末黒　左だか右だか、右だか左だか、上だか下だか、下だか上だか……

山本　末黒さんが又へんなご託宣をはじめたよ。

末黒　廿歳《はたち》のときから十五年つとめて、それからパージになって、苦労に苦労をして、復職してから又新規蒔直《まきなお》し、それで給料がお前さんたち若いもんと同じとはね。わからんものはいくら考えてもわからん。列車転覆も同じこったな。わからねえものはいくら考えてもわからねえ。

森　（窓に近づき）やみそうでやまないな。いよいよ破防法適用の事件が起るか。雪のふり方ってやつは、何だか様子ぶってるな。

山本　（末黒に近づき）しかしなあ、末黒さん、辛抱だよ。何事も辛抱だよ。停年までつとめれば、二百万ぐらいの退職金は固いよ。

末黒　さあね、平巡査じゃどうだかね。停年になったら盆栽屋で商売するか。

山本　だって、本俸だろ、特別勤務手当だろ、家族手当だろ、暫定手当だろ、宿直手当だろ、超過勤務手当だろ、あれこれ入れて、松村さんあたりは手取いくらもらってるかな。

末黒　松村さんでも四万になるかならずだろ。

野津　（堀と話す）なあ、安保のときみたいに、こうなると浦塩《ウラジオ》あたりにソ聯軍が集結してるかもしれんぜ。

堀　不良外人の動きも、何かこう、意味ありげになってくるな。

野津　ただの出入国管理法違反というより、その裏に何かもやもやしたものがあるな。金になるんだよ。騒動は金になるんだよ。

森　（南と話す）ストライキはその後どうなんです。

南　下手すると安保のときみたいに、ゼネ・ストへ向って行くかもしれんぜ。私鉄の労組なんか大分ピリピリしてる。

森　俺も岡村晋五郎先生のお供で妾宅がよいじゃ、浮ばれねえなあ。

南　今日だよ。今日の雪が、何だか新局面を展開するような、妙な予感がするじゃないか。

末黒　（山本に）だっておめえ、とられるほうも大《でか》いからな。所得税だろ、地方税だろ、共済組合費だろ、それから、ええっと、互助会費だろ、だんだんとられて身を削られてよ、雪はふるふる、年はとるばかりよ。

山本　今日はばかに静かだなあ。嵐の前の静けさというんか、全く末黒さんのおかげで気が滅入るよ。

野津　（堀に）この雪の中のあちこちで、毛唐や三国人があいかわらず、悪事をたくらんで動きまわってる。

堀　しかし管内には麻薬犯罪がなくて助かるよ。
野津　白い悪魔の粉のごとく、麻薬のごとく雪はふる、か。
森　まだ係長はかえらないね。
南　松村さんも一緒に行ってそのままだ。
末黒　(突然)俺はどうも松村ってのは気に喰わねえよ。何だかしらぬが、虫が好かねえよ。虫が好くものなら、とっくに好いてるよ。いつまでたっても虫が好かねえよ。
(一同呆れて末黒を見守る)
(暗転)

2

(前場の翌日。一月廿二日朝。曇り)
(幕あくと、松村、森、木村を除き全員がいて、騒然としている。山田係長は一人黙然と執務している。中央の片桐をとりかこみ、皆々新聞をよみ、且つ片桐と話す。片桐、金のネクタイ留をしている)
片桐　新聞の今日の風向きはどうなんだ。
瀬戸　きのうの夕刊と大して変らないね。

南　まあ、きのうの夕刊の記事に出たのは、ずっと遅い版だけだから、今日の朝刊で、改めて詳しく報道してるわけなんだ。
山本　どうだい、一面全部、列車転覆の記事じゃないか。
堀　ほかで写真で一頁つぶし、あとは三面記事で、被害者の遺族訪問やら……
野津　死者三十五名、きのうより五名ふえたな。
南　まだまだふえるよ。人相もわからない死体《マグロ》がいっぱいあるんだ。
片桐　畜生！　どうして本庁は、俺が折角つかまえた数字を発表して、世間に警告してくれなかったんだ。そうすれば少しは被害が……
末黒　ひでえ写真だな。やれやれ、アカのやることはどぎついよ。可哀そうに、まあ、罪のない人間が……
山本　「明らかに故意の転覆、政府重大視」か。起ってから重大視してもはじまらねえな。
南　国鉄はやれやれってとこだろう。今度はちゃんと犯人がいるんだから。
堀　「社会不安醸成の意図」か。
野津　どれもでっかい活字だな。現場の惨状ばっかり説明して、総理大臣が乗る筈だったってことは一言も書いてないぜ。そっちの新聞を見せろよ。……これにも書いてない。「総理、高崎遊説よりいそぎ帰京」か。ははあ、これでわかる奴にはわかるっていうわからせ方だな。
南　一体どうなるんだ。こんなことで日本は。
片桐　畜生！　どうして本庁はあの数字を……
瀬戸　嘆くな。嘆くな。お前には何の責任もないんだ。
末黒　やってくれたな。野郎、とうとうやってくれたな。
堀　見ろよ。「現場は足の踏み場もない混乱、車輪の下からきこえる呻《うめ》き、もぎとられた片足、線路は血と膏《あぶら》でぬるぬるして、この世からの地獄図である」そうだろうなあ。ただの事故の記事とちがって、文章まで混乱してるよ。
山本　「政府いそぎ閣議を召集」今さら閣議をひらいてどうなるんだ。「この種の事件の頻発を警戒」か。こっちはやるだけのことはやってるんだよ。
片桐　畜生！　せめてあの数字を公表していれば……。それで新聞の風向きはどうなんだ。誰がやったと云ってる？　俺は自分で新聞を読むのはもういやなんだ。
瀬戸　どの新聞も一貫してるよ。このごろは何の事件が起きたって同じだが……
片桐　だから新聞は何と云ってる？
瀬戸　「左翼の一部尖鋭分子の策謀か」

片桐　ほかの新聞は？

瀬戸　「極左の破壊活動の疑い」

片桐　ほかの新聞は？

瀬戸　「破防法適用か？　左翼の破壊活動の疑い濃し」

片桐　そうだ。そうだ。みんな左翼の仕業だと思ってる。このデモ、この不安、この頻発する政治スト。誰だって暴力革命の序曲だと思うだろう。俺もそう思いたい。そう信じたいよ。きのうの朝までの俺ならそう信じたんだ。それで首尾一貫するんだ。そのほうがよかったんだ。しかし……

南　見ろよ。このニュースだけは夕刊に出ていなかった。しかもこの日東新聞のスクープらしい。見ろよ。「現場附近に落ちていた無電受信機……」

片桐　それだ！

南　「現場附近に落ちていた無電受信機。犯人の手がかりの唯一のものとして、現場附近に落ちていた再生検波受信機がある。事件は二時五十一分、すなわち『越路』が高崎出発六分後、井野・新前橋間で起ったが、草むらに放置されていたこの無線受信機は、事件直前まで受信していた形跡がある。これによれば、数キロ遠方から指令が発せられていたものとみられ、目下その無線送信機の所在を探索中である。この発見によって事件の解決に、意外に早い曙光を見出すことになるかもしれない」

片桐　それだ！　それなんだ！　その送信機はもう発見されたんだ。

堀　どうしてお前にそんなことがわかる。

片桐　俺が発見したんだ！

（一同おどろく）

きけよ。出勤してから、まだ武勇伝を話す暇もないじゃないか。その送信機は俺が発見したんだ。

一同　へーえ。

片桐　俺はきのう、松村さんの情報で高崎へ行ってたんだ。高崎署から五人の警官隊をたのんで、六人で、高崎北方の赤土附近の丘陵へ出かけたんだ。俺は出かける前に、そっとこのネクタイ留に手をふれて祈ったよ。これを着けてると、松村さんがついていてくれるようで、気分がシッカリするんだ。松村さんと一緒に歩いているような気がするんだ。雪がちらほら降ってた。人通りが少なくて、潜行するには具合がわるかった。しかし途中二、三の村の人らしいのに会ったが、怪しまれた様子はなかった。その丘陵の名は附近で三河山とかいうんだが、そんなことはどうでもいい。……俺たちは田圃の畦道《あぜみち》をわかれわかれに行って、その三河山に接近した。丘陵は上越線の線路の近くにあって、雑木林に包まれている。枯木ばかりで姿を隠しにくいが、とにかく丘の上へ着いて時刻を待ったんだ。

そこに一軒の朽ちかけた小屋がある。もとは百姓家で、今は住む人がなくて、農具置場になってるんだ。雪はあいかわらずやまない。あたりの枯草がほんのり白くなっていた。俺は枯草のなかに体を押しつけて、じっと様子を窺《うかが》ってた。

二時半ちかくなったとき、三人の男が丘の道を上ってきた。時計を見ていそいでいる様子だった。一人は中年で、二人はまだ二十代に見えた。目立たないジャンパーや半外套を着て、レインハットや鳥打をかぶり、三人ともゴム長を穿《は》いていた。みんな体格ががっしりしていて、一見労務者風だった。

三人は小屋へ入った。俺は雪のちらほらふりかかる腕時計を、じっと見つめていた。二時三十五分、二時四十分、いよいよ俺がつかまえたあの魔の時刻が近づくんだ。二時四十五分、四十六分、……そのとき、高崎発の急行『越路』が、丘のすぐ下を驀進《ばくしん》してくる音がきこえた。俺たちは緊張して小屋の様子をうかがった。小屋には何の変化も見られず、戸を閉めたまま、しんとしていた。

それからの時間は、一秒一秒がひどく長かった。一分たち、二分たった。二時五十一分、突然、北東の方角に、爆発音のようなものがきこえた。やった！　と俺は思った。

正直、そのときはじめて胸がはげしい鼓動を打った。

小屋から、その音をきいて、さっきの三人の男がぱっと飛び出した。今だ！　俺が合図して、六人でこいつらに飛びかかった。猛烈に抵抗したが、まあ難なく逮捕した。逮捕状は松村さんの指図でちゃんと用意してあったが、高崎署の警官たちは、みんなやつらの顔を知っていた。

それは高崎の右翼団体高志会の有名な危険分子だったんだ。

俺はそれから松村さんの命令どおり、小屋の中を綿密に調べた。ごたごたした古い農具の間から、何が出て来たと思う、……無線送信機だった。

（一同おどろく）

そのときは何のことだかわからなかったが、俺は近所の派出所からすぐ松村さんに電話を入れ、さらに松村さんの指図で、本庁へ直接通報した。それから容疑者を高崎署へ連行して、列車の転覆の詳報を知ったんだ。

俺は現場へ駆けつける代りに、すぐ東京へかえって、本庁の公安一課へ飛んで行った。公安一課は上を下への大さわぎさ。俺は直接一課長に報告したが、課長が、あの落着き払った課長が、俺の肩を叩いてこう言ったのを忘れないな。

「でかしたぞ！　現場の犯人は惜しいかな取り逃がしたが、犯人《ホシ》は現場に無線受信機を残したんだ」

……どうだい。俺はずっとそれから夢みるような気持だった。ゆうべ、係長も松村さんも、殊勲甲だとほめてくれた。俺は一晩中眠れなかった。

無線受信機と送信機、現場から数キロ離れた場所の秘密の集会、……もうまちがいないさ。絶対にまちがいない。高崎の留置場にいるやつらが主犯に決ってるんだ。俺は訊問には立ち会ってないが、やつらはもう自白してるかもしれない。

しかし今度の事件でつくづく教わったよ。事件には予断をもっちゃまちがうんだな。

俺はアカぎらいだし、松村さんもあの通りアカぎらいだし、今はこんな時期だし、どうしたって左の陰謀だと思うもんな。新聞もみんなそうだ。見ろ。(ト新聞を一つ一つとり)これもそうだ。これもそうだ。みんな先入観にだまされてるんだ。右翼はそこを狙ったんだ。そうして誰が見ても左翼の仕業と思う事件を起して、無辜《むこ》の市民を殺して、世間の反感に乗じて、一挙に左翼勢力の撲滅を企てたんだ。

瀬戸　君はあんまり犯人を憎んでいないな。

片桐　憎んでるが、しかし……

瀬戸　しかし?

片桐　意図はよくわかるじゃないか。意図はいいんだ。しかし右翼をそこまで追いつめた、右翼にそんな卑劣な行動を思いつかせるまで追いつめた左翼に対する怒りを、忘れちゃいけないと思うんだ。

堀　とにかくよくやったよ。おめでとう！

（一同口々に「おめでとう」と言い、片桐の肩を叩く）

南　君もこれで二階級特進だな。

片桐　いや、みんな松村さんの功績だよ。

山本　いや、君も本庁へ栄転になるよ。

野津　巧くやりやがったな。

片桐　しかしふしぎなのは本庁の態度だな。それが新聞に反映してるんだ。どうしていつまでも新聞に真相を隠してるんだろう。

南　そりゃあ、君、右翼が可愛いからだよ。

片桐　可愛くたって、犯人《ホシ》はもう上ってるんだ。

堀　証拠固めをしてから一挙に発表して、ブンヤをあっと言わせようというんだろう。

片桐　証拠はもう上ってるんだ。

山本　ブンヤはあれで案外鈍感なのさ。

南　報道管制を布《し》いてるのとちがうか。

片桐　松村さんが早く来ればわかるんだがな。いつも早い人が今日に限って遅いな。
瀬戸　新聞論調が変るのを待つほかないな。変るとなればケロリと変えるよ。
南　(野津に)君は今朝テレビを見たか?
野津　ああ。
南　テレビは何と言ってた。
野津　新聞と同じことだ。極左分子の破壊活動の疑いがあると言ってた。
片桐　おかしいな。テレビまでが。今朝はもう変って来なくちゃならないんだが。
堀　心配するな。今に変るよ。本庁には本庁の考えがあるんだろう。ギリギリまでマスコミをだまそうというんだ。
片桐　(勇気を得て)そうだな。そうとしか考えようがない。……松村さんが早く来てくれれば……。
瀬戸　それだけ証拠が揃ってるんだからな。
山本　今日の午後にも、きっと本庁の発表があって、マスコミが君んところへ押し寄せるぜ。たちまち君はスタアだ。女の子がそっとしておかなくなるぜ。
堀　おい、そうなったらお余りをよこせよ。
片桐　気が早いな。

南　あしたの朝はテレビで君の顔を見ることになるかもしれん。「若い英雄」か。それもいいさ。命を賭けたんだから、一時は多少のぼせてもいいさ。俺たちも応援するぜ。命どころか、指一本賭けないで、世間でチヤホヤされてる奴が多すぎるんだ。

山本　そうだ。俺たちの中からも、スカッとした英雄が出てくれなくちゃな。野球の選手ばっかりがでかい面《つら》することないよ。

堀　お前、女で身を滅ぼすなよ。

片桐　御忠告ありがとうよ。

南　俺はストライキのことしか知らないが、群衆心理ってのは怖ろしいもんだぜ。一人がワッと叫ぶと、みんなその気になっちまうんだ。まあ、いわば、蕁麻疹《じんましん》みたいなもんだ。それに乗せられるのも一時はいい。一時はいいが、気をつけろよ。手綱を引きしめるのを忘れるなよ。こんな説教みたいなことは言いたくないが、君はまだ若いんだし、今日の午《ひる》すぎからでも、急にそんな人気者にならないとも限らんし、今のうち言っておくのがいいと思うんだ。マスコミちゅうのは軽薄だからな。ぽんと乗せて、ぽいと捨てる、そりゃあよっぽど気をつけなくちゃいかんぜ。

片桐　ありがとう。

末黒　しかし、あれだな、一つわからねえことがあるな。それも本庁が伏せてるのかな。

片桐　何です。
末黒　お前さんの例の一二一何とかっていう情報《ネタ》は、左翼から出たんだろう。
片桐　そうですよ。
末黒　それで、あれだな、アカはその情報《ネタ》が割れたことを知ってるんだろ。
片桐　(うるさそうに)そうですよ。
末黒　本庁も全くむっつり助平野郎だな。ええことはみんな黙りとおすつもりだな。
片桐　え?
末黒　どんなグウタラのブンヤでもよ、それを知ってたら、今度の事件をアカの仕業だってきめつける勇気はねえだろう。ネタが割れたことを知っていて、やるバカはいねえもんな。
片桐　…………。
末黒　だからよ。今度の事件ははじめからアカはアリバイがあるようなもんだろうが。
片桐　だから右翼がやったんじゃありませんか。
末黒　しかしだよ。本庁はそこまで右翼を可愛がるかな。可愛い娘みたように、荒くれ娘を可愛がるかな。第一にさ、左翼のネタ割れをブンヤに隠す、これでブンヤはこぞってアカの仕業と思う。第二にさ、お前さんがあげたホシまで隠す。……そこまで面倒見てやるかいな。

片桐　あるいはそういうこともあるかもしれませんよ。こういう時代ですもの。……ひょっとしたら、（ト急に不安にかられ）松村さんと僕の功績も、永遠に葬られてしまうかもしれない。もしかしたら、あの右翼の背後には政治家がいて、政府のために、そうだ、この機会に左翼を叩きつぶすために、これをやったのかも……

末黒　そこまで推理小説ばりに考えることないだろ。まあ、あんまりしょげるなよ。

片桐　（ムキになって）別にしょげちゃいません。しかし、ひょっとすると、そういうことが……そうだ……

（ト電話にとりつく）

高崎警察署、至急ねがいます。（じりじりと沈黙のうちに数秒待つ）もしもし、高崎署ですか。東京本町署の公安の片桐です。きのうは大へんお世話になりました。あの、他でもないんですが、きのうの容疑者三名のその後の取調はどうなってるでしょうか？……はい……はい。……えッ？　釈放された？　三人とも？　三人とも釈放ですか？……は。……は。……どうもありがとうございました。

（一同顔を見合わせて、それぞれ席に戻る。片桐、呆然としている）

瀬戸　おい、片桐……

片桐　ほっといてくれ。しばらく、考えさせてくれ。

末黒　そうだなあ。お前が高崎へ行ったのはよ、松村のもってきたネタからだよな。松村は高崎へ行って、そのネタを拾ってきたんだな。どこで拾ってきたんだかね。ゴミ捨て場かね。

片桐　(カッとなって立上り)何を！

(ト末黒をなぐろうとする。瀬戸止める)

末黒　おう、おう、若僧がしゃらくせえ真似するな。こっちは今時の半チクのデカとはちがうんだ。てめえみたいなへナチョコになめられてたまるか。

片桐　野郎！

(ト又つかみかかろうとするとき、それまで一言も発せず静かに執務していた山田係長は、すっくと立上り、大声で)

山田　馬鹿野郎！　ここをどこだと思ってやがる！　黙って仕事をしろ！　仕事を！

(トこれにて一同、素直に机に戻る)

――幕――

第三幕

1

（一月廿二日、前幕と同日の夜十一時）

（私服の片桐、瀬戸、宿直で、瀬戸は椅子にもたれて眠っている。片桐は起きていて、落着きなく立ちつ居つする。ストーヴの赤い火口《ほくち》。遠く自動車のクラクション）

片桐　（むしょうに口がききたくなって）瀬戸……。（ト小声で呼びかけるが、瀬戸は起きない）

（うろうろしているうちに、車の止った音をききつけて窓のところへ行く。窓をあけて、首をつき出して、のぞいてさえ見る）

（時計を見て）何だろう、今ごろ。十一時すぎだっていうのに。

（ト独り言を言う。ややあって、階段を一人上ってくる足音がする。戸があく。制服姿の署

長である。沈痛な顔をしている)

あ、署長さん!　(瀬戸をゆすぶって)おい、瀬戸、起きろ!　起きろ!

(瀬戸起き上って礼をする。署長ゆっくりと考えながら上手へ歩む。黒板の宿直の名を見ながら)

署長　今夜の宿直は、君ら二人だな。

片桐、瀬戸　はい。

署長　(なお考えながら)うむ……。

片桐　(おそるおそる)署長はこんな遅い時刻に……。

署長　うん。……本庁から急に呼ばれたのだ。

(係長の卓上の電話をとって)

私、署長だ。今、公安の部屋にいるから、署長室に待たせてあるお客に、そろそろこちらへと言ってくれ。ああ、……たのむ。

(電話を切って、片桐、瀬戸に)

おそるべき事態になった。おどろくべき事態になった。特に片桐君にとって、非常なショックだろうと思う。

片桐　きのうの列車転覆事件に関聯したことですか?

署長　それもあるが、そればかりじゃない。俺にとっても、重大な責任問題だ。実に困ったことになった。……いや、手短かに話そう。俺がわざわざここへ来たのは、片桐君に前以《もっ》て話して、君に少しでも心の準備をしておいてもらいたかったからだ。……というのは、甚《はなは》だ異例だが、犯人が君にここで会ってゆっくり話したいと言っている。

片桐　犯人がですか？

署長　そうだ。甚だ異例な処置だが、俺はそれを許可した。十分話し合うことが、君ら若い者のためにもいいと思ったからだ。

片桐　で、犯人って？

署長　党の秘密党員だ。もっとも例の過激派に属するいわゆる分離派の有力な一人だった。

片桐　では、やっぱり……

署長　十年だまされていたんだよ。十年！

片桐　は？

署長　今夜本庁できかされて、意外なことだらけだった。もっとも目が節穴だったのは俺だけじゃない。俺がこの署へ来てから、まだ一年半にしかならない。

片桐　（意味をとりかねて）は？

署長　いや、……すぐにわかるよ、今すぐにわかる。

（手錠をはめられた私服の松村が、警官A、B、Cと共に登場）

片桐　あ……

（ト驚愕のあまり後ずさる。瀬戸もおどろく）

署長　そこに坐ってよろしい。

松村　ありがとうございます。御厚意はまことに……。

署長　（苦々しく）余計なことは言わんでいい。

（片桐、松村対座する。しばらく無言）

片桐　松村さん、まさかあなたが……あなたがまさか……。

松村　このとおりのざまだ。これ以上言わんでもわかるだろう。

片桐　しかし……いくら何でも……。

署長　事件の概要を話さなくては、君にもわかるまい。これは本庁の公安部の調査によるもので、今日の午後、本庁で松村が自供したとおりだ。今度の列車転覆事件は党の分離派の策動に依るものだ。分離派の首魁《しゅかい》の皆堂《かいどう》誠は事件後杳《よう》として行方をくらましている。松村はこの事件に明らかに一枚かんでいた。……いいかね。分離派の目的は、この社会情勢下で、国家治安を攪乱し、不安を醸成して、革命の下ごしらえをすることだった。しかもそれを、一旦世間へは左翼の陰謀と思わせておいた上で、最後に一挙にくつがえして、右翼の仕業と思わせることだった。そのために周到な作戦が布《し》かれた。……それは松村の口から説明するだろう。俺からは言うに忍びない。実に非人間的な手口だ。……俺からは、若い純真な君に言うに忍びない。……しかし若いといえども、君も一個の公安部員だ。これを苛烈な人生の試煉にするんだ。又《また》とない勉強の機会だと思え。冷静に、沈着に、事態を直視したまえ。……俺はあとはもう口を出さん。松村さん。松村から一切をききたまえ。

片桐　松村さん、僕に納得の行くように、よく説明して下さい。最初に……最初に、僕が拾ってきたネタは、あの一二一二四五って数字は……あれは……

松村　あれは君にわざと拾わせたんだ。

片桐　何のために……

松村　事件の緒《いとぐち》をつけ、それから最終的には、この事件に関する党のアリバイを作るために……

片桐　だって、あとからきくと、あのとき、待って下さい、一月十八日の朝だったか、協力者の佐渡がタレ込みに来て、党があわてているという情報が入って、それからあなたが僕に……

署長　佐渡も逮捕されたよ。とんだ協力者だ。あいつは松村に連絡をとるために、堂々ところへ出入りしていたんだ。
片桐　じゃ、あなたと佐渡は……
署長　もちろんグルさ。すまん。俺はもう黙っていよう。
片桐　それで、あの、ああ！　俺は頭がどうかなりそうだ。あれはどうしたんです、高崎からの右翼情報っていうのは……
松村　あれもわれわれの作った筋立てだ。その裏附けとしては、高崎の細胞が活躍して、単純な高志会の過激分子をだまし、あたかも或る政界の黒幕からの指令のように装って、武器の供与を申し出たんだ。こんな際ではあるし、高志会の一部の連中が飛びついた。ところが高志会にも派閥があって、その別派の奴が、お誂《あつら》え向きに俺に内報してきたんだ。
片桐　じゃ高志会の奴らは、列車転覆の計画は何も知らなかったんですね。
松村　もちろんさ。うまく転覆の時刻に合わせて、あの丘の上の小屋へおびき出されただけだよ。
片桐　しかし、……しかし……あの無線送信機は？
松村　あらかじめ、あそこに備えつけておいたんだ。右翼の連中の目にはつかず、君の目にはすぐつくような具合にね。

片桐　(だんだん怒りにかられてきて)じゃあ、現場の無線受信機は?

松村　これもほうり出して逃げるように指令してあったのさ。実際に線路に石を投《ほう》り込んだ奴らは、雇われ仕事の浮浪者たちだよ。それに党員が一人指揮に当った。みんな、無線だけほうり出してうまく逃げた。……ふん、無線か。日東新聞だけはうまく引っかかりかけたんだが……

片桐　何の、……何の目的で。

松村　君は頭が混乱している。無理もない。無線機のおかげで右翼に嫌疑がかかる。奴らもうしろぐらい目的があったのだし、おいそれと申しひらきができない。それがうまく行っていたら、どうなったと思う。政府が国会を通そうとしているあの言論統制法、あの治安維持法の復活と云われている悪法は、国民から総スカンに会うだろう。成立前に骨抜きにされるだろう。だってあれは明らかに、左翼の弾圧を目的としているのに、実際に危険なのは実は右翼だという印象を人民に強力に与えるからだ。右翼の実際活動が危険なら、右翼の言説も危険だということになるだろう。しかも右翼の言説は支配層の言説にそのままつながるのだから、政府にとっても自縄自縛になるだろう。しかもだ。右翼があの列車転覆を、左翼に罪をなすりつける目的でやったとわかれば、人民はどう思う。すぐそのうしろで、政府や資本家が糸を引いているると思うじゃないか。……そうなれば、われわれの勝利だったんだ。事実そういうキャンペーンの準備は強力にすすめていたんだ。ビラももう刷り上っていた。……こう早く上げられるとは思っていなかったよ。

片桐　佐渡が最初に泥を吐いたんでしょう。

松村　考えられるのはその線だ。しかし佐渡も事件の全貌は知らなかった。あいつはただ連絡係だった。どこかにもっと大きな裏切り者がいたんだ。もっと大きな。

片桐　で、(トせき込んで)で、右翼を陥れる決定的な証拠は、あの小屋の秘密の集会と、無線送信機だけだったんですね。そしてそれは……

松村　そしてその決め手の証拠は、君が一人で本庁へ運んだんだ。この上もないほど忠実に。この上もないほど迅速に。

片桐　ああ!　俺はそれじゃ……

松村　道具に使われたんだ。

片桐　使ったのはあんただ。

松村　俺は皆堂の指令のとおり動いただけだ。

片桐　しかし、何だって、人もあろうに俺を。

松村　君は忠実な男だからだ。
片桐　しかし……しかし、奴らは知ってたのか？　俺が使われてるっていうことを？
松村　君は完全に安全な人物と思われていた。君が来れば安心だ。君なら忠実な道具の役を果すだろうと。
片桐　誰が現場で俺を確認したんだ。
松村　君は雪の中をあの三河山へ行くあいだに、二、三人の村人とすれちがったろう。
片桐　すれちがった。
松村　あいつらが確認したんだ。
片桐　じゃ、あいつらも。……しかし、どうしてなんだ。どうして俺が現場へ行くことがわかったんだ。
松村　君の出発前に佐渡がここへ来ていた。
片桐　しかし佐渡は……しかし佐渡は、俺が派遣の命令を受けたときはまだこの部屋にいなかった。
松村　俺はその後もずっと係長と行動を共にしていた。むこうへ連絡する暇はなかった。
片桐　じゃ前以て俺の写真を……
松村　そんな必要はなかった。佐渡には、君が現場へ行くという目印をちゃんと見せたんだ。その目じるしを渡すところを。

片桐　目じるし？

瀬戸　目じるしさ。君は忠実にその目じるしを現場までつけて行ったわけだ。

片桐　あ！

(ト突然思いついて、金のネクタイ留にさわる)

瀬戸　片桐……気の毒な男だ。お前は。

(片桐しばし沈黙して怒りをこらえる。突然立上って、松村の頰を打つ)

片桐　貴様は……貴様は……(ト泣く。気づいて金のネクタイ留をとり、床に叩きつけて踏みにじる)こんなもの！　こんなもの！　女房の形見だなんて、だましやがって。

松村　女房の形見さ。それは本当だ。

片桐　まだだます気なんだ。

松村　いや、それは本当だ。女房は、俺が十年前に党へ入ってから、俺の同調者だった。俺との間には秘密がなかった。女房も死んだあとで、形見がこんな歴史的な大事件に使われて、もし成功していれば、どんなに喜んだろう。

片桐　貴様にも甘い盲点があったな。女房だけは信じていた、か。ふん、お前の女房のことだ。平気で間男ぐらいしていただろう。

松村　そんなことで大人を怒らせることはできんよ、片桐。お前はこれを機会にもっと大人になるんだ。

片桐　貴様！　貴様、そのざまになって、まだ俺に説教をする気か。なんだその面《つら》は。なんだその神妙な面は。（手錠を引張ってガチャガチャ云わせながら）どうだい、手錠のはめ心地は。お前に一等似合っていたのはこいつなんだ。お前のその手を押えつけておかなければ、お前はいつまでもその手で人間の白い心に、泥を塗りたくって喜んでいただろう。お前のやったことは何も高級な思想活動じゃない。只の泥あそびだ。両手を泥んこにして遊んでいたんだ。俺みたいな馬鹿をつかまえて、泥だらけの手で撫でたりいたぶったりしているのが面白かったんだ。そのうちに汽車ごっこをはじめた。玩具《おもちゃ》の汽車を崖から落っことす。そりゃ面白いさ。そりゃ面白いさ、本当に。……人形どもがパラパラと汽車の窓から落ちる。お前は遠くからニンマリ笑って見ている。そのために又、馬鹿な人形を一人道具に使う。やりたいだけのことをやったんだ。もう思い残すことはないだろう。……だが、俺をどうしてくれるんだ、この俺を。何も知らないで上官の道具に使われ、名誉もけがされ、人の笑い物になり、一生の一等大切な時期を台なしにしてしまった、この俺をどうしてくれるんだ。詫びを言う？　詫びぐらいですむと思うか。

松村　いや、俺は詫びる気はないよ。実はお前にも罪はある。

片桐　俺に罪だと。

松村　そうだ。俺を信じたのがお前の罪だ。

片桐　(グッと詰る)それは……それは……お前が……

松村　俺が、じゃない。お前の罪だと言ってるんだ。

片桐　警察官が上司を信じられなくてどうする。

松村　警察官の問題じゃない。人間としての問題だ。

片桐　人間の問題だって。そこがお前らの不潔なところだ。悪質なところだ。日本人としてゆるせないところだ。人間同士が信じ合うのが罪だと？　人間同士が信じ合うのが？

松村　そうだよ。それがお前の罪だ。清純さの罪、若さの罪、この世できれいな心が負わなければならん罪だよ。……(ゆったりと)しかし何だってお前はそんなに俺を憎むんだ。俺が一体何をしたっていうんだね。

片桐　盗人猛々《ぬすっとたけだけ》しいことを言うな。

松村　お前の憎しみの顔をじっと見つめてみろ。化学者になって、その成分をよく吟味してみろ。いいかね、時間をやろう。三分間……

片桐　うるさい。お前なんかに時間をもらう必要が……
松村　じゃ、すぐでいいんだな。もう分析はちゃんとできているというんだな。
片桐　（怒って）………。
松村　それじゃ訊こう。お前はただ、俺に裏切られたから俺が憎いのか？
片桐　そうだ。決ってるじゃないか。
松村　それだけか？
片桐　これ以上言う必要はない。
松村　ふうん、そんなら俺の思想は憎くないのか？　公安警察の依って立つ理念をくつがえすような、国の治安を危くするような俺の思想は……
片桐　だから憎いんだ。すべてはそこからなんだ。そこから来ているんだ。
松村　お前の頭は混乱している。はっきりしたまえ。だから時間をやると言ったんだ。お前は思想が憎いのか？　それともただ、自分が裏切られたから俺が憎いのか？　男に裏切られたそこらの小娘とおんなじ憎しみなのか？　そこらの町でいくらも拾える、哀れなロマンスの怒りなのかね。
片桐　ばかにするな！　ばかにするな！　思想が憎いんだ。人を骨の髄まで腐らせるその思想が憎いんだ。

松村　よし、それで話はわかった。思想が憎い。悪い思想が憎い。お前は前からその思想を親の仇《かたき》みたいに憎んでいた。他ならぬ俺の影響でね。……今日たまたま、俺がそれだとわかった。よく考えてみろ。お前はきのうその思想を憎み、きょうその俺の思想を憎む。きのうのお前もきょうのお前も一貫している。みごとに一貫している。きのうときょうの間に何が起った。その観点からは何も起りはしなかった。そりゃあ、俺がお前の信頼を裏切るという事件は起ったが、こんなことはとるにたらぬ小さな事件だ。悪い思想からすれば当然の成行で、今さらおどろくことは何もない。まあ、お互いに、なかったことと考えればそれですむ。そうじゃないかね。

片桐　………。

松村　はじめから憎んでいたものが憎らしいのは当り前の話さ。……なあ、片桐、思想というのは、いろんな形をとるものさ。あるときはライオンの。あるときは可愛い小鼠の。憎むんだから、そいつから目を離さず、そいつの千変万化の変身にあざむかれず、この世界のあらゆるものにそいつの影を見つけ、花にも自転車にも雲にも小さなマッチ箱にも、怠りなくそいつの影を読みとらなければならないんだ。それには力が要る。綿密な注意が要る。そりゃあ物事を本当に信じるのとほとんど同じくらい力の要る仕事だ。……俺もこの薄汚い公安の部屋で、十年間それをやってきた。片時も休まず。……お前の方もそれをやるべきだったんだ。信じると同じくらい力の要る、二六時中神経のくたくたになるその仕事を。……ねえ、署長さん、そうじゃありませんかね。

署長　（ごまかして）………。

松村　（片桐に）お前はその点で一寸《ちょっと》軽信だった。一寸軽はずみに人間を信じすぎた。若さの罪ですね。

署長　松村！

松村　もう少し言わせて下さい。私はこいつを鍛えてやりたいんです。こいつは私の大切な問題なんです。

片桐　お前の人間を信じないことと、人間全部を信じないこととは別だ。お前なんかは人間の屑だとわかったから。

松村　しかしきのうまで、俺はお前にとって人間の代表だった。そうじゃないかね。

片桐　………。

松村　さっぱりしないらしいな。やはりお前は裏切られた怒りを選ぶのか。そんならこの傷は手ひどく祟《たた》るぞ。一生痛みつづけるぞ。それもみんなお前の罪なんだ。思想よりも人間を選んだお前の罪なんだ。こんなまちがいは若い栗鼠《りす》しかやらない。くるみとゴルフのボールをまちがえるようなことは、公安のおまわりは決してやってはならんことだ。

片桐　……………。

松村　いいか。今度は俺のことを話そう。俺は党の組織も信じちゃいない。人間も信じちゃいない。信じるのは、もやもやとした、破壊への、あくなき破壊への俺の欲望だけだ。……そこへお前が現われた。俺をやみくもに信じてくれる若い純真なお前があらわれた。俺には一目でわかった。お前は胸を張って、まっすぐに、まちがった道へ突進するタイプの人間だと。……それが俺の気がかりの種子《たね》になった。いつか手ひどくお前の目をさまさせてやりたいと思っていた。こんな失敗は予期しなかったが、どんな失敗にもいいところはある。俺は少くとも、一つの、小さな、隠された念願を果したわけだ。……つまり、お前の目を手きびしくさまさせてやること。……それに、どう言ったらいいか、その結果、お前を本当に俺と同じ種類の人間にしてやること。

片桐　（カッとして）馬鹿野郎！

松村　いいか。俺は手本だぞ。俺は警察官の鑑《かがみ》ではないかもしれんが、或る種の人間の立派な鑑だぞ。俺に対する侮辱はゆるさん。何ものも最終的に俺を侮辱することなんかできんのだ。

片桐　お前は俺のなりたくない人間の手本だ。俺のもっとも憎む人間の鑑だ。

松村　そうだ。そうして睨《にら》め。そうして精魂こめて俺を憎め。今の瞬間に、やっとお前は俺と同じ種類の人間になったのだ。

片桐　何だと。

松村　いいか。お前が俺を信じている間は、俺の言うなりになっているあいだは、お前はただのひよっこだった。まだよちよち歩きのひよっこだった。決してお前は俺に似ることなんかできはしなかった。いくら真似をしても、いくら尊敬しても。……ところが今、やっとお前は俺に似てきたんだ。その憎しみは本物だ。お前は俺とそっくりだ。そっくりだよ。鏡に映してみろ。……お前も一個のみごとな人間の鑑になったのだ。人間の中での怪物になったのだ。

署長　いい加減にしろ。危険思想を吹き込むんじゃないよ。困った奴だ。会わしてやったのはまちがいだったかもしれん。

松村　見ろ。(ト片桐に)署長は今度はお前を疑いだしたぞ。お前は働らけば働らくほど疑われるんだ。

署長　(怒って)連れて行け！

警官Ａ　は。

（ト引立てようとする）

片桐　一寸待って下さい。

署長　何だ。

片桐　このネクタイ留を返してやりましょう。女房の形見だというんですから。

署長　いいだろう。

片桐　さあ、もってゆけ。（ト靴先で押しやる）

松村　（立上り）とってくれないか。

（二人睨み合って対峙する）

片桐　こうしてとるんだ！（ト松村の襟首をとって前へ引き倒し）口でくわえろ！　恋しい女房の形見だろ！　さあ、キッスしな。キッスしなよ。（ト靴尖《くつさき》で、ネクタイ留を松村の口へ押しつける）さあ、くわえろ！　犬め！（ト、ネクタイ留をくわえた松村の頬を床にこすりつけたあげく）さあ、立て！　立たないか、この野郎！（ト蹴上げる。松村、ネクタイ留をくわえたまま立上り手錠の手で口からとって、ポケットにしまう）さあ、連れて行って下さい。もう一生こんな奴の顔は見たくない。

（松村、うなだれる片桐に、不可解な微笑を投げて、警官A、B、Cと共に引かれて去る）

署長　無理もないよ。その気持はよくわかる。（トうなだれている片桐の肩に手をかけ）今夜は宿直部屋でゆっくり休め。……今度の事件についちゃ、君には全く責任はない。その点は本庁へもよく報告しておくから、安心するがいい。日頃の勤務ぶりから見ても、今度のことは、君の経歴には全然疵《きず》にならん。俺に委《まか》せておけ。

片桐　(力なく)はあ、ありがとうございます。

署長　松村の言ったことも気にするな。どうせ曳《ひ》かれものの小唄だよ。しかしああやって言いたいことを言わせたのは、君にプラスになると思っている。あれが典型的な左翼の詭弁だよ。あれで青年たちを毒するんだ。いい勉強になったろう。松村の言ったことで一つだけ当ってるのは、君はとにかく、もっともっと鍛えられなくちゃならんということだ。それで筋金入りの公安部員になれるんだ。不退転の決意を養うんだ。いいな。

(片桐かすかにうなずく。署長去る。片桐、瀬戸立ってこれを見送る。二人しばらく沈黙)

片桐　お前は頭がいいよ。

瀬戸　なぜ。

片桐　お前の行き方でいいんだ。

瀬戸　何を言うんだ、今ごろ。お前にはお前の行き方があるよ。それでいいじゃないか。

片桐　それが今夜の結論か。ふん、貧弱な結論だな。……

瀬戸　まあいいじゃないか。宿直室へ行って早く寝よう。

片桐　寝られるもんか、こんな晩に。

瀬戸　おっと忘れた、ストーヴの火を落して行かなくちゃ。

（ト、ストーヴの中をかきまわし、薬缶《やかん》の湯をかける）

片桐　明日《あした》又たしかに太陽がのぼるだろうか、それが信じられないような晩があるんだな。人間の一生のうちには。

（暗転）

2

（第一場のあくる朝、すなわち一月廿三日の朝、快晴で窓からは明るく朝陽がさし込んでいる）

（松村、森、木村、山本を除いて全員執務している。片桐は寝不足の体《てい》で、しきりに欠伸《あくび》を嚙み殺して、元気がない。電話鳴る）

野津　はい、外事の野津ですが。……へ？　はあ……はあ……そりゃあおどろきましたな。……はい。……はい。……早速調べて御報告します。今度はよっぽどしぼって見ます。……はあ。不行届きでまことに申訳ありませんでした。……はい。……はい。

……では後程《のちほど》。

堀 どうしたんだ?

野津 (ふくれて)ドジ踏んだよ。(ト立って山田係長の机へゆき)係長。

山田 何だ。

野津 只今本庁から電話で、おとといの列車転覆事件の首魁と目される皆堂誠は、国外逃亡の疑いが濃くなったということです。

山田 国外逃亡?

野津 はい。しかもその手引をしたのが、例の林《リン》の一味の奴らしいんです。林の属している組織の手引で……

山田 当面やることは林の訊問だな。

野津 はい。訊問後本庁へ連絡する旨、返事しておきました。

山田 よし。

野津 (外事係の仲間のそばを通りつつ)じゃ、これから俺、調室へ行ってるから。

堀 (頓狂な声で)林の野郎、叩けば叩くほど埃《ほこり》が出るじゃねえか。……あ、そうそう、野津君、カメラ屋が来たらどう言っとく?

野津 (退場しつつ)それどころじゃない。明日《あす》でも出直してくれと言ってくれ。

堀　よし来た。(野津退場。電話鳴る。堀出て)もしもし、もしもし、あ、南ですか？　おります。(受話器を渡す)

南　(電話に出て)ええ、……ええ、……沢井工業のストライキ？　もう燎原の火の勢いですわ。……はあ。……はあ。……闘争指導の執行部。……執行部への資金カンパ。……はあ、はあ、はあ……カンパの金額及び醵金《きょきん》者の氏名……はい、書きとめます。(紙と鉛筆をとり)……はい、ねがいます。

瀬戸　(堀に)野津さんはいよいよカメラを手に入れるんだね。

堀　それが癪《しゃく》なんだよ。(ト声をひそめて)係長には内緒だがね。おとといの午《ひる》、列車転覆事件が本当に起るかどうかで、野津と賭をしたんだ。俺は起らないほうに賭けてよ。大枚千円とられた。痛かったな。おかげであいつの貯金は予定額に達して、めでたくカメラを手に入れることになったんだよ。カメラ屋が来るんで、先生、今朝は出勤間際からそわそわしてたが、へ、ざまあみろだ。

南　(電話しつつメモをとる)え？　八百八十円。は……川瀬？　川は三本川ですね。はい。……はい。悠吉は「悠々たる」の悠。……はい、次……はい。

山本　係長。

(このとき山本、大きな紙袋を下げて、しょんぼり入ってくる。山田係長のところへゆく)

山田　おお、どうだった?

山本　(袋から出して)これがレントゲン写真です。やはり一寸、肺尖《はいせん》に曇りがあるといふんです。

山田　(レントゲン写真を透かして見つつ)ふむ。

山本　どうもしつこい咳《せき》だと思っていたんですが、やっぱり只の咳じゃありませんでした。

山田　ふむ。そりゃ気をつけないといかんな。

山本　(そばの椅子に坐り)しかし……(ト話しつづける)

(第一幕の雑誌記者登場。皆にききききき、係長のところへゆき)

記者　「アジア公論」のものですが、この間の「職場の父子《おやこ》」のインタビューの速記ができましたもんで、署長に検閲を願おうと思って来たんですが、生憎《あいにく》署長がお留守なんで、係長さんにお願いできたらと思いまして……

山田　ほう。(ト速記をうけとる)

(片桐、瀬戸これに注視する。山田突然、速記を二つに引き破る)

記者　あ!　何を……

山田　事情があって掲載はお断わりします。速記は破棄させてもらいました。今日は、これでお引取り下さい。

記者　そんな無茶な。

山田　署長には私からよく申し上げておきます。私の処置は正しいと思われるでしょう。

記者　しかし……

山田　一寸忙しいところなのでこれで失礼します。

（記者やむなくブックサ言いながら去る）

南　（なお電話中）……はあ、二千五百円、二千五百円……佐藤、はあ、佐藤、大佐の佐に藤棚の藤……団次郎、え？　え？　は、団十郎の団、は？……え？　よくわからんのですが、……はあ、はあ、団子の団、それならよくわかります。花より団子ですね。

（別の電話鳴る）

末黒《すぐろ》　はあ……もしもし、……おお、元気かね。……しばらく顔を見ないな。……うん……うん……。今、堀君と代るから。

堀　誰です。

末黒　木村だよ。

堀　（みんなに）おい、木村だってさ。懐しいな。（ト電話に出て）うん……うん、元気か。

左の代議士のボディ・ガードじゃ辛《つら》いだろ。いたるところでまかれる？　そうだろうな。うん。……うん。

山田　（山本に）わかったよ。わかったよ。こういう社会情勢下だから一日も休めないというんだろ。君の責任感の強烈なのは立派だよ。しかし、かりにも病気じゃないか。医者が休養を……

山本　しかしですね、係長。（ト話しつづける）

堀　そうか……そうか……そりゃ大変だな。……うん、みんな元気でやってるよ。じゃ又電話をくれ。（ト切る）

瀬戸　木村さんどうしてます？

堀　山川代議士には往生してるらしい。何でもかでも秘密主義で、ボディ・ガードを寄せつけないんだそうだ。こっちは任務だからついてなくちゃならんし、むこうは情報を探られてると思って用心してるんだ。可哀想に木村も苦労してるよ。先生について妾宅がよいをしている森のほうがまだ気楽だろう。

南　はい……次、千七百五十円、三輪商会、三つの輪ですね。何の店です。へ？　乾物屋。へんなつながりですな。次、……はい、三百円、ただの三百円ですね。

山田　さあ、もういいから、皆に挨拶して来たまえ。安心して、ゆっくり養生するんだぞ。

山本　はい、ありがとうございます。

（ト堀のところへ来る）

堀　どうした？

山本　（レントゲン写真をピラピラさせて）胸をやられたんだ。

堀　そりゃいかんな。

（ト二人話し込む）

片桐　（瀬戸に。声をひそめて）おい、今日は変だぞ。誰も俺に話しかけてくれないじゃないか。

瀬戸　そんなことはないさ。お前が口をきかないんじゃないか。

片桐　おい、瀬戸、ゆうべ俺が松村を踏みにじって、ネクタイ留を口にくわえさせたのは、あれは何だったんだ。思想が憎かったからか。人間が憎かったからか。それとも俺にとって、自分が一等大切だったからなのか。

瀬戸　もうよせ、よせ。考えるな。お前がものを考えるなんておかしいぞ。

片桐　……いや、そうじゃない。はじめから俺は憎んでいた。何かを憎んでいた。だから……だから……そうだ、その憎しみがいつかは、ちゃんと人間の形をとる時が来たんだ。おそかれ、早かれ。……それが松村だったんだ。あいつもそんなことを言ってたな。

瀬戸 よせって言ったら！　考えるのは。

片桐 いやでも考えるじゃないか。誰も口をきいてくれないのは、みんなが心の中で……

瀬戸 よせよ。人を疑うのはいいさ。人の心の中をあれこれ推量するのはいいさ。しかしそれにも熟練が要るんだ。疑いつけない人間が疑いはじめると、その疑念からいちいち自分の身に毒を受けるぞ。

片桐 (思わず大声で)しかし誰も俺に口をきいてくれないのは何故なんだ。

末黒 じゃ俺が口をきいてやろうか。

瀬戸 末黒さん……

末黒 俺はな、ずうーっと前からよ、ずうーっと前から松村を臭いと思っとったよ。あいつと佐渡との関係も臭いと睨んどったよ。カンだな。永年のカンちゅうものは怖ろしいよ。あいつの目つきから、顔つきから、何から何まで気に入らない。何かよくわからないが、プーンとアカの匂いがしとったんだね。垢の匂いか。まあ、おんなじようなもんさ。アカは匂いを立てよるよ。腐った魚みたような。お前、留置場の匂いを知っとるだろ。あれだ。はじめから暗い場所へ入るようにできてる人間は、そういう匂いを立てる。今ごろ松村は、いちばん自分の匂いにぴったりの場所にいるわけだよ。そうだよ。なあ。

片桐　………。

末黒　あんたも目がさめてよかった。おめでとう。まあ、目がさめるのが遅すぎたが、ともかく目がさめてよかった。

片桐　松村も同じことを言いましたよ。

末黒　何だって?

片桐　あんたと同じことを。俺が目がさめてよかったって。

末黒　へえ、そんな気の利いたことを言ったかい?

片桐　言うことが同じなら、あんたも松村も同じ人間なんだ。

末黒　何だと!

片桐　俺も同じなんだ。みんな同じなんだ。

末黒　小僧ッ子のくせに!

瀬戸　末黒さん、私からお詫びします。こいつは昂奮してるんですよ。自分でも何を言ってるかわからないんです。

南　（電話口で）はい……はい、以上ですね。ありがとうございました。非常に参考になりました。どうも……。（ト切り、リストの整理）

山本　みんなにもしばらくお別れだな。

堀　大げさだな、君も。肺病なんて今どき、怖がる奴はいないよ。薬がいっぱいあるんだから。のんびり養生して来いよ。警察病院がデモに襲われたら助けに行ってやるからさ。

山本　じゃ。（ト立上る）

（みなみな「大事にしろよ」などと言いて見送る）

山田　（皆に）あいつも可哀想だよ。病気で家族手当の出なくなるのを心配してるんだよ。あの若さで五人も子供がいるんだからねえ。今大黒柱に倒れられちゃ大へんなんだ。お互いに体には気をつけようや。

（このとき正面の窓硝子《まどガラス》ガチャンと破れ、石が飛んできて、咄嗟《とっさ》に首をすくめた堀の机上に落ちる）

堀　（石をとって窓にふりむき）畜生！

片桐　（昂奮して立上り）はじまったぞ！　いよいよ、はじまったんだ！　いつかこうなると思ってたんだ！

瀬戸　おい、片桐。片桐。

(皆々窓へ寄って見下ろす。山田、沈着を装ってゆっくり近づく)

山田　何だ？　学生か？

南　おかしいな。窓はみんな閉まってるし、人影も見えないし。

堀　しかし石の入ってきた方向は明らかに東都大学だぜ。

瀬戸　自治会の連中でしょう、きっと。

堀　畜生！　すんでのところで……(ト頭を撫でる)

山田　怪我がなくてよかった。しかし、(ト考え込み)こんなことが度重なると困るな。学校へ形だけでも抗議を申し込むか。

堀　そうされたほうがいいですよ。

南　(窓のわれ目に顔を寄せ)ふう、寒い。こっち側の机は災難だぜ。みんなおかげで風邪を引くわ。

堀　おい、わが署にはガラスの張り替えの予算はあるんかなあ。

(このとき、前幕の柔道部学生新井アタフタと飛び込んで来る)

新井　まことにすまんことをいたしました。我校の名折れです。

山田　君がやったのか？

新井　冗談じゃありませんよ。一部の危険分子です。学校の名誉のために申上げておきますが、こんなことをやるのはほんの一部の学生なんです。われわれ柔道部は、署にお世話になっているんで、こういう事態になるのを一等心配していたんです。

（窓外にデモの歌声おこる）

堀　おや、いやに早いデモだな。よく懲りないでやって来やがるな。無届デモじゃないだろうな。

南　来るわ。来るわ。御苦労様に。いくらデモったって無駄なんだがな。

新井　（山田に訴えるが如く）それで、僕、学校を代表するつもりで、すぐお詫びに飛んで来たんです。どうか今度だけは一つ……

山田　まあ、いいでしょう。あんたの誠意に免じて、学校への抗議もやめとこう。

新井　ありがとうございます。ありがとうございます。……しかし、あんなに警告したのに、窓ガラスに目貼りがしてありませんね。紙が貼ってあれば、よほどちがったんですが。

末黒　それで、石を投げた学生はつかまえたのかね。

新井　われわれの部員がすぐつかまえました。

末黒　名前は？

新井　名前は勘弁して下さい。われわれで十分懲戒しますから。
末黒　参考のために、名前は？
山田　まあ、いいじゃないか、末黒君。
末黒　(ズバリと)増田だろう。増田豊彦だろう。
新井　(ビックリして)どうしてわかるんですか。
末黒　それはな、ちゃんとわかる。鼻が利くから。(石をひろって鼻にあて)ほら、匂いがする。アカの匂いがするんだ。
新井　一言もありません。しかし僕が密告したという風にとられると……
山田　その心配はいらないよ。安心なさい、了承したから。ね、もういいから。
新井　は、ありがとうございました。
(新井退場。入れかわりに、まさ入ってくる)
末黒　野郎！　四日前の取調べを根に持ってやがるんだ。折角お手やわらかに扱ってやれば、却《かえ》ってこれだ。今度こそは引っくくってやるから。
片桐　末黒さんの相手は小僧ッ子ばっかりですね。
末黒　なにィ。
瀬戸　おい、片桐。

片桐　あんたの相手は小僧ッ子ばっかりだって言ったんですよ。赤児の手をひねる。盆栽の枝をひねる。
末黒　もう……もう我慢ならん。俺は盆栽は直幹《ちょっかん》が好きだと言ってるじゃないか。
まさ　あ、皆さん、お茶が入りました。お茶がおくれてすみませんですねえ。今日は署長さんからいただいた静岡のお茶で、特別おいしいんですよ、さ、係長さんから。
山田　や、ありがとう。
片桐　まささん。
まさ　へ？
片桐　君は俺が松村に似てると思うかい？
まさ　あら。（すこぶる利口に）何言ってるのよ。ちっとも似てやしませんわ。片桐さんのほうがよっぽど色男だわ。
堀　（ぎこちなく）喜べ、喜べ。
南　片桐君、所管ちがいですまんけどなあ、この書類を照合してくれないか。
片桐　はい。
（ト二人机を隔てて、低声《こごえ》で照合しはじめる。それぞれ席に落ちつく）
まさ　（硝子の破れを見て）まあ、これ、どうしたんですか。

山田　ぶっつけて割ったんだよ。
まさ　お怪我はなかったんでしょうねえ。
山田　なかった。
まさ　そりゃまあ、よござんしたわ。何か早速もってきてふさいどきましょう。(ト廊下へ去る)
(入れかわりに交通係の川添巡査、廊下に出て来て、まさと会う)
まさ　(廊下で)もう交代の時間ですか。
川添　(廊下で)いや、まだ少し間《ま》があるんだ。
まさ　(廊下で)それで廊下とんびってわけ？
川添　(廊下で)まあ、そうだ。
(ト二人笑って別れ、川添は本舞台の戸框《とかまち》に立つ)
川添　諸君！　今日も元気に働こう。寒さにめげず、貧乏にへこたれず。
末黒　又来やがった。どうだ、お髭《ひげ》のお巡りさんよ、きょうは生憎デモさわぎで、琴の音《ね》はきこえまい。
川添　(入ってきて、仔細らしく)いや、それがきこえるんだ。デモが烈しくなればなるほどよくきこえる。前は交通が途切れたときしかきこえなかったけんど、今は烈しいほど、その間を縫ってさ、こう、コロリンシャン、コロリンシャン、何ともいえねえな。それがきこえてくるんだ。

末黒　それじゃ、おめえ、琴の音に聞き惚《ほ》れて、交通整理がおろそかになったら、危ないもんだな。

川添　職務は忘れねえな。いかなる時といえども、職務は忘れねえな。ちゃんと手は動いてる、車は見えとるよ。琴の音だけが、丁度雲間《くもま》からさす日の光りみたように、コロリンシャン、コロリンシャンときこえてくるんだ。……わしはな、名をつけたんだ。あんまりうれしい琴だしな、何か好い名がないかと思って……

末黒　何て名をつけたんだ。

川添　「喜びの琴」。ええ名だろ。「喜びの琴」上出来だろ。名を付けてからよ、前よりも頻繁にきこえる。いやあもう、頻繁にきこえる。ラッシュ・アワーも糞喰えだ。デモもストライキも糞喰えだ。こいつがな、だんだん強くなったらしい。

末黒　何が。

川添　琴がだよ。「喜びの琴」がだよ。あの琴が強くなったらしい。前はよ、風の加減できこえなくなったり、又きこえたりしたもんだ。この二、三日はめっきり強くなった。風が吹こうが、嵐になろうが、現におとといの雪の日でもよ。

末黒　雪は、おめえ、もともと静かなもんだ。

川添　いや、風にもめげず、嵐にもめげず、貧乏にもへこたれずだ。いや、しぶといもんだ。きこうと思えば、いつでもきこえてくる。妙《たえ》なる音色つうのか、心が透きとおるような音だな。コロリンシャン、コロリンシャン、いや、それでもない、リリランシャン、リロリルシャン……

（片桐、突然、書類から顔をあげ、喜色満面）

片桐　おい、瀬戸、あれがきこえないか。

瀬戸　なんだ、デモの歌声か？

片桐　あれだ。ほら、たしかにきこえる。妙に静かだなあ。

瀬戸　ばか言うなよ。窓が破れてるから、歌声が筒抜けじゃないか。……おい、一体、何がきこえるんだ。

片桐　お前、きこえないのか。琴の音じゃないか。

瀬戸　ああ、あれか。あれは川添さんが口のなかで琴の真似をしてるんだよ。

川添　コロリンシャン、リロリルシャン……。

瀬戸　（声をひそめて、頭に左巻きを描いて）あの人は全くこれだな。交通整理は天才かもしれないけど。

（片桐立上る）

南　おいおい、どこへ行くんだ。仕事の途中で困るよ。

片桐　（川添のそばへ腰かけ）川添さん。

川添　ああ、何だね。

片桐　あなたきこえるんですね。あの琴が。

川添　（耳をすまして）きこえるとも。たしかにきこえる。

片桐　実は、僕にもきこえるんです。……どうです。あの澄んだ、静かな、心の休まるようなやさしい音楽。

（ト言うとき、窓外のデモは「宮本内閣ぶっつぶせ」「言論統制法反対！」等のどよめきを一きわ高く上げる）

（末黒は片桐にソッポを向いて、仕事にかかる）

川添　お前もきこえるのか。

片桐　そうです。今きこえはじめたんです。しかし今、僕は一寸ミスをやりました。

川添　ミスって？

片桐　うっかり同僚に「あれがきこえるか」って訊ねてしまったんですよ。どうやらやつらにはきこえないらしいんです。自分一人にきこえるんだったら、それを秘密にしておくべきですね。

川添　わしはみんな喋っちまう。だから莫迦《ばか》にされるんだ。

片桐　これから川添さんも、きこえないことにしませんか。

川添　しかし強い琴だぞ。しぶとい琴だぞ。「喜びの琴」は。しかもますます強くなる。

片桐　でも破裂するまで自分一人で受けとめる他はありませんね。

川添　おめえの体がよ、喜びで爆発してしまうぞ。

片桐　(低声で)あ、きこえる。きこえる。みんなにはきこえないんだ。

川添　わしら二人だけだ、この世界に。

片桐　いつかみんなにきこえるようになりませんかね。

川添　無理だろう。わしはどれだけみんなに宣伝したか。何しろ天からまっすぐに、澄み切った琴の音が落ちてくるんだから。

片桐　自分だけにきこえればいいんでしょうか。

川添　ま、仕方ないな。喜びは自分だけだからな。

(トいうとき、又デモは「宮本内閣打倒!」「悪法を葬れ」等のさわがしい声をあげる)

片桐　あ、今静かな、デリケートな高い音が、そよ風みたいにすぎましたね。

川添　そうだな。この調べはすばらしい。(時計を見て)わッ、こうしちゃおれん、交代！　交代！　じゃ、皆さん、今日も元気で頑張りましょう。寒さにめげず、貧乏にへこたれず。

（ト挙手の礼をして去る。皆々苦笑いをする）

南　さあ、片桐君、仕事だ。仕事だ。

片桐　はい。

（ト席へ戻る。電話二つ一どきに鳴りだす。堀と末黒出て話しはじめる。片桐一人、又顔をあげて、きこえぬ琴の音に耳をすます）

――幕――

解説

佐藤秀明

三島由紀夫の資質は、小説よりも戯曲に向いていたのではないか、とはしばしば言われることである。フィクションのまことらしさが、小説読者の現実と直接触れ合うよりは、舞台という虚構の枠組みを置いた方が生かせると思われたからであろう。事実、時間と場所の限定された舞台で起こる凝縮された出来事、そこに見られる筋の鮮やかで大きな展開、装飾的な台詞《せりふ》などは、劇場特有の愉しさの中でこそ息づき、三島演劇の大きな魅力となっている。

その三島戯曲の代表作を、初刊単行本の刊行年とともに挙げるとすれば、『近代能楽集』(一九五六年)、『鹿鳴館』(一九五七年)、『薔薇と海賊』(一九五八年)、『サド侯爵夫人』(一九六五年)、『朱雀家の滅亡』(一九六七年)といったところになるだろう。

これらに比して、本書に収録した『若人よ蘇れ』『黒蜥蜴』『喜びの琴』が小粒で格の低い作品かというと決してそうではない。むしろ右に挙げた五作品にはない三島由紀夫らしさが表れ出ているし、いずれも力作である。また、この三作のタイプも全く異なり、面白さの質も異なっている。『若人よ蘇れ』に活写された終戦前後における作者の体験のリアルな具体性、『黒蜥蜴』に溢れる奇怪な美的趣味と追跡のエンターテインメント、『喜びの琴』における左翼の政治活動に対峙する警察の公安係の様子などは、他の劇作家には見られない幅の広さも示している。

とはいえ、戯曲を読んでその面白さを引き出すのを億劫に感じる人は多い。小説を読み慣れた人には、戯曲は読みにくいと感じるところがあるようだ。しかし、読み始めてみればすぐにわかるように、三島の戯曲は〝読める〟戯曲である。だからといって、三島はレーゼドラマを書いたわけではない。実際に名のある演劇人が初演に携わっているのだ。その記録を見ただけでも、この三作品がいかに舞台人に注目されていたかがわかる。

「若人よ蘇れ」は、一九五四年（昭和二十九）十一月に、俳優座が東京の俳優座劇場で上演した。演出は千田是也、出演は武内亨、小山田《おやまだ》宗徳《むねのり》、青山杉作、杉山徳子、松本克平《まつもとかっぺい》ほかで、大阪の毎日会館、京都の弥栄《やさか》会館でも上演した。「黒蜥蜴」は、一九六二年（昭和三十七）三月に、吉田史子のプロデュースにより東京のサンケイホールで上演。演出は松浦竹夫、出演は水谷八重子、芥川比呂志、田宮二郎、大空真弓、小川虎之助、賀原夏子、名古屋章ほか。「黒蜥蜴」と言えば美輪《みわ》明宏《あきひろ》が思い浮かぶが、美輪（当時は丸山明宏）の「黒蜥蜴」は一九六八年（昭和四十三）四月の二度目の公演からで、以後黒蜥蜴が美輪明宏の当たり役となる。「喜びの琴」の上演には、後に述べるように大きな問題が生じた。初演は一九六四年（昭和三十九）五月に東京の日生劇場で。演出は浅利慶太、出演は園井啓介、山形勲、田中明夫、長島隆一、日下武史、水島弘ほか。三作とも、演出家や俳優だけでなく、装置、照明、音楽、衣装なども一流の演劇人が携わった。

しかし、残念なことに『黒蜥蜴』以外の二作は、それ以後あまり舞台にかかることがない。別の見方をすれば、『黒蜥蜴』は美輪明宏を得たことで生き長らえた戯曲と言えるかもしれない。美輪の刺激を受けてか、黒蜥蜴役には小川真由美、坂東玉三郎、松坂慶子、麻実れい、中谷美紀なども挑み、華々しい上演の歴史を作ってきた。『若人よ蘇れ』と『喜びの琴』がその後上演されない理由は、ほとんど男ばかりの芝居で華やかさに欠けること、特殊な時代背景を持ち、その時代感覚が薄れてきたことなどが考えられる。また『喜びの琴』は、上演準備の段階から問題化したように、過激な政治的言説が出てくることで、イデオロギーの誤解が生じやすいという点もある。

だが、『若人よ蘇れ』に描かれた八月十五日の体験は、「敗戦」を「終戦」と言い換えた戦後史の基点として今世紀になってもあらためて問われる問題になっているし、『喜びの琴』は、時代を隔てても続く保守層の権力構造と響き合いながら、それを超越するイデオロギーの根源を表現していて、普遍的な主題を持っている。上演されにくい理由を述べたのは、その理由こそがもはや古びていることを演劇関係者に認識してもらいたいがためである。

『若人よ蘇れ』『黒蜥蜴』『喜びの琴』は、設定や話の筋の奥に、それぞれ深い読みどころ(観どころ)や問題性を内包している。以下にその一端を示すことで本書の解説としたい。

*

『若人よ蘇れ』は、一九五四年(昭和二十九)六月の「群像」に発表され、この書名で同年十一月に新潮社から刊行された。

この作品は、三島由紀夫が勤労動員で行った高座海軍工廠《こうしょう》の宿舎(現・神奈川県大和市)での生活がもとになっている。東京帝国大学法学部の学生だった三島は、応召したものの即日帰郷となり、一九四五年五月から八月の終戦後までここにいた。ただし八月十五日は、新宿に近い豪徳寺にある親戚の家にいたから、『若人よ蘇れ』の終戦体験は直接の見聞をもとにしたものではない。

とはいえ、「私はこの戯曲で、できるかぎり客観的に、又リアリスティックに、当時の生活を再現しようと試みた」(「『若人よ蘇れ』について」)と三島は述べている。学生寮の建物も『わが思春期』の回想とほぼ一致するし、同じ学部の学生でこの宿舎で寝起きしていた島田亨も、ここでの生活が「呑気」で「いわん方なくたのしかった」という『仮面の告白』のことばを引き、「私もほゞ似たような心境で、爽快でさえあった」と述べている(『三島由紀夫解釈　初期作品を中心とした精神分析的考察』西田書店、一九九五年)。

三島由紀夫には同じ題材を扱った戯曲「魔神礼拝」(「改造」一九五〇年三〜四月)がすでにある。『若人よ蘇れ』の初出と初刊単行本には、「一部旧作「魔神礼拝」と重複するところあるも、改作ではなく、全く新たな構想のもとに書かれたものである」と記され、そのとおり構成も台詞も違うものになっている。「魔神礼拝」が、新興宗教への学生たちの傾倒をやや冗漫で雑駁《ざっぱく》に描いているのに対し、『若人よ蘇れ』は、宗教への関心は一人の学生に限定し、群像劇として学生たちの個性が客観視できるように整理され配置されている。このような技巧を用いた上で、なお「リアリスティック」な「再現」と言う三島は、変哲もない若者たちの体験の差異と集合に、ある価値を見出していたと思われるのだ。

三島由紀夫に「八月十五日前後」(「毎日新聞」一九五五年八月十四日)という面白いエッセイがある。海軍工廠の寮での一齣《ひとこま》である。

七月末の、しんとした暑い日のことである。学友たちは工場のほうへいっていて、私は相棒と二人で、窓に肱《ひじ》をついて、ぼんやり夏野のひろがりをながめていた。そのとき窓の下から、こんな対話がきこえた。

「戦争はもうおしまいだって」

「へーえ」

「アメリカが無条件降伏をしたんだって」

「へえ、じゃ日本が勝ったんだな」

この対話は実に無感動で、縁台将棋の品評をやっているようであった。

……私は何だか、急激に地下へ落っこちたような、ふしぎな感覚を経験した。目の前には夏野がある。遠くに兵舎が見える。森の上方には、しんとした夏雲がわいている。

……もし本当にいま戦争がおわっていたら、こんな風景も突然意味を変え、どこがどう変るというのではないが、我々のかつて経験したことのない世界の夏野になり森になり雲になる。私は、何かもうちょっとで手に触れそうに思える別の感覚世界を、その瞬間、かいま見たような気がしたのである。「本当かね」と私がいった。

「アメリカが無条件降伏をした」というフェイク・ニュースは、日本中あちこちで聞かれたことでそれはどうでもよい。ここでは歴史の転換が（誤報ではあるが）、見事なまでに鮮やかな世界観の転換として語られている。「何かもうちょっとで手に触れそうに思える別の感覚世界」とあるが、三島由紀夫はこういう感覚を働かせ摑み取るのがことのほか上手い。この経験が彼の中に生きていたからこそ、「魔神礼拝」や『若人よ蘇れ』が書かれたのではないかと思われるのだ。もっとも三島は、勤労動員の仕事を怠け「岬にての物語」の執筆に専念していて、「何となくぼやぼやした心境で終戦を迎えた」（「八月二十一日のアリバイ」）と回想しているから、七月のこの回想は事後的な感覚かもしれないのだが。

とはいえ、「魔神礼拝」も『若人よ蘇れ』も、この感覚の転換が描かれた戯曲である。「魔神礼拝」では一部の学生たちを虜にしたお筆先の新興宗教が、終戦によって急に色褪せ顧みられなくなるさまが描かれていて、そこにこの戯曲の興味が集中している。そもそも知的エリートたちと怪しげな宗教との取り合わせがおかしいのだが、宗教は熱病のように彼らを襲い、そして急激に醒めてしまう。『若人よ蘇れ』では、鈴木の熱烈な恋愛が終戦とともに変質してしまう。「「行く気があれば」……ああ、そいつはもう別の世界の言葉だ。戦争中、君と僕との住んでいた世界には、そんな言葉はなかったんだ」と鈴木は言う。「……約束した日に会えるか会えないかは、すべて天の摂理にかかっていたんだ。僕、思うんだけど、人間同士の約束っていうものが美しいのは、おそらくそういう状態においてだけだね」。

日本軍の戦争継続の意志と米軍の空襲作戦とを「天の摂理」と言う鈴木には政治的な視点が欠如し、戦争責任も視野の外に置いている。そればかりか、戦争状態を美化しているようにも受けとめられる。戦時中の明日をも知れぬ状態を充実した時と感じ、その消滅には空虚感しかないという感覚。「魔神礼拝」がありながらあらためて『若人よ蘇れ』が書かれなければならなかった理由の一つは、この「別の感覚世界」を特殊な宗教体験ではなく普遍的な恋愛体験として描こうとしたからだと思われる。

戦争を題材とする戦後文学がひととおり出揃い、終戦を「解放」と捉え、戦後を「第二の青春」として意味づけた荒正人《あらまさひと》ら「近代文学」派の戦後観も定着した一九五四年に、『若人よ蘇れ』は遠慮がちに現れたように思える。当時二十歳《はたち》ほどの世代で軍隊に行かなかった者たちにもかけがえのない体験はあったのだ。そこでは十人十色の戦争観、終戦観があり、それの「再現」にもなにがしかの意義が認められるのである。『若人よ蘇れ』に次のような対話がある。

本多　戦争がすんだって感じはするけど、敗戦っていう感じはまだわからんね。（中略）終ったという感じは沢山あるけど、敗戦ってやつは全然新らしい経験だもんな。

山川　たとえばこのテーブル、こいつの意味だってすっかり変っちゃったんだな。今までは、戦争中の大日本帝国のテーブルだった。今度は、（ト卓をコッコッ叩いて）お前さんは敗戦国のテーブルになっちゃったんだぜ。

この「まだわからんね」という不明の感覚は、当時の学生の誰かが抱いた偽らざる感慨だったにちがいない。テーブルの「意味」の変貌を言う山川にしても、切実な実感が伴っているわけではない。しかし、こういう台詞を書くことのできた三島由紀夫は、敗戦の実感を摑んでいたはずである。そこが作者と登場人物との違いである。事実三島は、七月の誤報を聞いて、目の前の風景が「我々のかつて経験したことのない世界の夏野になり森になり雲になる」という「別の感覚世界」を「かいま見たような気」になっていたのである。

戦争を「生活」に影響を及ぼす悲惨な大状況と捉えれば、戦争の終結は「生活」の救済であり復活として考えられ、それは「終戦」となる。しかし、戦争を理念や観念として、自己の心情をそっくり託す大状況として捉えれば、戦争の終結は「思想」の挫折であり、それは「敗戦」となる。むろん人は「生活」と「思想」の両面を生きているから、戦争の終結は「終戦」であり「敗戦」であったろう。だが、多くの日本人は、戦争末期を「思想」として耐えられるほどに基盤となる「生活」を維持できていなかった。アジア・太平洋戦争の終結が「敗戦」として実感されるよりは、「終戦」として実感されたのも無理はなかったと言えよう。「敗戦」体験とは、外圧による切実な内面の敗北、挫折であり、「終戦」体験とは、抑圧と忍耐の終了を意味する。

終戦前後の社会状況を「うまく行ってる」というのがマルキストの平山の口癖で、彼は「終戦」そして解放と捉えたにちがいない。大学の授業再開を喜ぶ助教授の小宮も同様である。平泉澄に師事する国粋主義者の戸田は、必勝の信念を堅持していたから、「終戦」ではなく「敗戦」と捉えたであろう。ちなみに戸田は、戦後の井上光晴や吉本隆明を考えれば、革新思想家に変貌する可能性も十分ある。戦時下の恋愛に夢中だった鈴木は、彼の現実感覚に則り「敗戦」と捉えたはずだ。ここには「なまじっか自由」もあり食料も酒もあったから、「生活」に困窮することのなかった知的青年たちは、内面の何かを挫かれて「別の感覚世界」を摑み、「終戦」を「敗戦」と捉えることになったかもしれない。あるいは軍の放出物資を担いで「生活」に邁進するか、喜んで学窓に戻るかして、単純に「終戦」としか思わなくなるかもしれない。八月十五日のポツダム宣言の受諾を、個人の中で「生活」と「思想」の両面でどう受けとめ折り合いをつけていったのか、それを歴史劇として表現したのが『若人よ蘇れ』だった。

そして作者はといえば、「何となくぼやぼやした心境」であったとはいえ、少なくとも『若人よ蘇れ』を書いた時点では、あの日を「敗戦」と捉え、「終戦」と解放に沸いた戦後文学に新たな視点を導入したのである。自己の体験を「再現」することで検証し、三島由紀夫はこの戯曲のタイトルが示すように、〝若人よ蘇れ〟と謳ったのだ。

＊

『黒蜥蜴』は、一九六一年(昭和三十六)十二月の「婦人画報」に発表され、『三島由紀夫戯曲全集』(新潮社、一九六二年三月)に収録されたのち、この書名で一九六九年五月に牧羊社から刊行された。

この作品については、三島由紀夫に「「黒蜥蜴」について(「『黒蜥蜴』は……」)」、「関係者の言葉(「黒蜥蜴」)」、「「黒蜥蜴」について(「『黒蜥蜴』の舞台稽古……」)」という四つの文章がある。三島の自己解説は、作品の魅力を的確に開示するだけでなく、読みどころやその深い意味をも鮮やかに照らし出してくれるが、この四つの文章も例外ではない。そこで、この自己解説を適宜整理して紹介することにしよう。

――戯曲『黒蜥蜴』は、江戸川乱歩の小説『黒蜥蜴』の翻案である。吉田史子からプロデューサー・システムの芝居を委嘱され、少年期に読んで強烈な印象を受けた本作の劇化を提案し、乱歩の快諾も得た。吉田からは、原作の場所を大阪から東京に移し、通天閣も東京タワーに変更したいという提案がありそれを容れた。原作ではほのかに扱われていた黒蜥蜴と明智小五郎の恋愛を前景化して主軸とし、また、雨宮と早苗の「エピソード」も変形を施した。推理の興味は抑制し、「キオの大魔術のような舞台上のケレンの面白味」で彩り、「大人の芝居としての頽唐味《たいとうみ》」と「デカダンス」を強調した。台詞も「ロマンチックな、大時代な感じのもの」にし、「歌舞伎の割りぜりふのような技巧」も取り入れて、「様式化」によって「物語の不自然さを救い」、同時に「耽美主義を強調する」ようにした。

初演では水谷八重子が「みごとな成果をあげた」が、三島は、寺山修司の「毛皮のマリー」を観て丸山明宏の演技に瞠目し、再演の主役が決まった。この黒蜥蜴は、ジェンダーを転換した丸山明宏の女賊が現代に実在するという「二重の嘘」であり、「十重二十重に張りめぐらされた嘘を、梃《てこ》の原理で、一挙に真実へ転換させるかどうか」が期待される。――と、このようにまとめることができる。

これをもう少し敷衍《ふえん》して解説を続けたい。三島の『黒蜥蜴』の筋は、ほぼ乱歩の『黒蜥蜴』(「日の出」一九三四年一～十二月、『黒蜥蜴・妖蟲』新潮社、同年)に拠っている。原作の丁寧過ぎてもたつく地の文の語りは、戯曲では除かれるから適度なスピード感が出て心地よい。原作の黒蜥蜴が「ぼく」という自称を使い、トランスジェンダー化することで手下を顎で使うのを補っているのは、時代のジェンダー規範の限界だろう。戯曲の黒蜥蜴は女性ジェンダーで一貫しているが、丸山(美輪)明宏演ずる黒蜥蜴の魅力が、原作のトランスジェンダー化を遥かに凌駕しているのは言うまでもない。また、原作では男女が何度か「全裸」になりながら、性的な欲望が発動されないのも時代の限界だろう。戯曲では全裸は省かれ、その分、生き人形への奇怪な嗜好が際立つようになっている。

原作の最も大きな変形は、雨宮と替え玉の早苗との恋である。愛し合わない男女が贋物の恋ゆえに愛し合うという逆転は、やや無理があるものの、小説『盗賊』にも似た設定で三島好みの話である。それに合わせて雨宮の役柄も変形しているが、早苗の替え玉の出現は原作にもある。要するに大きな変形と言っても、作品全体の一部分であり、話の大筋はむしろ驚くほど原作を踏襲しているのである。

とすると、三島は劇化で何をしようとしたのだろうか。一つは、商業演劇でもあまり見られないバロック・ロマンの名作を創ろうという野心的な試みだったということである。江戸川乱歩の作風を継承し、それをさらに洗練し装飾を凝らしたのが三島の『黒蜥蜴』だった。ごてごてした装飾過剰で大仰な建築様式であるバロックは、もともとは〝いびつな真珠〟という意である。主人公の黒蜥蜴は、まさにいびつな真珠の審美家であり、奇矯な趣味の持ち主であって、作者はこの非現実的なキャラクターをそっくり乱歩から戴いて、思うさま頽唐趣味を施すことに惑溺したのだ。これが単なる意匠にとどまれば、この戯曲は失敗したであろう。こうして演劇は見せ物に接近し、見せ物の猥雑さをエネルギーとして取り込むことになった。とはいえ、見せ物のみすぼらしさはなく、また戦後の軽やかな消費文化とも異なるグロテスクで壮大な贅沢が披露されることになった。

この戯曲は、小説もそうなのだが、本物と贋物とが入り混じる話である。嘘やトリックや変装が繰り返され、本物が贋物に化け贋物が本物に変じて敵味方を翻弄する。しかし、三島も言うように、ほとんどの場合読者(観客)には嘘やトリックは露見している。つまり謎解きが物語の駆動力にはならないのだ。推理小説を低く見る三島は、謎解きの通俗性を好まなかった。

そもそもバロック趣味自体が、贋物臭さを撒き散らしているのだが、三島の『黒蜥蜴』では、黒蜥蜴のバロック趣味の犯罪美学に明智が「本物」を見るのである。この逆説ゆえに、戯曲『黒蜥蜴』はバロック・ロマンの名作となっているのだ。この戯曲で最もスリリングな場面は、俳優の動きもなく出来事も起こらない第一幕第五場の明智と緑川夫人(黒蜥蜴)との会話である。探偵という職業と所持する宝石全部を賭けるというあの会話によって、好敵手の黒蜥蜴と明智小五郎は惹かれ合い恋に落ちる。三島が書き加えた明智の台詞を引こう。

われわれ私立探偵の役割が刑事とちがうのはそこなんです。夢想で夢想を罰する。犯罪の持っている夢の要素を、僕の理智のえがく夢で罰する。それ以外に何の生甲斐があるでしょう。

明智が、黒蜥蜴の犯罪動機の基底に急接近している台詞である。そして私立探偵の「夢」が、犯罪美学に拮抗するときの「生甲斐」までも語っている。相手の心を見抜き、自己の心中をさらけ出しているこの台詞から読み取れるのは、しかしそれだけではない。

これは、『黒蜥蜴』という作品に対する自己言及であるばかりか、三島由紀夫自身に対する自己言及でもあるように思われるのだ。いや、もっと広く芸術に対する自己言及とも言えるのである。

黒蜥蜴の犯罪は美の追求が目的で、その独自な美学はおそらく彼女の内的な中心部分から発せられている。黒蜥蜴の美学は、美術史やあまたの美的観念の影響とは無関係に構成された、彼女自身の欲動から湧き出たものにちがいない。それを明智は察知し、犯罪を犯す女の話をする。男から薔薇の花束を贈られた女が、薔薇に忌まわしい虫がついているのを見つけたとき、犯罪を犯す女は、虫を殺したくはないし薔薇を暖炉の火にくべてしまいたいとも思わない。思いあまって女は、薔薇を贈った男の背を突き飛ばして、顔を暖炉の火で焼いてしまうという話である。これが犯罪を犯す女のタイプで、「自分のやさしい魂に忠実なあまり、世間の秩序と道徳を一切根こそぎに引っくりかえす」というのだ。明智は、「犯罪というものには、何か或る資格が要るのです」と言い、それを「やさしい魂」と呼んだ。これは、すぐれた芸術家の中にある抑え難い欲動のことである。黒蜥蜴の起こす犯罪は、彼女の芸術なのである。

一方、明智は探偵術として「一心に犯人をまねる」ことをする。しかし、「何かが心の中で僕の邪魔をして」犯人にはなりきれない。だから彼は「理智」によって犯罪に接近するのである。これは、芸術の愛好者が芸術に魅せられるのに似ている。彼は芸術家ではなく立派な一市民であり、それでなお芸術に魅せられる。

だから黒蜥蜴である緑川夫人はこう言うのだ。「要するにあなたは報いられない恋をしてらっしゃる。犯罪に対する恋を。そうじゃなくて?」。黒蜥蜴は、出会ったばかりの明智小五郎に、自分へのオマージュを捧げる美の享受者を見ている。そしてそれは、決して到達できない「恋」だと見抜いている。

だが明智は、軟弱で受け身の美の愛好者ではない。「でも己惚《うぬぼ》れかもしれないが、僕はこう思うこともありますよ。僕は犯罪から恋されているんだと。犯罪のほうでも僕に対して、報いられない恋心を隠しているんだと」と静かにやり返す。互いの恋心を探り合う白熱したやり取りなのだが、この対話が芸術家論でもあることは、見てきたとおりである。明敏な明智は、矜《ほこ》り高い芸術家である黒蜥蜴に、トーマス・マンの『トニオ・クレーゲル』のような市民への憧れを見抜いているのである。それはおそらく黒蜥蜴の最大の弱点である。

この場面は、犯罪予告の夜十二時までの時間をつぶすさり気ない会話としてある。しかし、一歩も譲らぬ両者にとって最も危険な角逐の場面である。そしてこの会話は、芸術家としての三島由紀夫が市民としての三島由紀夫と激しく芸術論を戦わせている場面であり、三島の「犯罪」的なまでの美への執着と、そこに接近しながら物堅い市民たらんとする生活者との露わな内的対話となっている。

黒蜥蜴という美学的犯罪者を江戸川乱歩から得たこの作品は、黒蜥蜴の資質を芸術家にまで広げ、明智というミイラになりかねないミイラ獲りである芸術愛好家の、強固な理智と市民性をも創造したのである。

＊

『喜びの琴』は、一九六四年（昭和三十九）二月の「文藝」に発表され、この書名で（奥付による。表紙、背、函は『喜びの琴 附・美濃子』）同年二月に新潮社から刊行された。

『喜びの琴』については、まず上演の際に生じた問題に触れなければならない。「『喜びの琴』事件」と呼ばれたこの出来事については、元文学座座員の北見治一『回想の文学座』（中公新書、一九八七年）が詳しい。『喜びの琴』は、一九六四年の文学座の正月公演用に劇団の依頼で書かれた。すでに稽古に入っていたが、上演に疑問があるという声が劇団員から上がり、問題が紛糾した。作中の列車転覆事件が松川事件を思い起こさせる、反共的台詞に抵抗感があって口にできない、切符も売れずテレビ中継も断られると思われ、興業的に不安だといった意見が出た。松川事件では大量の共産党系労働組合員が逮捕され、馘首《かくしゅ》にもつながったので、劇団員たちにこの戯曲への嫌悪感が募ったと思われる。北見治一は「おおむね芝居以外にはなんの興味もない、いわゆるノンポリの〝役者馬鹿〟たちが、おどらされる構図だったというべきか」と述べている。

結局、総会で上演保留が決定し、戌井市郎ら五人が三島由紀夫にそれを伝えると、三島は保留でなく中止にすべきだと申し入れ、その理由を「芸術上の理由」「興業上の理由」「思想上の理由」のうちどれかと迫った。戌井が三島の誘導で、「物の考え方の相違というニュアンス」から「思想上の理由」を採ったところ（戌井市郎「「針」はうのみにはできぬ　三島由紀夫さんへ」「朝日新聞」一九六三年十二月七日）、三島は、芸術至上主義を標榜する劇団が「思想上の理由」で上演中止をするならば、ともに仕事をすることはできないと言って退団した。彼の退団とともに十七名の俳優や演出家も去った。これが「『喜びの琴』事件」の顚末である。『喜びの琴』をぶつけた三島も、それに反発した文学座座員も、それはそれとして認められるにしても、その対処の仕方には大人げないところがあった。

都内警察署の公安係を舞台にしたこの戯曲は、左翼過激派と公安との対立を描き、反共的台詞が飛び交う。左翼政党やその支持者だけでなく、進歩的な市民やリベラリストからの反発は当然予想された。戯曲の発表と上演が六〇年代半ばで、作品内の時代は

「近い未来の或る年」なので、いまから見ればいっそう刺激的に受けとめられた作品だった。

しかし、『喜びの琴』はそれだけにとどまらない。右翼活動家が政治家や資本家や警察と結びつき、暴力団との近接性も示唆されていた。そして何よりも大きなことは、警察の公安係が、思想信条の自由や政府への抗議行動に対して、偏向した共通感情のもとに捜査をしていることを暴露的に描いてしまったのである。むろん当時の人々も、それは薄々感じていた。しかし、感じていることと表現されることとは違う。警察の公安内部から市民社会を見るという『喜びの琴』の視角は、いわば民主主義下にある暗部をさらけ出す働きをしていたのである。その点では、右翼勢力のみならず保守層にとっても危険な戯曲だったのだ。

だが、『喜びの琴』を読めばわかるように、この戯曲は特定の政治的イデオロギーのプロパガンダのために書かれたものでもなく、貶めるために書かれたものでもない。政治思想は話の筋を動かすためのいわば道具でしかない。先に述べた左右の陣営からの反応があったとしても、それは短慮にすぎない。そもそも警察の公安を舞台にしながら、イデオロギー的に傾斜すれば作品としては失敗である。作者が、目の前のわかりやすい大きな穴に不注意で落ちるとは到底考えられないのである。

三島自身は、「思想の絶対化を唯一のよりどころに生きてきた青年は、すべての思想が相対化される地点の孤独に耐えるために、ただ幻影の琴の音《ね》にすがりつくという話である」(「文学座の諸君への「公開状」――「喜びの琴」の上演拒否について」)と述べている。また、「イデオロギーは本質的に相対的なものだ、というのは私の固い信念であり、だからこそ芸術の存在理由があるのだ、というのも私の固い信念である」(「前書――ムジナの弁(「喜びの琴」)」)とも述べている。こう書いた三島が、後に「憲法改正」を大呼して自決するのだから、その経緯には、別の「信念」が生じたと思われるが、ここではそれに触れることはできない。

話の流れはこうである。若い警官の片桐は、刑事部長の松村を心から尊敬し全幅の信頼を寄せている。片桐の信念となった反共思想は、松村譲りのものだ。片桐は松村の指示どおりに働き、大きな手柄を上げたと思われた。ところが、ここでどんでん返しが起こる。『喜びの琴』は地味な題材を扱っているが、芝居としては筋が大きく動き、ある意味では派手な芝居と言ってよい。片桐は、列車転覆事件の実行犯の右翼一味を逮捕し、その証拠も挙げたのだが、それは松村が仕組んだ詐術であり、松村は左翼政党の過激派から送り込まれたスパイで、事件は左翼側の策謀だったことが判明する。逮捕された松村は片桐に、「お前は思想が憎いのか？　それともただ、自分が裏切られたから俺が憎いのか?」と迫る。若く純粋な片桐は事の成り行きに混乱し、松村の問いにさらに混乱する。

松村　さっぱりしないらしいな。やはりお前は裏切られた怒りを選ぶのか。そんならこの傷は手ひどく祟《たた》るぞ。一生痛みつづけるぞ。それもみんなお前の罪なんだ。思想よりも人間を選んだお前の罪なんだ。こんなまちがいは若い栗鼠《りす》しかやらない。くるみとゴルフのボールをまちがえるようなことは、公安のおまわりは決してやってはならんことだ。

「思想よりも」以下は、原稿、初出誌、文学座の上演台本にはない部分である。三島が文学座上演台本に書き込み、それが初刊単行本に取り込まれたのだ。この加筆で強調されたのは、「思想よりも人間を選んだお前の罪」ということである。つまり、松村を信じたがゆえに松村の思想を信じたのであって、先の三島の自作解説にある「思想の絶対化を唯一のよりどころに生きてきた青年」というのは正確な要約ではないということになる。「思想」を「絶対化」していたならば、松村が指摘するように、彼の裏切りに遭っても片桐はこれほど動揺することはないはずだからだ。

片桐は、松村だけでなく人間を信じられなくなり、思想も信じられなくなる。じつは松村の追及は、片桐への救済だった。松村は「思想よりも人間を選んだお前の罪なんだ」と言い、「やみくもに信じてくれる若い純真」を「鍛え」たのである。もとより、逮捕された松村が片桐に話をすることが片桐への救済であったし、それを許可した警察署長も片桐を救おうとしていたことになる。それは同席し心配する瀬戸も変わらない。

しかし、別の見方をすれば、救済は「若い純真」を汚すことにほかならない。「俺は党の組織も信じちゃいない。人間も信じちゃいない。信じるのは、もやもやとした、破壊への、あくなき破壊への俺の欲望だけだ」と言う松村は、片桐を自分の道へ引き込もうとしている。「今の瞬間に、やっとお前は俺と同じ種類の人間になったのだ」。ニヒリズムを足場にし、熱意を込めて片桐を説く松村は、その昔「片桐」だったのではないかという想像をも起こさせる。そうだとすれば、松村の〝勧誘〟は、「もっとも憎む」べきものであり、同時に最も魅惑的なものということになる。片桐ははたして松村と「同じ種類の人間」になったのか。一方、署長や同僚の瀬戸は、世俗の穏やかな生き方を示唆している。

極度な人間不信と思想への不信、つまりは思想の「相対化」に陥った片桐には、二つの逃げ道が用意されている。片桐がどちらの道を選ぶかは、もはや明らかであろう。片桐はどちらの道も選ばない。彼は琴の音《ね》を聞いてしまうからである。人も思想も信じられなくなった時点で、片桐はそれらよりも上位にある――むろん主観的な価値にほかならないが――琴の音にすがるのである。その意味では、片桐は「信じる」ことを捨ててはいない。

では、片桐に聞こえた「喜びの琴」の音とは何なのか。これがこの戯曲の端的な疑問として存在するが、その答えは容易に導き出せない。ちなみに三島由紀夫は、「その琴の音が何であるかについては、私はわざと注釈を加えない。演出家は演出家の解釈を加えるがよし、観客は観客の解釈を試みるがよかろう」(「「喜びの琴」について」)と素っ気なく述べるだけである。この解説でも、それを述べるのは控えるべきだろう。とはいえ、一つの見解を提示して参考に供するのも解説の役割かもしれないとも思う。

この琴の音は、作中の具体的な出来事との関連性が薄く、ほとんど無関係に唐突に現れることから、作品内部から意味を紡ぎ出すことが難しい。抽象度の高い概念を外部から引き込むしかないのかもしれない。抽象度の高い概念を美的に表現したものが琴の音なのであろう。そしてそれは、ハープの音でもなければバイオリンやチェロの音でもない。ましてやシタールやカヤグムや琴《きん》でもなく琴の音であることから、「日本」なるものに接続する概念であるらしい。あえて言えば、「琴」の音とは、この日本という共同体に古くからある自然物のようなもので、現実的な恵みとは異なる何かしらの幸福を人にもたらす理念といったものではないだろうか。

ここで実証的な脈絡がなく思い出されるのは、ジャン＝ジャック・ルソーの『社会契約論』にある「一般意志」である。

「一般意志」とは、国家という共同体における主権者(人民)の意志の総和のことである。それは、個人の意志(「特殊意志」)の総意としての「全体意志」とは異なり、したがって世論のような集計したものでもなく、議論や投票によって決定するものでもない。人が「自然状態」から脱して「社会契約」を結び共同体を形成したことで、自然に生まれる人々の根源的な共通願望である。「全体意志と一般意志のあいだには、時にはかなり相違があるものである。後者は、共通の利益だけをこころがける。前者は、私の利益をこころがける。それは、特殊意志の総和であるにすぎない。しかし、これらの特殊意志から、相殺しあう過不足をのぞくと、相違の総和として、一般意志がのこることになる」(『ルソー　社会契約論』桑原武夫、前川貞次郎訳、岩波文庫、一九五四年)。一般意志は、「共通の利益だけをこころがける」、特殊意志の「相違の総和」だということからすれば、共同体にとってのごく基本的な意志(望み)ということになる。ルソーはまた、一般意志は「つねに正し」いとも述べているから、共同体にとっての基本的でかつ抽象的な理念を指すものと考えられる。

片桐と川添巡査の聞いた「喜びの琴」は、この「一般意志」が具現化したものと言えないだろうか。「諸君! 今日も元気に働こう。寒さにめげず、貧乏にへこたれず」というのが口癖の川添巡査は、交通係の職務に精励する成心のない民衆の代表である。はじめは川添巡査だけが琴の音を聞いており、それを口にするので彼は署内では軽んじられていた。片桐がこの琴の音を聞くようになるのは、列車転覆事件に加担させられ、真相が判明し、ひどい絶望に陥った時点からである。尊敬し信頼しきっていた上司の松村に裏切られ、その松村から彼の若さと純粋を徹底的に批判されたことで、片桐は人も思想も信用できなくなる。しかし、松村のようなニヒリズムにも落ち着くことはできない。その片桐が聞く「喜びの琴」の音は、彼に唯一残された「信頼」の対象なのである。

あるいは、もう一歩片桐に近づけて琴の音を解釈すれば、松村との違いを明白にする上でも、それは「信頼」ということだと言ってよいかもしれない。

〔編集附記〕

一　「若人よ蘇れ」は、『決定版　三島由紀夫全集』第二十二巻(新潮社、二〇〇二年九月刊)、「黒蜥蜴」は、同全集第二十三巻(二〇〇二年一〇月刊)、「喜びの琴」は、同全集第二十四巻(二〇〇二年十一月刊)を底本とした。

一　原則として漢字は新字体に、仮名づかいは現代仮名づかいに改めた。

一　漢字語のうち、使用頻度の高い語を一定の枠内で平仮名に改めた。平仮名を漢字に変えることは行わなかった。

一　本文中に、今日からすると不適切な表現があるが、原文の歴史性を考慮してそのままとした。

(岩波文庫編集部)

若人《わこうど》よ蘇《よみがえ》れ・黒蜥蜴《くろとかげ》 他一篇

2018年11月16日　第1刷発行

作　者　三島由紀夫《みしまゆきお》

発行者　岡本　厚

発行所　株式会社　岩波書店
〒101-8002 東京都千代田区一ツ橋2-5-5

案内 03-5210-4000　営業部 03-5210-4111
文庫編集部 03-5210-4051
http://www.iwanami.co.jp/

印刷・三秀舎　カバー・精興社　製本・中永製本

ISBN 978-4-00-312192-4　　Printed in Japan

読書子に寄す

——岩波文庫発刊に際して——

岩波茂雄

真理は万人によって求められることを自ら欲し、芸術は万人によって愛されることを自ら望む。かつては民を愚昧ならしめるために学芸が最も狭き堂宇に閉鎖されたことがあった。今や知識と美とを特権階級の独占より奪い返すことはつねに進取的なる民衆の切実なる要求である。岩波文庫はこの要求に応じそれに励まされて生まれた。それは生命ある不朽の書を少数者の書斎と研究室とより解放して街頭にくまなく立たしめ民衆に伍せしめるであろう。近時大量生産予約出版の流行を見る。その広告宣伝の狂態はしばらくおくも、後代にのこすと誇称する全集がその編集に万全の用意をなしたるか。千古の典籍の翻訳企図に敬虔の態度を欠かざりしか。さらに分売を許さず読者を繋縛して数十冊を強うるがごとき、はたしてその揚言する学芸解放のゆえんなりや。吾人は天下の名士の声に和してこれを推挙するに躊躇するものである。このときにあたって、岩波書店は自己の責務のいよいよ重大なるを思い、従来の方針の徹底を期するため、すでに十数年以前より志して来た計画を慎重審議この際断然実行することにした。吾人は範をかのレクラム文庫にとり、古今東西にわたって文芸・哲学・社会科学・自然科学等種類のいかんを問わず、いやしくも万人の必読すべき真に古典的価値ある書をきわめて簡易なる形式において逐次刊行し、あらゆる人間に須要なる生活向上の資料、生活批判の原理を提供せんと欲する。この文庫は予約出版の方法を排したるがゆえに、読者は自己の欲する時に自己の欲する書物を各個に自由に選択することができる。携帯に便にして価格の低きを最主とするがゆえに、外観を顧みざるも内容に至っては厳選最も力を尽くし、従来の岩波出版物の特色をますます発揮せしめようとする。この計画たるや世間の一時の投機的なるものと異なり、永遠の事業として吾人は微力を傾倒し、あらゆる犠牲を忍んで今後永久に継続発展せしめ、もって文庫の使命を遺憾なく果たさしめることを期する。芸術を愛し知識を求むる士の自ら進んでこの挙に参加し、希望と忠言とを寄せられることは吾人の熱望するところである。その性質上経済的には最も困難多きこの事業にあえて当たらんとする吾人の志を諒として、その達成のため世の読書子とのうるわしき共同を期待する。

昭和二年七月

《日本文学(現代)》〔緑〕

怪談 牡丹燈籠 三遊亭円朝
真景累ヶ淵 三遊亭円朝
塩原多助一代記 三遊亭円朝
小説神髄 坪内逍遥
当世書生気質 坪内逍遥
役の行者 坪内逍遥
桐一葉・沓手鳥孤城落月 坪内逍遥
ウィタ・セクスアリス 森鷗外
青年 森鷗外
雁 森鷗外
山椒大夫・高瀬舟 他四篇 森鷗外
渋江抽斎 森鷗外
舞姫・うたかたの記 他三篇 森鷗外
ファウスト 全二冊 森林太郎訳
みれん シュニッツラー 森鷗外訳
うた日記 森鷗外

森鷗外 椋鳥通信 全三冊 池内紀編注
浮雲 二葉亭四迷 十川信介校注
平凡 他六篇 二葉亭四迷
其面影 二葉亭四迷
今戸心中 他二篇 広津柳浪
河内屋・黒蜴蜓 他一篇 広津柳浪
野菊の墓 他四篇 伊藤左千夫
漱石文芸論集 磯田光一編
吾輩は猫である 夏目漱石
坊っちゃん 夏目漱石
草枕 夏目漱石
虞美人草 夏目漱石
三四郎 夏目漱石
それから 夏目漱石
門 夏目漱石
彼岸過迄 夏目漱石
行人 夏目漱石

こころ 夏目漱石
硝子戸の中 夏目漱石
道草 夏目漱石
明暗 夏目漱石
思い出す事など 他七篇 夏目漱石
文学評論 全二冊 夏目漱石
夢十夜 他二篇 夏目漱石
漱石文明論集 三好行雄編
倫敦塔・幻影の盾 他五篇 夏目漱石
漱石日記 平岡敏夫編
漱石書簡集 三好行雄編
漱石俳句集 坪内稔典編
漱石・子規往復書簡集 和田茂樹編
文学論 全二冊 夏目漱石
坑夫 夏目漱石
漱石紀行文集 藤井淑禎編
二百十日・野分 夏目漱石

小川未明童話集　桑原三郎編
新美南吉童話集　千葉俊二編
岸田劉生随筆集　酒井忠康編
摘録 劉生日記　岸田劉生 酒井忠康編
量子力学と私　朝永振一郎 江沢洋編
科学者の自由な楽園　朝永振一郎 江沢洋編
書物　森銑三 柴田宵曲
新編 明治人物夜話　森銑三 小出昌洋編
自註鹿鳴集　会津八一
窪田空穂随筆集　大岡信編
わが文学体験　窪田空穂
窪田空穂歌集　大岡信編
明治文学回想集 全二冊　十川信介編
梵雲庵雑話　淡島寒月
森鷗外の系族　小金井喜美子
新編 学問の曲り角　河野与一 原二郎編
子規を語る　河東碧梧桐

碧梧桐俳句集　栗田靖編
新編 春の海 —宮城道雄随筆集　千葉潤之介編
林芙美子紀行集 下駄で歩いた巴里　立松和平編
放浪記　林芙美子
山の旅 全二冊　近藤信行編
日本近代文学評論選 全二冊　千葉俊二 坪内祐三編
観劇偶評　三木竹二 渡辺保編
食道楽 全二冊　村井弦斎
酒道楽　村井弦斎
文楽の研究 全二冊　三宅周太郎
五足の靴　五人づれ
尾崎放哉句集　池内紀編
リルケ詩抄　茅野蕭々訳
ぷえるとりこ日記　有吉佐和子
日本の島々、昔と今。　有吉佐和子
江戸川乱歩短篇集　千葉俊二編
怪人二十面相・青銅の魔人　江戸川乱歩

少年探偵団・超人ニコラ　江戸川乱歩
江戸川乱歩作品集 全三冊　浜田雄介編
堕落論・日本文化私観 他二十二篇　坂口安吾
桜の森の満開の下・白痴 他十二篇　坂口安吾
風と光と二十の私と・いずこへ 他十六篇　坂口安吾
久生十蘭短篇選　川崎賢子編
墓地展望亭・ハムレット 他六篇　久生十蘭
六白金星・可能性の文学 他十一篇　織田作之助
夫婦善哉 正続 他十二篇　織田作之助
わが町・青春の逆説　織田作之助
歌の話・歌の円寂する時 他一篇　折口信夫
死者の書・口ぶえ　折口信夫
釈迢空歌集　折口信夫 富岡多恵子編
折口信夫古典詩歌論集　藤井貞和編
汗血千里の駒 坂本龍馬君之伝　坂崎紫瀾 林原純生校注
山川登美子歌集　今野寿美編
日本近代短篇小説選 全六冊　紅野敏郎・紅野謙介 千葉俊二・宗像和重 山田俊治編

岩波文庫の最新刊

ロバート キャンベル・十重田裕一・宗像和重編

東京百年物語 2

一九一〇〜一九四〇

明治維新からの一〇〇年間に生まれた、「東京」を舞台とする文学作品のアンソロジー。第二分冊には、谷崎潤一郎、川端康成、江戸川乱歩ほかの作品を収録。(全三冊)〔緑二一七-二〕 本体七四〇円

三島由紀夫作

若人よ蘇れ 黒蜥蜴 他一篇

三島文学の本質は、劇作にこそ発揮されている。「若人よ蘇れ」「黒蜥蜴」「喜びの琴」の三篇を収録。三島戯曲の放つ鮮烈な魅力を味わう。(解説＝佐藤秀明)〔緑二一九-二〕 本体九一〇円

マルセル・モース著／森山 工編訳

国民論

「国民」は歴史的・法的・言語的にどのように構成されているのか? フランス民族学の創始者モースが、社会主義者としての立場から、「国民」と「間国民性」の可能性を探る。〔白二二八-二〕 本体九〇〇円

美濃部達吉著

憲法講話

憲法学者・美濃部達吉が、「健全なる立憲思想」の普及を目指して、明治憲法を体系的に講義した書。天皇機関説を打ち出し、論争を呼び起こしたことでも知られる。〔白三二-一〕 本体一四四〇円

今月の重版再開

ポオ作／八木敏雄訳

ユリイカ

〔赤三〇六-四〕 本体六六〇円

河上肇著

西欧紀行 祖国を顧みて

〔青一三二-八〕 本体八四〇円

大岡信・加賀乙彦・菅野昭正・曾根博義・十川信介編

近代日本文学のすすめ

〔別冊一三〕 本体八一〇円

里見弴著

道元禅師の話

〔緑六〇-七〕 本体七四〇円